Anne Holt
Das einzige Kind

SERIE PIPER

Zu diesem Buch

Die »Frühlingssonne«, eine einstmals prachtvolle Villa am Rande von Oslo, ist heute ein Kinderheim, das seinen sieben kleinen Bewohnern ein beinahe idyllisches Zuhause bietet. Nur der zwölfjährige Olav kann sich an die vielen neuen Regeln nicht gewöhnen. Daheim bei seiner Mutter hat ihm niemand so leicht etwas verboten, nun darf er nicht einmal mehr seine geliebten Zuckerbrote essen. Denn in der »Frühlingssonne« hat Agnes Vestavik die Leitung, und sie kennt auch bei Olav kein Pardon. Doch eines Tages wird Agnes erstochen aufgefunden, und Olav ist spurlos verschwunden ... Mit großem psychologischem Einfühlungsvermögen erzählt Anne Holt die Geschichte eines zutiefst verunsicherten Kindes. Ein neuer fesselnder Kriminalroman mit der charismatischen und warmherzigen Hauptkommissarin Hanne Wilhelmsen.

Anne Holt, geboren 1958 in Norwegen, arbeitete nach ihrem Jurastudium als Journalistin, Polizistin und Anwältin, bevor sie 1996 für kurze Zeit norwegische Justizministerin war. Ihre psychologischen Kriminalromane wurden mit zahlreichen renommierten Preisen ausgezeichnet. Auf deutsch erschienen außerdem: »Blinde Göttin«, »Selig sind die Dürstenden«, »Im Zeichen des Löwen« und »Das achte Gebot«. Sie lebt mit ihrer Frau in Oslo.

Anne Holt

Das einzige Kind

Roman

Aus dem Norwegischen von
Gabriele Haefs

Piper München Zürich

Die Übersetzung wurde von NORLA Norwegian Literature Abroad, Oslo, gefördert.

Das Gedicht »An -« von Edgar Allan Poe wurde den »Gesammelten Werken in zehn Bänden«, hrsg. von Kuno Schumann und Hans Dieter Müller, Walter Verlag, Olten 1966, entnommen.

Von Anne Holt liegt in der Serie Piper außerdem vor:
Im Zeichen des Löwen (mit Berit Reiss-Andersen, 3216)

Taschenbuchsonderausgabe
April 2001

Titel der norwegischen Originalausgabe:
»Demonens død«

Umschlag: Büro Hamburg und ZERO München
Foto Umschlagvorderseite: Brad Wilson / photonica
Foto Umschlagrückseite: Peter Peitsch
Satz: Uhl + Massopust, Aalen
Druck und Bindung: Clausen & Bosse, Leck
Printed in Germany ISBN 3-492-26020-9

Für Erik Langbråten, der mir so viel über
Die Wichtigen Dinge beigebracht hat.

An –

Gleich gilt mir's, daß mein irdisch Geschick
mir so wenig Irdisches erwies –
daß Jahre der Liebe ein Augenblick
des Hasses vergessen ließ: –
auch daß noch glücklicher sind denn ich
die Einsamen, acht' ich gering –
doch es quält mich, daß du *dich grämst um* mich,
der doch nur vorüberging.

Edgar Allan Poe

1

»Ich bin der Neue!«

Mit energischen Schritten stapfte er mitten ins Zimmer. Dort blieb er stehen, und der an seinen riesigen Turnschuhen klebende Schnee bildete um seine Füße herum kleine Lachen. Breitbeinig, wie um seine X-Beinigkeit zu verbergen, stand er da, dann breitete er die Arme aus und sagte noch einmal: »Ich bin der Neue!«

Sein Kopf war auf der einen Seite kahlrasiert. Vom rechten Ohr aus waren widerspenstige rabenschwarze Haare über seinen Schädel gekämmt und endeten dann, glatt abgeschnitten, einige Millimeter über der linken Schulter. Eine dicke, verfilzte Locke hing über das eine Auge. Der Mund formte ein wackeliges U, als der Junge immer wieder versuchte, sich diese Locke aus dem Gesicht zu blasen. Seine Steppjacke war Größe 56, um die Taille herum paßte sie genau, aber ansonsten war sie einen halben Meter zu lang, während die dreißig Zentimeter überflüssiger Ärmelstoff zu dicken Manschetten aufgerollt waren. Die Hosenbeine schlackerten um die Waden. Als er mit einiger Mühe die Jacke öffnete, wurde allerdings klar, daß sie an den Oberschenkeln trotzdem saßen wie angegossen.

Das Zimmer war groß. Der Junge hielt es nicht für ein Wohnzimmer, es gab schließlich weder eine Sitzecke noch einen Fernseher. An einer Wand befanden sich eine Art Anrichte, ein Spülbecken und ein Herd. Aber nach Essen roch es hier nicht. Er hob die Nase, schnupperte und überlegte, daß es noch eine weitere Küche geben müsse. Eine richtige Küche. Dieses Zimmer hier war ein Aufenthaltsraum. An den Wänden waren Zeichnungen befestigt, unter der ungewöhnlich hohen Decke hingen kleine Mobiles und Wollfiguren, offenbar von Kindern gebastelt.

Über seinem Kopf flatterte eine Möwe aus Pappe und Wolle, grau und weiß und mit feuerrotem Schnabel, der halb abgefallen war und wie ein lockerer Zahn an einem dünnen Faden hing. Er streckte die Hand danach aus, reichte aber nicht hoch genug. Statt des Schnabels riß er ein Osterküken aus Eierkarton und gelben Federn von der Decke. Er hob es auf, rupfte ihm alle Federn aus und warf den Karton wieder auf den Boden.

Unter zwei großen Fenstern mit aufgeklebten Sprossen stand ein riesiger Arbeitstisch. Vier Kinder unterbrachen ihre Beschäftigung. Sie starrten den Neuankömmling an. Das älteste, ein Mädchen von vielleicht elf, musterte ihn ungläubig von Kopf bis Fuß. Zwei Jungen, die mit ihren identischen Pullovern und kreideweißen Mähnen Zwillinge sein konnten, kicherten, tuschelten und stupsten sich gegenseitig an. Eine rothaarige Vier- oder Fünfjährige saß einige Sekunden ganz verängstigt da, dann rutschte sie von ihrem Stuhl und lief zur einzigen Erwachsenen im Raum hinüber, einer kräftigen Frau, die die Kleine sofort hochhob und ihr beruhigend über die Locken strich.

»Das ist der Neue«, sagte sie. »Er heißt Olav.«

»Hab ich doch schon gesagt«, erklärte Olav sauer. »Ich bin der Neue. Bist du verheiratet?«

»Ja«, antwortete die Frau.

»Und wohnen hier nur diese Kinder?«

Seine Enttäuschung war deutlich zu hören.

»Nein, das weißt du doch«, sagte die Frau und lächelte. »Hier wohnen sieben Kinder. Die drei da hinten …«

Sie nickte zu den dreien am Tisch hinüber und bedachte sie gleichzeitig mit einem strengen Blick. Die Jungen ließen sich davon nicht beeindrucken.

»Und die da? Wohnt die nicht hier?«

»Nein, das ist meine Tochter. Sie ist nur heute mal mitgekommen.«

Sie lächelte, während das Kind seinen Kopf an den Hals der Mutter schmiegte und sich noch fester an sie klammerte.

»Ach so. Hast du viele Kinder?«

»Drei. Das hier ist die Jüngste. Sie heißt Amanda.«

»Blöder Name. Und außerdem seh ich selber, daß sie die Jüngste sein muß. Du bist doch zu alt, um noch Kinder zu kriegen.«

Die Frau lachte.

»Da hast du recht. Jetzt bin ich zu alt. Meine beiden anderen Kinder sind fast erwachsen. Aber möchtest du nicht Jeanette guten Tag sagen? Sie ist fast so alt wie du. Und Roy-Morgan? Der ist acht.«

Roy-Morgan wollte den Neuen durchaus nicht begrüßen. Er rutschte auf seinem Stuhl hin und her und tuschelte demonstrativ abweisend mit seinem Nachbarn.

Jeanette runzelte die Stirn und rutschte auf ihrem Stuhl nach hinten, als Olav mit ausgestreckter Hand, von der schmutziger schmelzender Schnee heruntertropfte, auf sie zukam. Ehe er Jeanette erreicht hatte und ehe sie auch nur Anstalten machen konnte, die gespreizten Finger zu berühren, die ihr da angeboten wurden, machte er eine tiefe Verbeugung und erklärte feierlich: »Olav Håkonsen. Es ist mir ein Vergnügen.«

Jeanette preßte sich an die Stuhllehne, packte den Sitz mit beiden Händen und zog die Knie bis ans Kinn. Der neue Junge wollte die Hände seitlich herabhängen lassen, aber seine Körperform und seine Kleidung sorgten dafür, daß seine Arme wie beim Michelinmännlein schräg abstanden. Seine offensive Haltung war wie weggeblasen, und er vergaß das Breitbeinig-Stehen. Jetzt berührten die

Knie sich unter seinen dicken Oberschenkeln, und die Spitzen der großen Zehen in den riesigen Turnschuhen zeigten aufeinander.

Die kleinen Jungen verstummten.

»Ich weiß, warum du mir nicht guten Tag sagen willst«, sagte Olav.

Die Frau hatte das kleinste Kind in ein anderes Zimmer gebracht. Als sie zurückkam, entdeckte sie in der Türöffnung Olavs Mutter. Mutter und Sohn sahen einander ungeheuer ähnlich; die gleichen schwarzen Haare, der gleiche breite Mund mit einer auffälligen Unterlippe, die ungewöhnlich weich und außerdem feucht und dunkelrot aussah, nicht trocken und rissig, wie es eigentlich zur Jahreszeit gepaßt hätte. Bei dem Jungen wirkte diese Lippe kindlich. Bei der Erwachsenen sah sie abstoßend aus, vor allem, weil immer wieder eine ebenso rote Zunge hervorschoß und sie anfeuchtete. Neben dem Mund zogen vor allem die Schultern die Blicke auf sich. Genauer gesagt, die Frau hatte gar keine Schultern. Vom Kopf her zog sich ein gleichmäßiger Bogen nach unten, wie bei Bowlingkegeln oder Birnen, eine gewölbte Linie, die an unfaßbar dicken Hüften endete, unter denen dicke Oberschenkel und dünne Waden die Gestalt trugen. Ihre Körperform war deutlicher zu sehen als die des Jungen, vermutlich, weil ihr Mantel so eng saß. Die andere Frau versuchte erfolglos, ihren Blick aufzufangen.

»Ich weiß, warum du mir nicht guten Tag sagen willst«, sagte Olav noch einmal. »Weil ich so fett und häßlich bin.«

Er sagte das, ohne sich auch nur im geringsten verletzt anzuhören, mit leichtem, zufriedenem Lächeln, fast als wäre es eine soeben erst entdeckte Tatsache, die Lösung eines komplizierten Problems, das ihn nun schon zwölf Jahre lang beschäftigt hatte. Er drehte sich um und fragte, ohne die kräftige Kinderheimangestellte anzusehen, wo er wohnen würde.

»Würdest du mir bitte mein Zimmer zeigen?«

Die Frau streckte die Hand nach seiner aus, aber statt danach zu fassen, machte der Junge mit dem Arm eine galante Bewegung und verbeugte sich leicht.

»Damen haben Vortritt.«

Dann watschelte er hinter ihr her in den ersten Stock.

Er war so groß. Und ich wußte, daß etwas nicht stimmte. Sie legten ihn mir in die Arme, und ich empfand keine Freude, keine Trauer. Sondern Ohnmacht. Eine riesige, schwere Ohnmacht, so als sei mir eine Aufgabe gestellt worden, der ich niemals gewachsen sein würde. Sie trösteten mich. Alles sei ganz normal. Er sei einfach nur groß.

Groß! Normal? Hatten sie je versucht, einen Brocken von 5340 Gramm aus sich herauszupressen? Ich war drei Wochen über die Zeit, aber das wollte die Ärztin mir nicht glauben. Als ob die eine Ahnung hätten! Ich wußte genau, wann er entstanden war. An einem Dienstagabend. Einem der Abende, an denen ich nachgegeben hatte, weil ich keinen Streit wollte, als meine Angst vor einem weiteren seiner Wutanfälle so groß war, daß ich nicht dagegen ankonnte. Nicht an diesem Abend. Nicht bei dem vielen Alkohol im Haus. Am nächsten Tag hatte er dann seinen tödlichen Unfall gebaut. An einem Mittwoch. Und seither hatte ich keinen Mann in meine Nähe gelassen, bis dieses schwabbelige Baby mit einem Lächeln auf die Welt kam. Das stimmt! Er lächelte! Die Ärztin behauptete, das sei nur eine Grimasse. Ich weiß, daß es ein Lächeln war. Dieses Lächeln hat er noch immer, hat er immer gehabt. Seine beste Waffe. Zum letztenmal geweint hat er mit anderthalb Jahren.

Sie legten ihn auf meinen Bauch. Eine unbegreifliche Masse neues Menschenfleisch, das sofort die Augen aufriß und mit seinem breiten Mund meine Haut nach der Brust absuchte. Die

Leute in den weißen Kitteln lachten und gaben ihm noch einen Klaps aufs Hinterteil. Was für ein kleiner Kobold, sagten sie.

Ich wußte, daß etwas nicht stimmte. Sie sagten, alles sei normal.

Acht Kinder und zwei Erwachsene saßen um einen ovalen Eßtisch. Sieben Kinder sprachen zusammen mit den Erwachsenen ein Tischgebet. Der Neue hatte recht gehabt. Er war bei seiner Ankunft nicht in die Küche geführt worden.

Die Küche lag weiter hinten in der großen umgebauten Villa aus der Jahrhundertwende, und damals war sie wahrscheinlich nur eine Anrichteküche gewesen. Sie war anheimelnd und gemütlich, mit blauen Möbeln und Flickenteppichen. Das einzige, was hier anders war als in einem normalen Wohnhaus, waren die ungewöhnlich große Kinderschar und die Dienstpläne. Die hingen an einer großen Pinnwand neben der Tür, die in eins der Wohnzimmer führte, in den Aufenthaltsraum, das wußte der Neue schon. Außer mit den Namen waren die Dienstpläne auch mit kleinen Fotos der Angestellten versehen. Der Junge hatte erfahren, daß nicht alle Kinder lesen konnten.

»Ha, die können nicht lesen!« hatte er spöttisch kommentiert. »Die sind doch alle schon über sieben!«

Als Antwort hatte ihm die kräftige Frau, die die Heimleiterin war, nur ein freundliches Lächeln zugedacht.

»Das heißt nicht Heimleiterin«, hatte er behauptet. »Das heißt Heimleiter. Immer. Genau wie es Doktor heißt, auch bei einer Frau.«

»Mir gefällt Heimleiterin aber viel besser«, sagte die Frau. »Außerdem kannst du mich Agnes nennen. So heiße ich nämlich.«

Agnes war jetzt nicht da. Die Erwachsenen am Abendbrottisch waren viel jünger. Der Mann hatte noch jede Menge Pickel. Die Frau war ziemlich hübsch, sie hatte lange blonde Haare, auf eine seltsame Weise schon ganz hoch oben am Kopf zu einem Zopf geflochten, der in einer roten Seidenschleife endete. Der Mann hieß Christian, die Frau Maren. Alle faßten einander an den Händen und sangen ein kurzes Lied. Der Junge wollte nicht mitmachen.

»Das brauchst du auch nicht, wenn du nicht willst«, sagte Maren. Sie war wirklich lieb. Dann fingen sie an zu essen.

Neben Olav saß Jeanette, die ihn morgens nicht hatte begrüßen wollen. Sie war auch ein bißchen dick, und immer wieder lösten sich ihre struppigen braunen Haare aus dem Gummiband. Sie hatte nicht neben Olav sitzen wollen, aber Maren hatte jegliche Diskussion energisch unterbunden. Jetzt war sie so weit an die Stuhlkante herangerückt, wie es überhaupt nur möglich war, was wiederum Roy-Morgan veranlaßte, ihr immer wieder den Ellbogen zwischen die Rippen zu stoßen und sich zu beschweren, weil sie ihm angeblich Mädchenläuse verpaßte. Auf Olavs anderer Seite saß Kenneth. Kenneth war mit seinen sieben Jahren der jüngste Hausbewohner. Er mühte sich mit der Butter ab und zerbrach eine Schnitte.

»Du bist noch ungeschickter als ich«, sagte Olav zufrieden, schnappte sich noch ein Stück Brot, bestrich es sorgfältig mit Margarine und legte es auf Kenneths Teller. »Was willst du darauf haben?«

»Marmelade«, flüsterte Kenneth und schob die Hände unter seine Oberschenkel.

»Marmelade, du Trottel! Dann brauchst du doch keine Butter!«

Olav nahm noch ein Stück Brot, plazierte einen dicken Löffel Blaubeermarmelade in die Mitte und verteilte sie mit energischen Bewegungen.

»Hier!«

Er klatschte das Brot auf Kenneths Teller und nahm sich das mit der Margarine. Er schaute sich um.

»Wo ist der Zucker?«

»Wir brauchen keinen Zucker«, sagte Maren.

»Ich will Zucker aufs Brot.«

»Das ist nicht gesund, das machen wir hier nicht.«

»Weißt du überhaupt, wieviel Zucker in der Marmelade ist, mit der dieser Trottel da sich vollstopft?«

Die anderen Kinder verstummten und lauschten interessiert. Kenneth war knallrot angelaufen und hörte, den Mund noch voll Brot, zu kauen auf. Maren erhob sich. Christian wollte etwas sagen, aber nun ging Maren um den Tisch herum und beugte sich über Olav.

»Dann kannst du ja auch Marmelade essen«, sagte sie freundlich. »Übrigens ist das Diätmarmelade, sieh her.«

Sie griff nach dem Glas, aber der Junge kam ihr mit einer blitzschnellen Bewegung, die man ihm gar nicht zugetraut hätte, zuvor. Er sprang so plötzlich auf, daß sein Stuhl umfiel, und schleuderte das Glas quer durch das Zimmer gegen die Kühlschranktür. Die Tür wurde eingebeult, das Glas blieb aus unerfindlichen Gründen heil. Ehe irgend jemand ihn aufhalten konnte, stand er vor dem Küchenschrank auf der anderen Seite und riß einen großen Zuckertopf heraus.

»Hier ist der Zucker«, schrie er. »Hier ist der verdammte Scheißzucker!«

Er riß den Deckel vom Topf und warf ihn auf den Boden, dann wirbelte er in einer Zuckerwolke durch die Küche. Jeanette lachte. Kenneth weinte. Glenn, der vierzehn war und schon dunkle Haare auf der Oberlippe hatte, murmelte, Olav sei ein Idiot. Raymond war siebzehn und mit allen Wassern gewaschen. Er betrachtete den Aufstand mit stoischer Ruhe, nahm dann seinen Teller und verschwand. Die sechzehnjährige Anita folgte seinem Beispiel. Roy-Morgans Zwillingsbruder Kim-André packte aufgeregt und glücklich die Hand seines Bruders. Er schaute zu Jeanette hinüber und fing ein wenig unsicher ebenfalls an zu lachen.

Der Zuckertopf war leer. Olav wollte ihn auf den Boden werfen, wurde aber in letzter Sekunde von Christian daran gehindert, denn Christian packte ihn am Arm und hielt ihn mit eisernem Griff fest. Olav schrie und versuchte, sich loszureißen, aber nun stand Maren neben ihm und legte die Arme um ihn. Für seine zwölf Jahre war Olav ungewöhnlich stark, aber sie merkte doch nach zwei Minuten, daß er sich langsam beruhigte. Sie redete die ganze Zeit leise auf ihn ein.

»Aber aber, jetzt beruhige dich doch. Es ist alles in Ordnung.«

Als er merkte, daß Maren den Jungen unter Kontrolle hatte, ging Christian mit den anderen Kindern in den Aufenthaltsraum. Kenneth hatte sich erbrochen. Ein kleiner unappetitlicher Haufen aus Brotmasse, Milch und Blaubeeren lag auf dem Teller, den er mit unsicherem Griff mit hinaus nehmen wollte, wie die anderen es ihm vorgemacht hatten.

»Laß den stehen, du«, sagte Christian. »Ich geb dir eins von meinen Broten.«

Kaum waren die anderen Kinder verschwunden, als Olav auch schon ganz zur Ruhe kam. Maren ließ ihn versuchsweise los, und er sank wie ein Sitzsack auf dem Boden in sich zusammen.

»Ich esse immer Zuckerbrot«, murmelte er. »Und meine Mutter findet das in Ordnung.«

»Dann schlage ich vor«, sagte Maren, setzte sich neben ihn und lehnte den Rücken an die verbeulte Kühlschranktür, »daß du bei deiner Mutter Brot mit Zucker ißt, wie du es gewöhnt bist, und daß du hier so ißt wie wir anderen alle. Ist das nicht eine gute Idee?«

»Nein.«

»Vielleicht gefällt sie dir nicht, aber es muß leider dabei bleiben. Wir haben hier einige Regeln, an die alle sich halten müssen. Alles andere wäre ziemlich ungerecht. Oder nicht?«

Der Junge gab keine Antwort. Er schien sehr weit weg zu sein. Vorsichtig legte sie eine Hand auf seinen dicken Oberschenkel. Er reagierte augenblicklich. Er versetzte ihrem Arm einen Schlag.

»Faß mich nicht an, zum Teufel!«

Ruhig erhob sie sich, blieb stehen und blickte auf ihn hinunter.

»Möchtest du noch etwas zu essen, ehe ich abräume?«

»Ja. Sechs Brote mit Zucker.«

Maren lächelte kurz, zuckte mit den Schultern und fing an, die Lebensmittel in Plastikfolie zu wickeln.

»Muß ich in diesem Drecksloch auch noch hungrig ins Bett gehen?«

Jetzt blickte er ihr zum erstenmal in die Augen. Seine waren ganz schwarz, zwei tiefe Löcher in seinem fetten Gesicht. Ihr kam der Gedanke, daß er hätte hübsch sein können, wenn er nicht so riesig gewesen wäre.

»Nein, Olav, du brauchst nicht hungrig ins Bett zu gehen. Das liegt allein bei dir. Du bekommst keinen Zucker aufs Brot, jetzt nicht, morgen nicht. Nie. Du wirst verhungern, wenn du darauf wartest, daß wir nachgeben. Alles klar?«

Er begriff nicht, wieso sie so ruhig bleiben konnte. Es verwirrte ihn, daß sie nicht nachgab. Er konnte noch immer nicht fassen, daß er hungrig zu Bett gehen sollte. Ganz kurz dachte er, daß Salami eigentlich auch gut schmeckte. Doch diesen Gedanken ließ er sofort wieder fallen. Mühsam und vor Anstrengung schnaufend kam er auf die Beine.

»Ich bin verdammt noch mal so fett, daß ich nicht mal aufstehen kann«, sagte er leise zu sich selbst und ging zur Tür.

»Du, Olav!«

Maren hatte ihm den Rücken zugekehrt und untersuchte die Beule im Kühlschrank. Er blieb stehen, drehte sich aber nicht zu ihr um.

»Es war sehr nett von dir, daß du Kenneth bei seinem Brot geholfen hast. Er ist so klein und empfindlich.«

Der Zwölfjährige blieb kurz stehen und zögerte, dann drehte er sich langsam um.

»Wie alt bist du?«

»Ich bin sechsundzwanzig.«

»Ach so.«

Olav ging hungrig ins Bett.

Raymond schnarchte. Er schnarchte wirklich wie ein Erwachsener. Das Zimmer war groß, und im trüben Licht, das aus der Nacht draußen kam, konnte Olav über dem Bett seines Zimmernachbarn ein riesiges Rednex-Plakat erkennen. In der Ecke stand ein zerlegtes Geländefahrrad. Raymonds Schreibtisch war ein Chaos aus Schulbüchern, Butterbrotpapier, Comics und Werkzeug. Olavs eigener Tisch stand kahl und nackt da.

Das Bettzeug war sauber und ein bißchen steif. Es roch fremd, aber gut. Irgendwie nach Blumen. Es war viel schöner als das bei ihm zu Hause, es war mit Formel-1-Autos in vielen Farben bedruckt. Kissen- und Deckenbezug hatten dasselbe Muster, und das Laken war blau, so wie einige Autos. Zu Hause hatte er nie passendes Bettzeug gesehen.

Die Vorhänge bewegten sich im Luftzug des angekippten Fensters. Raymond hatte es so haben wollen. Olav war an ein warmes Schlafzimmer gewöhnt, und obwohl er einen neuen Schlafanzug und eine warme Decke hatte, fror er ein wenig. Er hatte Hunger.

»Olav!«

Das war die Heimleiterin. Oder Agnes. Sie flüsterte von der Tür her: »Schläfst du?«

Er drehte sich mit dem Gesicht zur Wand und gab keine Antwort.

Geh weg, geh weg, sagte eine Stimme in seinem Kopf, aber das half nichts. Jetzt saß sie auf der Bettkante.

»Faß mich nicht an!«

»Ich will dich nicht anfassen, Olav. Ich will nur ein bißchen mit dir reden. Du bist beim Abendessen wütend geworden, habe ich gehört.«

Kein Wort.

»Du mußt doch verstehen, daß ihr euch hier nicht so aufführen könnt. Stell dir vor, alle würden die ganze Zeit Zucker und Marmelade an die Wand werfen!« Sie lachte ein leises, perlendes Lachen. »Das wäre vielleicht eine Bescherung!«

Er sagte noch immer nichts.

»Ich habe dir was zu essen mitgebracht. Drei Brote. Mit Wurst und Käse. Und ein Glas Milch. Ich stelle alles neben dein Bett. Wenn du es essen magst, freue ich mich, wenn nicht, dann können wir ausmachen, daß du es morgen früh wegwirfst, ohne daß die anderen es sehen. Dann weiß niemand, ob du es gegessen hast oder nicht. Okay?«

Der Junge bewegte sich ein wenig und drehte sich dann plötzlich um.

»Hast du entschieden, daß ich hier wohnen muß?« fragte er wütend.

»Nicht so laut«, sagte sie. »Sonst weckst du Raymond. Nein, du weißt genau, daß ich das nicht entscheiden kann. Meine Aufgabe ist es, mich um dich zu kümmern. Zusammen mit den anderen Erwachsenen. Das wird schon alles gut laufen. Auch, wenn deine Mutter dir sicher fehlen wird. Aber du kannst sie ja oft besuchen, das darfst du nicht vergessen.«

Jetzt hatte er sich im Bett halb aufgesetzt. Im trüben Licht sah er aus wie ein dicker Dämon; seine rabenschwarzen Haare mit der unvorteilhaften Frisur, der breite Mund, der selbst in der Dunkelheit blutrot leuchtete. Unwillkürlich wandte sie ihren Blick ab. Die Hände auf der Decke waren die eines kleinen Kindes. Groß, aber mit Babyhaut, und hilflos umklammerten sie nun zwei Autos auf dem Bettbezug.

Himmel, dachte sie. Dieses Monstrum ist zwölf Jahre alt. Zwölf Jahre!

»Eigentlich«, sagte er und starrte ihr ins Gesicht, »bist du mein Kerkermeister. Das hier ist ein verdammtes Gefängnis!«

Und die Leiterin des Kinderheims Frühlingssonne, von Oslos einzigem Wohnheim für Kinder und Jugendliche, sah etwas, das sie in ihren dreiundzwanzig Dienstjahren in der Jugendfürsorge noch nie gesehen hatte. Unter den schwarzen schmalen Augenbrauen des Jungen erkannte sie das, was so viele verzweifelte Erwachsene mit sich herumschleppten; Menschen, denen ihre Kinder weggenommen worden waren und die sie, Agnes, mit dem Rest der Bürokratie, die sie verfolgte, auf eine Stufe stellten. Bei einem Kind hatte Agnes Vestavik das noch nie gesehen.

Haß.

Mit neuen Versprechungen wurde ich dann aus der Klinik nach Hause geschickt. Alles sei in Ordnung. Er sei nur ein bißchen gierig. Und das liege nur daran, daß er so ein fescher großer Bursche sei. Nach drei Tagen wurde ich in eine leere Wohnung zurückgeschickt. Das Sozialamt hatte mir Geld für ein Bett, einen Wippstuhl und ein wenig Kinderwäsche gegeben. Zwei- oder dreimal hatte mich eine Mitarbeiterin besucht, ich hatte mitbekommen, daß sie heimlich in die Ecken schaute und behauptete, sie müsse zur Toilette. Nur um zu sehen, ob es bei mir sauber war. Als ob das je ein Problem gewesen wäre. So oft, wie ich putze. Bei uns riecht es doch die ganze Zeit nach Ajax.

Er füllte die Wohnung sofort aus. Ich weiß nicht so recht, aber schon am ersten Abend schien er davon auszugehen, daß das hier sein Platz sei, seine Wohnung, seine Mama. Seine Nächte. Er weinte nicht. Er lärmte nur. Andere hätten vielleicht gesagt, er weine, aber das tat er nicht. Er vergoß nur selten Tränen. Wenn er ein seltenes Mal wirklich weinte, ließ er sich rasch trösten. Dann hatte er Hunger. Ich steckte ihm die Brust in den Mund, und schon hielt er die Klappe. Ansonsten machte er nur Krach. Einen schreienden, klagenden Krach, und dabei fuchtelte er mit den Armen, strampelte sich aus der Decke heraus und riß sich die Kleider vom Leib. Er füllte die Wohnung dermaßen aus, daß ich ab und zu einfach weg mußte. Ich steckte ihn ins Badezimmer, weil das am besten isoliert ist, und schnallte ihn auf dem Wippstuhl fest. Sicherheitshalber legte ich ringsherum Kissen auf den Boden. Er war erst einige Monate alt, er konnte sich also unmöglich aus dem Stuhl befreien. Dann ging ich. Ins Einkaufszentrum, wo ich eine Tasse Kaffee trank, eine Illustrierte las, Schaufenster ansah. Ab und zu rauchte ich auch eine. Ich hatte während der Schwangerschaft mit dem Rauchen aufgehört und wußte, daß ich nicht wieder anfangen sollte, solange ich ihn noch stillte. Aber hin und wieder mal eine Zigarette konnte doch nicht so schlimm sein. Und trotzdem hatte ich danach jedesmal ein schlechtes Gewissen.

Als er fünf Monate alt war, nahmen diese Ausflüge ein jähes Ende. Ich war nicht lange weggewesen. Zwei Stunden vielleicht. Höchstens. Als ich nach Hause kam, war es beängstigend still. Ich riß die Badezimmertür auf, und da lag er, leblos, halb aus dem

Stuhl gefallen, den Gurt um den Hals. Ich brauchte eine Weile, ein paar Sekunden vielleicht, um mich so weit zu fassen, daß ich ihn losmachen konnte. Er würgte und hustete und war ganz blau im Gesicht. Ich weinte und schüttelte ihn, und nach und nach wurde sein Gesicht wieder normal. Aber er war so still.

Ich drückte ihn an mich und spürte zum erstenmal, daß ich ihn liebte. Mein Junge war fünf Monate alt. Doch empfunden hatte ich bis dahin nichts für ihn. Von Anfang an war alles ganz unnormal gewesen.

Es war spät. Der Neue war schlimmer, als sie vorhergesehen hatte. Sie blätterte im psychologischen Gutachten, war aber zu nervös, um Einzelheiten mitzubekommen. Und sie wußte ohnehin, was dort stand. Über alle Kinder wurde das gleiche geschrieben, nur jeweils mit einem etwas anderen Ausgangspunkt und neuen Wörterkombinationen. *»Massives jahrelanges Fürsorgedefizit«; »die Mutter kann den Jungen nicht vor Schikanen schützen«; »der Junge ist leicht lenkbar«; »der Junge weist ein schulisches Leistungsdefizit auf«; »umfassende und ernsthafte Grenzziehungsprobleme«; »der Junge pendelt zwischen ausagierendem, aggressivem Verhalten und einem parentifizierten, übertriebenen und fast galanten Auftreten seiner Mutter und anderen Erwachsenen gegenüber, was einwandfrei die Hypothese von ernsthaften Entwicklungsstörungen als Folge des Fürsorgedefizits untermauert«; »die mangelnde Impulskontrolle kann in Kürze für seine Umwelt zur Gefahr werden, wenn er nicht in einen geeigneten Fürsorgebereich kommt, wo er Festigkeit, Sicherheit und Vorhersagbarkeit erlebt, die ihm so sehr fehlen«; »der Junge tritt anderen Kindern mit einer Erwachsenenhaltung gegenüber, die ihnen angst macht, deshalb wird er ausgestoßen und verfällt in aggressives, asoziales Verhalten.«*

Eigentlich landeten nur die allerschlimmsten Fälle hier

im Heim. Kinder, die aus irgendeinem Grund nicht bei ihren leiblichen Eltern leben können, werden in Norwegen in Pflegefamilien gegeben. So ist das. Es ist sehr leicht, für Babys solche Familien zu finden. Auch bei kleinen Kindern, so etwa bis zum Einschulungsalter, gibt es keine großen Probleme. Aber dann wird es sofort schwieriger. Trotzdem klappt es in den meisten Fällen. Abgesehen von den allerschlimmsten. Denn die sind so anspruchsvoll, so verletzt, schon so weit zerstört vom Leben oder von untauglichen Eltern, daß keine Einzelfamilie eine solche Aufgabe bewältigen könnte.

Solche Kinder landeten bei Agnes.

Sie unterdrückte ein Gähnen und massierte ihr gutgepolstertes Kreuz. Olav würde sich schon eingewöhnen. Sie hatte noch nie ein Kind aufgegeben. Außerdem war Olav strenggenommen im Moment nicht ihr ärgstes Problem. Sie versuchte, sich bequem hinzusetzen, was ihr allerdings nicht gelang, dann legte sie Olavs Papiere in eine Schublade und öffnete eine andere. Ein Ordner aus Pappe enthielt fünf Blätter, und diese Blätter starrte sie nun an. Schließlich packte sie auch diese Blätter zusammen, atmete schwer und schloß die Schublade sorgfältig ab. Der Schlüssel war ein wenig verbogen, aber am Ende konnte sie ihn doch herausziehen. Steif erhob sie sich, nahm eine Topfblume aus dem Bücherregal neben dem Fenster und legte den Schlüssel in sein Versteck. Dann blieb sie noch einen Moment vor dem Fenster stehen und schaute hinaus.

Nachts wirkte der Garten immer größer. Das Mondlicht ließ eisblaue Schatten über den spärlichen Schnee wandern. Ganz hinten, zur Straße hin, an einem niedrigen Drahtzaun, stand Glenns Fahrrad. Sie seufzte und beschloß, ihn diesmal wirklich in die Mangel zu nehmen. Bei Glatteis wurde nicht radgefahren. Vor zwei Tagen war

Glenn befohlen worden, sein Rad in den Keller zu bringen. Entweder hatte er diesen Befehl nicht befolgt, oder er hatte den Kellerverschlag aufgebrochen und das Rad wieder herausgeholt. Sie wußte nicht so recht, was sie schlimmer finden sollte: schlampige Angestellte oder ein zutiefst ungehorsames Kind.

Es zog vom Fenster her, das Fenster war alt und undicht. Sie mußten Prioritäten setzen, und als erstes hatte das Erdgeschoß, wo die Kinder sich tagsüber zumeist aufhielten, neue Fenster erhalten. Die Götter mochten wissen, wann Agnes' Büro auf der Prioritätenliste auftauchen würde. Sie seufzte leise und ging zur Tür. So wie die Situation zwischen ihr und ihrem Mann im Moment war, sehnte sie sich nun wirklich nicht nach Hause, aber ihr Körper schmerzte vor Müdigkeit. Wenn sie Glück hatte, war ihr Mann schon im Bett.

Ehe sie ging, schaute sie noch einmal bei Olav herein. Ein Vierteljahrhundert Erfahrung mit Kindern sagte ihr, daß er schlief, obwohl sie den Umriß der schweren Gestalt im Bett nur ahnen konnte. Er atmete ruhig und gleichmäßig, und sie nahm sich die Zeit, seine Decke richtig festzustecken, ehe sie vorsichtig die Tür hinter sich schloß. Und sie hatte gelächelt, weil Brote und Milch verschwunden waren. Sie hielt sich an die Abmachung und ließ Teller und Glas stehen.

Christian saß, die Beine auf dem Tisch, im Aufenthaltsraum und döste vor sich hin. Maren saß mit hochgezogenen Knien in einem Sessel und las einen Kriminalroman. Als die Heimleiterin das Zimmer betrat, ließ Christian wie im Reflex seine Füße auf den Boden knallen. Er hätte schon längst gehen können, er hatte seit über einer Stunde Feierabend. Aber er war einfach zu faul.

»Ehrlich gesagt ist es schwer, den Kindern Manieren beizubringen, wo sie dir so ganz und gar abgehen«, sagte

Agnes zu dem Studenten, der eine halbe Stelle hatte und zu Abend- und Nachtdiensten eingesetzt wurde. »Und wir hatten doch abgemacht, daß Glenns Fahrrad im Keller eingeschlossen wird.«

»O verdammt. Das habe ich ganz vergessen.«

Er machte ein beschämtes Gesicht und betastete einen riesigen Pickel an seinem linken Nasenflügel.

»Hör mal, Christian«, sagte die Heimleiterin und setzte sich mit geradem Rücken und zusammengepreßten Knien neben ihn. »Dieses Haus wird von der Heilsarmee betrieben. Wir geben uns alle Mühe, den Kindern ihre Gossensprache abzugewöhnen. Warum fällt es dir so schwer, meinen Wunsch, nicht immer diese Flüche hören zu müssen, zu respektieren? Verstehst du nicht, daß du mich im Grunde jedesmal beleidigst, wenn du solche Wörter benutzt? Kinder sind Kinder. Du bist ein Erwachsener, der Rücksichtnahme gelernt haben sollte. Kannst du das nicht einsehen?«

»Tut mir leid«, murmelte er betreten, und plötzlich platzte der Pickel. Gelber Eiter quoll heraus, und Christian starrte seinen Zeigefinger fasziniert an.

»Himmel und Ozean«, stöhnte Agnes, erhob sich und wollte gehen.

Während sie ihren Mantel anzog, drehte sie sich zu Maren um, die sich durch den kleinen Auftritt nicht von ihrem Krimi hatte ablenken lassen.

»Ich muß bald unter vier Augen mit dir sprechen«, sagte Agnes und fügte – mit einem Blick auf Christian, der noch immer darüber staunte, wieviel Eiter doch in einen Pickel paßte – hinzu: »Wir müssen über die Dienstpläne für Februar und März reden. Kannst du einen Vorschlag ausarbeiten?«

»Mhm«, sagte Maren und legte ihr Buch für einen Moment beiseite.

»Es wäre schön, wenn du das bis morgen schaffen könntest. Dann sprechen wir morgen nachmittag darüber.«

Maren schaute wieder auf, lächelte und nickte.

»Alles klar, Agnes. Der Vorschlag ist morgen nachmittag fertig. Kein Problem. Gute Nacht.«

»Wünsche ich euch auch. Gute Nacht!«

2

Es war eine prachtvolle Villa. Die Mittel für die Renovierung hatten zwar nicht ausgereicht, um die ursprünglich achtfach unterteilten Fenster im Erdgeschoß zu erneuern, weshalb sie durch Plastikfenster mit aufgeklebten Sprossen ersetzt worden waren, aber trotzdem prangte das Haus stolz mit seinen spitzen Giebeln hinten in seinem großen Grundstück. Es war aus beige verputzten Steinen, die grünen Holzverkleidungen jedoch gaben ihm ein Schweizer Gepräge. Vor fünf Jahren waren die beiden Stockwerke neu aufgeteilt worden; nun gab es zwei Wohnzimmer, einen Besprechungsraum, Küche, Bad, Waschküche und ein Zimmer, das sie Bibliothek nannten, das im Grunde aber eine Art Archiv war. Im ersten Stock gab es für die Kinder sechs Schlafzimmer, aber einige davon waren für zwei Personen eingerichtet, und deshalb dienten derzeit zwei Einzelzimmer als Schulzimmer und als zusätzlicher Aufenthaltsraum. Außerdem gab es noch ein Schlafzimmer für Angestellte. Das Arbeitszimmer der Heimleiterin lag am Ende des Ganges, rechts von der Treppe. Gegenüber befanden sich ein großes Badezimmer mit Wanne und ein kleineres mit Dusche und Toilette. Außer den beiden gut ausgenutzten Stockwerken gab es noch einen Keller und einen hohen, geräumigen Dachboden. Nach einer Feuerwehrinspektion waren vor einigen Jahren an den Fenstern jeweils am Ende des Flurs Leitern angebracht und jedes Schlafzimmer mit einer Rettungsleine versehen worden.

Die Kinder liebten Feuerübungen. Alle, außer Kenneth.

Und jetzt Olav. Kenneth saß mitten auf dem Gang, weinte und klammerte sich an den an der Wand befestigten Feuerlöscher. Olav stand breitbeinig und sauer da, die Unterlippe weiter vorgeschoben als sonst.

»Ja Scheiße«, sagte er wütend. »Ich rutsch doch nicht die Scheißleine runter!«

»Dann nimm die Leiter«, schlug Maren vor. »Die Leiter ist nicht so schlimm. Und hör endlich mit dem Fluchen auf. Jetzt bist du schon seit drei Wochen hier, und dein ganzes Taschengeld ist dafür draufgegangen.«

»Na los, Olav!«

Terje stupste Olav in den Rücken. Terje war Anfang Dreißig und auf dem Papier stellvertretender Heimleiter.

»Ich gehe vor dir her. Oder, besser gesagt, unter dir. Wenn du fällst, kann ich dich gleich auffangen. Okay?«

»Ja Scheiße«, sagte Olav und trat einen Schritt zurück.

»Ich wette zehn Kronen, daß der Trottel sich nicht traut«, rief Glenn von draußen hoch, er war schon viermal nach unten und wieder nach oben geklettert.

»Was soll denn aus dir werden, wenn es brennt?« fragte Terje. »Willst du dann mit verbrennen?«

Olav starrte ihn haßerfüllt an.

»Das kann dir doch egal sein! Meine Mama wohnt in einem Betonblock. Ich könnte ja zum Beispiel zu ihr ziehen!«

Terje gab auf, schüttelte den Kopf und überließ dieses störrische Kind Maren.

»Wovor hast du eigentlich Angst?« fragte sie leise und winkte ihn in sein Zimmer.

Widerwillig stapfte er hinter ihr her.

»Ich habe keine Angst.«

Er ließ sich auf sein aufächzendes Bett fallen, und Maren ertappte sich dabei, wie sie dieses solide Möbelstück bewunderte. Sie setzte sich neben ihn.

»Wenn du keine Angst hast, warum willst du dann nicht klettern?«

»Mir ist eben nicht danach. Ich habe keine Angst.«

Vom Flur her hörten sie Kenneths verzweifeltes Weinen, aber sie hörten auch die anderen Kinder begeistert johlen und Tarzanrufe ausstoßen, wenn sie sich an den Leinen nach unten schwangen.

Sie war keine Heilige. Der blödeste Spruch, den sie kannte, war die Behauptung: »Ich bin ja so kinderlieb!« Kinder waren wie Erwachsene, manche bezaubernd, manche hinreißend, andere wiederum Miststücke. Als professionelle Fürsorgerin glaubte sie, niemand könne es ihr ansehen, wenn sie ein Kind nicht leiden mochte. Sie behandelte nicht alle Kinder gleich, denn sie waren nicht gleich, aber sie war gerecht und machte keine Unterschiede. Olav aber sprach sie auf ganz besondere Weise an.

Seit er hier war, hatte niemand ihn anfassen dürfen. Und doch hatte er etwas, wie er hier so saß. Wie ein bekleideter Buddha, der wütend aussehen will und doch nur traurig ist; seine ganze makabre Gestalt hatte etwas, das sie zu ihm hinzog. Sie trotzte dem Berührungsverbot und fuhr ihm langsam über die Haare. Er wehrte sich nicht.

»Was ist denn bloß los mit dir, kleiner Olav?« fragte sie leise und streichelte ihn noch einmal.

»Besonders klein bin ich ja nicht gerade«, sagte er, aber sie ahnte ein Lächeln in seiner Stimme.

»Ein bißchen schon.« Sie lachte. »Ab und zu zumindest.«

»Arbeitest du gern hier?« fragte er plötzlich und schob nun doch ihre Hand weg.

»Ja. Ich arbeite sehr, sehr gern hier. Ich möchte um nichts in der Welt einen anderen Arbeitsplatz.«

»Wie lange bist du denn schon hier?«

»Seit etwa drei Jahren...« Sie zögerte, dann fügte sie hinzu: »Seit ich von der Schule gekommen bin. Von der

Sozialschule. Bald sind es vier Jahre. Und ich will noch viele, viele Jahre hier bleiben.«

»Warum legst du dir nicht lieber eigene Kinder zu?«

»Das mache ich vielleicht irgendwann einmal. Aber deshalb arbeite ich nicht hier. Weil ich keine eigenen Kinder habe, meine ich. Die meisten, die hier arbeiten, haben welche.«

»Wie viele Seiten hat die Bibel?« fragte er unvermittelt.

»Die Bibel?«

»Ja, wie viele Seiten hat die? Das müssen doch verdammt viele sein. So dick, wie sie ist.«

Er schnappte sich die Bibel, die auf seinem Nachttisch lag, denn in diesem Haus lag auf jedem Nachttisch eine Bibel, und schlug sich damit ein paarmal auf den Oberschenkel, ehe er sie Maren reichte.

Maren blätterte darin herum.

»Du kannst auf der letzten Seite nachsehen«, schlug er vor. »Du brauchst sie nicht zu zählen.«

»Tausendzweihunderteinundsiebzig«, sagte sie. »Und ein paar mit Landkarten. Und du … ich meine das mit der Flucherei wirklich ernst. Sollen wir jetzt die Feuerleiter ausprobieren?«

Er stand auf, und das Bett seufzte vor Erleichterung.

»Ich gehe jetzt nach unten. Über die Treppe.«

Hier gab es nichts mehr zu diskutieren.

Ich habe mich ans Jugendamt gewendet, als er zwei Jahre alt geworden war. Ich war außer mir vor Angst, ich brauchte Hilfe. Ich hatte schon seit Monaten dort anrufen wollen, aber ich hatte es immer wieder aufgeschoben, weil ich doch nicht wußte, was sie machen würden. Sie durften ihn mir nicht wegnehmen. Wir hatten doch nur einander. Ich stillte ihn noch immer, obwohl er nun schon neunzehn Kilo wog und jeden Tag fünf weitere Mahlzeiten zu sich nahm. Er aß alles. Ich weiß nicht, warum ich so lange so weitergemacht habe. Wenn ich ihn stillte, war er wenigstens diese zehn Minuten lang ruhig. Alles war unter Kontrolle. Es waren kleine Momente des Friedens. Als er das Interesse daran verlor, bedeutete das einen Verlust für mich, nicht für ihn.

Sie waren wirklich nett. Nachdem sie mich einige Male besucht hatten, vielleicht zwei- oder dreimal, bekam ich einen Kindergartenplatz. Von Viertel nach acht bis fünf. Sie sagten, ich brauchte ihn nicht die ganze Zeit dort zu lassen; weil ich doch nicht berufstätig sei, könne ich seine Tage dort abkürzen. So lange Tage seien anstrengend für ihn, hieß es.

Ich lieferte den Jungen jeden Morgen um Viertel nach acht dort ab. Ich holte ihn nie vor fünf. Aber ich kam auch nie zu spät.

Ich bekam einen Kindergartenplatz und überlebte.

Olav hatte Heimweh. Es schien in seinem Körper zu bohren, und er hatte so ein Gefühl noch nie erlebt. Er war aber auch noch nie so lange von zu Hause fortgewesen. Er versuchte, das Loch in seinem Bauch kleiner zu machen, indem er schnell und kurz atmete, aber davon wurde ihm nur schwindlig, und er bekam richtiges Bauchweh. Also versuchte er, tief durchzuatmen, aber dann war das Bohren wieder da, das böse Gefühl kam zurück. Er hätte weinen mögen.

Er wußte nicht, ob er sich nach seiner Mutter sehnte oder nach der Wohnung oder nach seinem Bett oder nach seinem Spielzeug. Er dachte auch nicht darüber nach. Alles war einfach nur eine einzige riesengroße Sehnsucht.

Er wollte nach Hause. Aber das durfte er nicht. Erst nach zwei Monaten im Heim durfte er auf Besuch nach Hause, hatten sie ihm gesagt. Seine Mutter besuchte ihn zweimal die Woche. Als ob sie hier im Kinderheim etwas zu suchen gehabt hätte. Er sah, daß die anderen Kinder sie anstarrten und daß die Zwillinge immer lachten, wenn sie auftauchte. Kenneth war der einzige, der mit ihr redete, der Arme hatte ja selber keine Mutter, und da war er sicher ein bißchen neidisch. Eine häßliche und scheußliche Mama war irgendwie immer noch besser als keine.

Sie durfte zwei Stunden dableiben. Die erste Stunde war kein Problem. Sie redeten ein bißchen oder gingen einmal um den Block. Zweimal waren sie in ein Café gegangen und hatten Kuchen gegessen. Aber das Café war ziemlich weit weg, und der Weg hatte fast alle ihre Zeit verschlungen. Das eine Mal waren sie eine halbe Stunde zu spät gekommen, und Agnes hatte seine Mutter ausgeschimpft. Olav hatte gesehen, wie traurig die wurde, auch wenn sie nichts sagte. Deshalb hatte er den Garderobenhaken zerbrochen, und dann war Agnes auf ihn böse gewesen.

Nach der ersten Stunde wußten sie meistens nicht mehr so recht, was sie machen sollten. Agnes hatte vorgeschlagen, seine Mutter könne ihm doch bei den Schulaufgaben helfen. Aber das hatte sie noch nie getan, und er wollte es auch nicht. Deshalb blieben sie einfach in seinem Zimmer sitzen, ohne besonders viel zu sagen.

Er hatte so schreckliches Heimweh.

Er hatte Hunger.

Er hatte immer, immer Hunger. Hier im Kinderheim war der Hunger nur noch schlimmer geworden. Er bekam einfach nicht genug zu essen. Am Vortag hatte er eine dritte Portion Frikadellen mit sehr viel Soße haben wollen. Die hatte Agnes ihm verweigert, obwohl noch genug übrig gewesen war. Kenneth hatte ihm seine Portion geben wollen, aber gerade als Olav sie auf seinen Teller schob, hatte Agnes ihm den Teller weggenommen und ihm statt dessen einen Apfel gegeben. Olav wollte aber keinen Apfel, er wollte Frikadellen.

Er hatte einen *verdammten* Hunger.

Im Moment waren die anderen Kinder nicht da. Es war jedenfalls ziemlich still in dem großen Haus. In der Schule war ein Besprechungstag, deshalb war die Feuerübung sicher für heute angesetzt gewesen. Er stand vom Bett auf und schüttelte sein eingeschlafenes Bein. Es prickelte und piekste, und obwohl es weh tat, kitzelte es auch ein wenig.

Das Bein hätte fast unter ihm nachgegeben, als er auftrat, und er humpelte zur Treppe hinüber. Von unten konnte er Stimmen hören, aber das waren sicher die Erwachsenen. Er stapfte ans Fenster hinten im Flur und sah Kenneth und die Zwillinge den Hang zur Straße hinunterrodeln. Das war ein Hang für Schlaffis. Viel zu kurz, und außerdem mußte man bremsen, um nicht gegen den Zaun zu prallen. Wo die großen Kinder steckten, wußte er nicht. Aber die durften eigentlich fast alles. Gestern war Raymond sogar bei McDonald's gewesen. Mit seiner Freundin. Er hatte Olav eine kleine Figur mitgebracht. Olav, der sie total kindisch fand, hatte sie an Kenneth weitergereicht.

Er versuchte, die Treppe hinunterzuschleichen, aber die Stufen knackten. Dann fiel ihm ein, daß sie nicht knacken würden, wenn er die Füße ganz am Rand aufsetzte. Lautlos gelangte er fast bis ganz nach unten.

»Hallo, Olav!«

Er zuckte heftig zusammen. Es war Maren.

»Du bist im Haus? Die anderen sind doch alle draußen!«

»Keinen Bock. Ich will fernsehen.«

»So früh am Tag ist das aber nicht erlaubt, und das weißt du. Du mußt dir schon eine andere Beschäftigung suchen.«

Sie lächelte ihn an. Sie war unter den Erwachsenen hier im Heim die einzige, die er leiden konnte. Sie war logisch.

Das war sonst fast keine. Auch seine Mutter nicht. Und Agnes schon gar nicht.

»Ich hab solchen Hunger«, beklagte er sich leise.

»Aber wir haben doch erst vor einer halben Stunde gegessen!«

»Ich hab aber nur zwei Brote gekriegt.«

Maren schaute sich um und konnte niemanden entdecken. Mit übertriebenen Bewegungen legte sie den Zeigefinger an ihren lächelnden Mund und schlich in die Küche, wobei sie das Lied der Räuber von Kardemomme summte. Olav lächelte und schlich hinterher, obwohl er das alles ziemlich beknackt fand.

Sie öffnete den Kühlschrank einen Spaltbreit. Beide lugten sie durch den Spalt. Das Licht ging an und aus, weil die Tür nicht ganz offen war, und deshalb mußten sie den Spalt verbreitern.

»Was möchtest du denn?« flüsterte Maren.

»Frikadellen«, flüsterte Olav zurück und zeigte auf die Reste vom Vortag.

»Das geht nicht. Aber du kannst einen Joghurt haben.«

Damit war er nicht sonderlich zufrieden, aber es war immerhin besser als nichts.

»Kann ich Müsli dazutun?«

»Klar.«

Maren nahm einen Haushaltsbecher Joghurt aus dem Kühlschrank und goß etwas davon in einen Napf. Olav hatte die Müslipackung aus dem Schrank geholt und leerte gerade den dritten Löffel über seinem Napf aus, als Agnes in der Tür erschien.

»Was macht ihr denn hier?«

Beide erstarrten für einen Moment, dann packte Maren den Napf und stellte sich vor Olav hin.

»Olav hat solchen Hunger. Und ein bißchen Joghurt kann doch nicht schaden.«

Agnes sagte kein Wort, als sie um den großen Eßtisch herumging und Maren den Napf wegnahm. Immer noch schweigend nahm sie Plastikfolie aus einer Schublade, umwickelte damit den Napf und schob die beiden Sünder beiseite, um den Napf in den Kühlschrank zu stellen und die Tür zu schließen.

»So. Wir essen in diesem Haus nicht zwischen den Mahlzeiten. Das wißt ihr beide ganz genau.«

Sie sah Olav kein einziges Mal an. Sie starrte die ganze Zeit Maren an. Maren zuckte verlegen mit den Achseln und legte die Hand auf Olavs Schulter. Olav dagegen hatte sich nach dem ersten Schrecken wieder gefaßt.

»Verdammte Kuh!«

Agnes hatte die Küche gerade verlassen wollen, aber nun erstarrte sie. Langsam drehte sie sich um.

»Was hast du gesagt?«

Zur Warnung drückte Maren die Schulter des Jungen.

»Verdammte blöde Scheißkuh!«

Jetzt schrie der Junge.

Agnes Vestavik war schneller bei ihm, als irgendwer erwartet hätte. Sie packte sein Kinn und zwang sein Gesicht hoch zu ihrem. Er protestierte, indem er die Augen zusammenkniff.

»Solche Ausdrücke werden hier nicht benutzt«, fauchte sie, und Maren hätte schwören können, daß ihre linke Hand sich wie zu einem heftigen Schlag hob. Es wäre das erstemal in der Geschichte gewesen, daß Agnes Vestavik Hand an ein Kind gelegt hätte. Nach kurzem Zögern ließ sie die Hand sinken, hielt aber das Kinn des Jungen weiterhin fest.

»Sieh mich an!«

Er kniff die Augen noch fester zusammen.

»Olav! Mach die Augen auf und sieh mich an!«

Olavs Gesicht war rot angelaufen, und die Finger der Heimleiterin hatten weiße Spuren darin hinterlassen.

»Ich kümmere mich um ihn«, sagte Maren leise, bittend. »Ich werde mit ihm reden.«

»Reden! Hier wird nicht geredet! Hier wird...«

»Rotzfotze«, murmelte Olav mit zusammengebissenen Zähnen.

Die Heimleiterin war jetzt leichenblaß. Wieder hob sie die linke Hand, wieder ließ sie sie nach wenigen Sekunden sinken. Ihr Griff um das Kinn des Jungen wurde härter. Dann schluckte sie zweimal und ließ ihn langsam los. Der Junge machte die Augen noch immer nicht auf und blieb mit nach oben gewandtem Gesicht stehen.

»Ich werde deine Mutter anrufen und ihr sagen, daß sie sich in den nächsten zwei Wochen nicht herzubemühen braucht. Verstehst du das? Das wäre doch eine passende Strafe.«

Maren öffnete schon den Mund zum Widerspruch, schloß ihn aber wieder, als der Blick der Heimleiterin sie traf. Sie versuchte, zwischen den Jungen und Agnes zu treten, aber das war nicht leicht, denn Olav hatte nach der Urteilsverkündung Augen und Mund zugleich aufgerissen und wollte sich auf Agnes stürzen. Die ihrerseits hatte sich umgedreht und war schon auf dem Weg aus der Küche. Maren konnte den Jungen gerade noch aufhalten, indem sie seine Arme packte und sie ihm auf den Rücken drehte. Er heulte auf.

»Ich hasse dich! Ich hasse diese verdammte alte Fotze!«

Agnes knallte die Tür hinter sich ins Schloß und war verschwunden.

»Mama!« rief der Junge und versuchte sich loszureißen. »Mama!«

Dann biß er sich ganz bewußt so fest auf die Zunge, daß das Blut nur so herausquoll. Aber er weinte nicht.

»Mama«, murmelte er, während ihm das Blut aus dem Mund schoß.

Maren, die hinter ihm stand, merkte, daß der Junge keinen Widerstand mehr leistete. Langsam ließ sie ihn los und führte ihn zu einem Stuhl. Und dann sah sie das Blut.

»Herrgott, Olav«, sagte sie entsetzt und griff nach einer Rolle Küchenpapier.

Das erste Stück Papier war bald von Blut durchtränkt, und sie verbrauchte fast die ganze Rolle, bis sie den Schaden endlich genauer betrachten konnte. Olav hätte sich um ein Haar ein Stück Zunge abgebissen.

»Aber Olav«, sagte Maren verzweifelt und drückte das Küchenpapier wieder auf die Wunde.

Sie wußte, daß es nicht mehr viel zu sagen gab. Höchstens noch eins: »Merk dir das, Olav, wenn alles schwer und übel ist und alle gemein zu dir sind, dann mußt du zu mir kommen. Ich kann dir *immer* helfen. Wenn du vorhin nicht so böse geworden wärst, hätten wir zusammen alles wieder in Ordnung bringen können. Kannst du nicht versuchen, beim nächsten Mal daran zu denken? Daß ich dir immer helfen kann?«

Sie war nicht ganz sicher, glaubte aber, daß der Junge nickte. Dann stand sie auf und rief den Hausarzt an.

Der stellte fest, daß die Zunge mit drei Stichen genäht werden mußte.

Nur einer der vierzehn Angestellten fehlte. Agnes leitete die Besprechung. Die Dienstpläne für die nächsten beiden Monate standen fest, auch wenn es einige Zeit gedauert hatte, Marens Vorschläge teilweise noch zu ändern. Als nächstes nahmen sie sich jedes Kind einzeln vor.

»Raymond kann an diesem Kurs teilnehmen«, sagte Terje. »Er fängt nächste Woche an, dann hat er pro Woche drei Tage Schule und zwei Tage Praxis Motorradreparatur. Er freut sich schon sehr.«

Mit Raymond gab es keine Probleme. Er war mit neun Jahren ins Haus Frühlingssonne gekommen und bis zu seinem zehnten Geburtstag ein harter Brocken geblieben. Danach hatte er die Schultern sinken lassen, tief durchgeatmet und sich damit abgefunden, daß er seine Mutter nur an den Wochenenden besuchen durfte. Die Mutter war phantastisch. Sie hatte alle Eigenschaften, die man sich bei einer Mutter wünscht, sie war fürsorglich, anregend, beschützend und liebevoll. In nüchternem Zustand. Während der ersten fünf Lebensjahre des Jungen war alles gutgegangen, dann fing es wieder an. Mit sieben wurde Raymond in eine Pflegefamilie gegeben. Das ging überhaupt nicht. Er hing so sehr an seiner Mutter, daß niemand sonst diese Rolle übernehmen konnte. Nachdem er drei Garnituren Pflegeeltern verbraucht hatte, ohne daß seine Mutter sich von der Flasche trennen konnte, war er ins Haus Frühlingssonne verlegt worden. Von da an hatte sich die Lage gebessert. Die Mutter war von Freitagmorgen an trocken und machte die nächste Flasche erst auf, wenn Raymond am Sonntagabend aus dem Haus war. Dann trank sie sich durch die Woche, um Kraft für weitere achtundvierzig nüchterne Stunden zu sammeln. Aber sie war unbestreitbar Raymonds Mutter. Und mit Raymond gab es keine Probleme. Auch an den übrigen Heimkindern gab es nicht viel auszusetzen. Abgesehen von Olav.

»Mit dem werden wir noch unsere Schwierigkeiten haben«, seufzte Cathrine, eine magersüchtige Erzieherin von etwa dreißig. »Und wenn ich ganz ehrlich sein soll, dann habe ich direkt Angst vor dem Jungen. Ich hab doch keine Chance, wenn er sich quer legt.«

»Dann iß ein bißchen mehr«, schlug Terje vor, aber niemand achtete auf ihn.

»Als seine Mutter am Dienstag gehen wollte, hat er sich ziemlich angestellt«, sagte Eirik, der gerade Dienst gehabt hatte. »Er klammerte sich an ihrem Bein fest, und sie stand einfach nur stocksteif da und starrte mich an; sie hat nicht einmal den Versuch gemacht, den Jungen zur Vernunft zu bringen. Und als ich mich bückte, um seine Hände loszumachen, hat er mir das hier verpaßt.«

Er beugte sich über den Tisch und legte den Kopf schräg. Alle konnten den blaugelben Ring um das linke Auge sehen.

»Der Junge ist ganz einfach gefährlich. Und was von der Mutter zu halten ist, läßt sich wirklich nicht so leicht sagen.«

»Die anderen Kinder läßt er aber in Frieden«, wandte Maren ein. »Da kann er sogar hilfsbereit sein. Wenn er will, kann er sich auch gut benehmen. Wir dürfen nicht übertreiben. Und was die Mutter angeht, die ist einfach verzweifelt.«

»Übertreiben? Ist es nicht ziemlich stark, daß er mir ins Auge tritt, droht, mich umzubringen und am Ende sogar die Zeichnungen aller anderen Kinder in Fetzen reißt?«

»Solange er sich nur über dich und die Zeichnungen hermacht, sollten wir ganz ruhig bleiben«, sagte Agnes, ohne den dramatischen Zwischenfall vom Vormittag auch nur zu erwähnen. Sie deutete an, daß die Besprechung beendet sei, indem sie ihre Unterlagen zusammenpackte. Als die anderen jedoch scharrend ihre Stühle zurückschoben und aufstanden, hob sie noch einmal wie zu einer Korrektur die Hand und fügte hinzu: »Ich würde gern mit jedem von euch unter vier Augen sprechen«, sagte sie. »Eine Art Kollegenberatung.«

»Kollegenberatung?«

Cathrine machte darauf aufmerksam, daß eine solche Beratung nicht angekündigt worden und eigentlich auch erst in zwei Monaten fällig sei.

»Wir machen es jetzt. Es dauert nicht lange. Terje, du bitte als erster. Wir gehen in mein Büro.«

Maren Kalsvik, die praktisch, wenn auch nicht offiziell, als eine Art stellvertretende Heimleiterin fungierte, musterte ihre Chefin nachdenklich. Agnes wirkte müde. Ihre Haare waren stumpf, und ihr sonst so glattes, rundes Gesicht war viel schärfer gezeichnet. Unter den Augen lagen wenig kleidsame bläuliche Schatten, und zeitweise schien sie an den Kindern keinerlei Interesse mehr zu haben. Es hing bestimmt mit ihrer Ehe zusammen. Maren und Agnes waren nicht direkt Freundinnen, aber sie arbeiteten schließlich zusammen und unterhielten sich ab und zu über Gott und die Welt. Seit einigen Monaten kriselte es in Agnes' Ehe, das wußte Maren. Und vielleicht handelte es sich um eine ernstere Krise, als Agnes zugeben mochte. Die haarsträubende Strafe für Olavs Wutanfall zeigte ja schon, daß hier etwas ganz und gar nicht stimmte. Gleich bei der Besprechung wollte sie sich diskret erkundigen. Und sie mußte die Strafe umwandeln. Schwer würde das sicher nicht. Es war nicht nur pädagogisch unklug, den Kindern das Zusammensein mit ihren Eltern zu verbieten, es war außerdem nicht erlaubt.

»Kann ich als zweite an die Reihe kommen?« fragte sie. »Ich muß nachher zum Zahnarzt.«

Agnes konnte ihre Beratungen mit den einzelnen Kollegen erst nach fast vier Stunden beenden. Und dabei hatten die letzten nur zehn Minuten gedauert.

Das Haus schien zu atmen. Tief und gleichmäßig. Eine sichere, feste Burg für die acht schlafenden Kinder.

Jedenfalls geben sie Ruhe, dachte Eirik zufrieden und schaltete den Fernseher aus.

Es war schon eine halbe Stunde nach Mitternacht, aber müde war er nicht. Das wunderte ihn. Ob er vielleicht geschlafen hatte, ohne es bemerkt zu haben? Er schnappte sich die Karten und legte eine Patience. Das war für ihn das pure Schlafmittel. Einige gepfuschte Runden lieferten ihm die nötige Bettschwere. Also konnte er sich auch gleich in das bereits gemachte Bett im ersten Stock legen. Auf dem Weg nach oben fiel ihm ein, daß Agnes noch nicht nach Hause gegangen war. Er hatte es jedenfalls nicht mitbekommen, und sie hätte doch bestimmt kurz in den Fernsehraum geschaut und ihm eine gute Nacht gewünscht. Er konnte ohnehin nicht begreifen, warum sie an diesem Abend, so gegen zehn, noch einmal gekommen war. Sie hatten den ganzen Papierkram doch im Griff, das hatte sich am Morgen bei der Besprechung herausgestellt. Und nun war sie schon wieder so lange hier. Noch einmal sah er auf die Uhr. Fast eins. Mit vorsichtigen Schritten ging er im ersten Stock nach links und öffnete behutsam die Tür zum Schlafzimmer der Zwillinge. Beide lagen in Kim-Andrés Bett. Sie sahen aus wie Engelchen, wie sie sich so umarmten und mit ihren kleinen Mündern leise und gleichmäßig atmeten. Vorsichtig hob Eirik Roy-Morgan hoch und trug ihn in dessen eigenes Bett. Der Junge murmelte einen schlaftrunkenen Protest, dann drehte er sich auf den Bauch, seufzte und schlief weiter. Wie immer hatten die Jungen das Licht angelassen, Eirik ließ es brennen und setzte seine Runde fort.

Alle schliefen. Raymond schnarchte. Mit offenem Mund und leicht zurückgebogenem Kopf lag er auf dem Rükken; ein Arm und ein Bein hingen zur Hälfte aus dem schmalen Bett heraus. Die Decke lag auf dem Boden. Eirik hob sie hoch, brachte Arm und Bein des Jungen im Bett unter, ohne daß dieser sich davon stören ließ, und stopfte die Decke zwischen Matratze und Bettkasten fest, damit sie nicht wieder hinunterrutschen konnte.

Er schaute zu Olavs Bett hinüber und erstarrte. Das Bett war leer. Das konnte doch nicht wahr sein! Er hatte zwar den Fernseher laufen gehabt, aber er hätte doch etwas gehört, wenn der Junge das Haus verlassen hätte. Die Tür zum Aufenthaltsraum hatte offen gestanden. Oder nicht? Und dann wurde ihm glühend heiß.

Es waren schon ein paarmal Kinder durchgebrannt. Sie waren einfach nicht aus der Schule zurückgekommen oder von einem Ausflug in die Stadt. Das hier aber war seine Schuld. Es war mitten in der Nacht. Und Olav war erst zwölf.

Das Fenster war offen. Die Rettungsleine war am Haken unter der Fensterbank befestigt und hing nach draußen. Eirik riß das Fenster ganz auf und starrte auf den Boden fünf Meter unter ihm. Aber der Junge hatte sich doch nicht einmal in die Nähe der Rettungsleinen getraut!

Ohne daran zu denken, daß er die schlafenden Kinder wecken könnte, stürzte er aus dem Zimmer, vorbei am Personalschlafzimmer, und rief, als ihn noch zwei Meter vom Zimmer der Heimleiterin ganz hinten rechts von der Treppe trennten: »Agnes! Agnes! Olav ist weg!«

Er rannte in ihr Büro. Und dort blieb er wie gelähmt stehen.

Hinter dem für dreihundert Kronen auf dem Flohmarkt gekauften Mahagonischreibtisch mit dem Fleißigen Lieschen, dem Telefon, der billigen Plastikschreibunterlage und der roten Tasse mit vier Kugelschreibern und einem Bleistift saß Agnes Vestavik. Ganz ruhig. Sie starrte mit erstauntem Blick und halboffenem Mund durch ihn hindurch, und ein kleiner, geronnener Bach aus Blut klebte unter ihrem einen Mundwinkel. Das Blut floß nicht mehr.

Nachdem er sie eine halbe Minute lang angestarrt hatte, ging Eirik langsam und unsicher um den Schreibtisch herum, wie um die Tote zu ehren. Sie war so tot, wie ein

Mensch es überhaupt nur sein kann. Aus ihrem Rücken ragte ein dreizehn Zentimeter langer Messergriff. Ungefähr auf der Höhe des Herzens.

Eirik schlug die Hände vors Gesicht und begann zu weinen.

3

»Das versichere ich auf Ehre und Gewissen.«

Sie ließ die rechte Hand sinken. Hauptkommissarin Hanne Wilhelmsen fand nur weniges schrecklicher, als vor Gericht aussagen zu müssen. Zwar brauchten Polizeiangestellte – anders als andere Zeugen – zumeist nicht lange zu warten; der Staatsanwalt sagte ihnen eine halbe Stunde vorher Bescheid. Aber trotzdem geschah immer irgend etwas, das den Betrieb aufhielt. Allein schon die richtigen Unterlagen herauszusuchen war zeitraubend genug. Viel leichter wäre es natürlich gewesen, wenn man zwei Tage im voraus vom Staatsanwalt eine Kopie der Akten bekommen hätte, aber Hanne Wilhelmsen und ihre fünfzehnhundert Kollegen bei der Osloer Polizei wußten, daß sich das nur in einem von zehn Fällen ermöglichen ließ. Die Polizeijuristen versprachen und beteuerten, aber die Papiere wurden nie geliefert, und am Ende mußten sie sich vor jeder Verhandlung durch mehr oder weniger handgebastelte Archive hindurchwühlen.

In diesem Fall ging es um eine Bagatelle. Die Juristen in ihren Roben saßen mit düsteren Mienen da und nutzten ihren Arbeitstag, um festzustellen, ob eine Einundzwanzigjährige während einer Demonstration einen Polizisten ins Bein gebissen und ihm ins Ohr gespuckt hatte.

Die Frau kaute auf einem Kaugummi herum, zupfte an ihren lila gefärbten Haarsträhnen und bedachte die Hauptkommissarin, als diese in voller Uniform den Zeugenstand betrat, mit einem vernichtenden Blick. Hanne Wilhelmsen konnte es nicht hören, von den Lippenbewegungen her jedoch hätte sie schwören können, daß die Angeklagte das Wort »Klassenbullerei« formte, ehe sie sich mit demonstrativem Seufzen zurücklehnte und die Decke anstarrte. Ihr Anwalt machte keine Anstalten, sie zur Ordnung zu rufen.

Die Vernehmung war schnell erledigt. Hanne Wilhelmsen hatte wirklich alles gesehen. Sie war nicht im Dienst gewesen; zufällig war sie über den Stortorg gegangen, wo eine kleine Gruppe von Menschen, die mehr oder weniger präzise als Autonome bezeichnet wurden, wütend die Kneipe, vor der sie standen, für ein Nazinest erklärte. Das stimmte durchaus. Die Polizei wußte längst, daß rechtsextreme Gruppen dort ihr Stammlokal gefunden hatten. Als Hanne Wilhelmsen vorbeikam, wurde die Frau mit den lila Haaren gerade, ohne besonderen Widerstand zu leisten, von zwei Beamten aus dem Gewühl gezogen und mit Handschellen gefesselt. Hauptkommissarin Wilhelmsen blieb stehen. Sie war nur drei oder vier Meter entfernt, als die Autonome dem einen Beamten anbot, ihm ein Geheimnis zu erzählen. Ehe er antworten konnte, hatte sie sich auch schon zu seinem Ohr vorgebeugt und eine solide Ladung Kaugummi und Spucke hineingeschleudert. Wütend riß der Beamte sie zu Boden, worauf sie sich gleich über dem Knöchel in seinem Stiefel verbiß. Für ihre Zähne und ihren Kiefer mußte das eine um vieles größere Belastung bedeutet haben als für das Stiefelleder, vor allem, weil der Beamte voller Zorn versuchte, sie abzuschütteln. Schließlich ließ sie ihn los und lachte. Danach wurde sie auf die Beine gezerrt und in eine wartende Grüne Minna gestoßen.

»Haben Sie deutlich gesehen, daß sie den Polizisten ins Bein gebissen hat?«

Diese Frage stammte vom Staatsanwalt, einem kleinen, blutjungen Polizeirat, dessen bartlose Wangen wie rote

Rosen blühten. Wilhelmsen wußte, daß dies sein erster Fall war.

»Na ja, wenn der Stiefel zum Bein gehört, dann ja«, antwortete die Hauptkommissarin und sah den Richter an.

Der sah aus, als könne er vor lauter Langeweile jeden Moment tot umfallen.

»Es steht doch wohl außer Frage, daß sie gebissen hat?«

Der Staatsanwalt ließ nicht locker.

»Sie hat den Kollegen ins Stiefelleder gebissen. Das Gericht muß entscheiden, ob das einen Biß ins Bein bedeutet.«

»Haben Sie gesehen, ob sie ihn angespuckt hat?«

Hanne Wilhelmsen versuchte, ein Lächeln zu unterdrücken.

»Ja, sie hat ihm ein dickes Kaugummi ins Ohr gespuckt. Es sah sehr unangenehm aus.«

Der Rotwangige war zufrieden, der Verteidiger hatte auch nicht mehr viele Fragen. Wilhelmsen konnte gehen.

Die Autonome würde wohl für dreißig Tage hinter schwedische Gardinen wandern. Gewalt gegen einen Beamten im Dienst. Nicht gut. Die Hauptkommissarin verließ das neue Osloer Gerichtsgebäude, trat auf den C. J. Hambros Plass hinaus, blieb kurz stehen und schüttelte langsam den Kopf.

»Wir machen schon komische Sachen mit unserer Zeit und unserem Geld«, murmelte sie, dann winkte sie einem vorüberfahrenden Streifenwagen, der sie mit nach Grønlandsleiret 44 nahm, dem Osloer Polizeigebäude.

Das neue Büro war doppelt so groß wie das alte. Das hatte sie ihrer Beförderung zur Hauptkommissarin zu verdanken. Sie hatte diesen Rang seit einem halben Jahr inne, wußte aber noch immer nicht, ob sie sich damit wohl fühlte. Verwaltungsarbeit machte nun einmal keinen Spaß. Andererseits war es auch eine Herausforderung, andere bei dem anleiten zu können, womit sie sich am besten auskannte: bei Ermittlungsarbeiten. Sie selbst beteiligte sich aktiver daran als die meisten anderen Hauptkommissare, und sie wußte, daß das kommentiert wurde. Und zwar nicht nur positiv. Überhaupt kam ihr immer deutlicher zu Bewußtsein, daß ein jahrelanges Dasein als allseits anerkannte Heldin, die von Kritik und Konflikten glücklich verschont blieb, nun zu Ende war. Wenn sie früher konstruktiv und unverbindlich Rationalisierungsmaßnahmen hatte vorschlagen können, die andere durchführen und verantworten mußten, so hatte sie nun Macht und Pflicht, diese selbst in die Wege zu leiten. Als einfache Ermittlerin hatte sie sich aus allen persönlichen Konflikten und Intrigen herausgehalten. Sie hatte ihre Arbeit erledigt, und zwar ganz hervorragend, dann war sie, gefolgt von bewundernden Blicken, nach Hause gegangen. Jetzt steckte sie mitten im Trubel, konnte nicht fliehen und mußte oft eingreifen, entscheiden und über andere verfügen. Vielleicht war ihr das im Innersten zuwider. Bisher hatte sie viel mehr Energie dafür aufgewandt, zwischen sich und anderen Trennwände zu errichten, Wände, hinter die sie sich zurückziehen können mußte. Jederzeit.

Hanne Wilhelmsen wußte wirklich nicht, ob sie sich wohl fühlte.

»Hanne, mein Täubchen, mein Herzensvögelchen!«

Ein braungebrannter Gigant füllte die Türöffnung aus. Er trug verwaschene Jeans ohne Gürtel; an einer Gürtelschlaufe war eine dicke Goldkette befestigt, die zur Uhrentasche an der rechten Hüfte führte. Sein T-Shirt war knallrot und quer über die breite Brust in Schwarz mit dem Befehl »FUCK OFF!« bedruckt. An den Füßen trug er schwarze Stiefel mit echten, riesigen Sporen. Blonde Haarstoppeln von einem halben Zentimeter Länge bedeckten seinen Schädel. Sein Schnurrbart war viel länger und außerdem kupferrot.

»Billy T.! Du hast dir die Haare wachsen lassen!«

Hauptkommissarin Hanne Wilhelmsen sprang auf und wurde sofort zum Objekt für die innige Zuneigung dieses gewaltigen Besuchers. Er hob sie hoch und schwenkte sie so heftig durch die Luft, daß die Kaffeetassen umkippten und der Papierkorb an die Wand flog. Schließlich setzte er sie wieder ab, pflanzte ihr einen dicken Schmatz auf den Mund und ließ sich in einen Sessel fallen, der vier Nummern zu klein für ihn wirkte.

Sie kannten sich schon seit der Polizeischule. Anders als die allermeisten Männer aus ihrem Jahrgang hatte er nie versucht, sie anzubaggern. Im Gegenteil, mehrere Male hatte er ihr wie ein Prinz auf seinem Schimmel aus peinlichen Situationen helfen können, und eine Zeitlang waren Gerüchte über sie und ihn im Umlauf gewesen. Als er sich dann ein Kind nach dem anderen zulegte und keins davon mit Hanne, waren neue und ganz andere Gerüchte über sie aufgekommen. Vor denen hatte er sie nicht retten können. Aber er hatte sie nie auch nur für eine Sekunde fallenlassen. Im Gegenteil, in einer schönen Frühlingsnacht vor einem Dreivierteljahr, in dem legendären Hitzefrühling, als sie in einem Sturzbach von Verbrechen zu ertrinken drohten, hatte er sie auf eine Weise mit sich selbst konfrontiert, die sie zu der geheimen Überlegung gebracht hatte, daß sie an ihrem Leben etwas ändern müsse. Aber diese Überlegung blieb sehr geheim.

»Das war vielleicht toll«, sagte er und kam damit ihrer Frage zuvor. »Ich fand es toll, die Jungs fanden es spitze, und zu allem Überfluß hab ich auch noch eine verdammt scharfe Frau kennengelernt.«

Vierzehn Tage auf den Kanarischen Inseln. Die hätte Hanne auch brauchen können.

»Und jetzt bist du ausgeruht und dienstbereit. Bei mir. Für mich.«

Ihre Stimme klang seidenweich, und sie beugte sich über ihren Schreibtisch zu ihm vor.

»Daß ich das noch erleben darf! Chefin von Billy T. zu werden! Dem Schrecken aller Vorgesetzten! Ich freue mich schon.«

Er reckte zufrieden seinen über zwei Meter langen Körper und verschränkte die Hände im Nacken.

»Wenn ich mich je irgendwem unterordnen kann, dann nur einer supertollen Frau. Und wenn ich mich je einer supertollen Frau unterordne, dann nur dir. Das schaffen wir schon.«

Billy T. arbeitete wieder in der Ermittlung. Nach vielen Jahren als Jeanspolizist in der sogenannten »Unruhetruppe« hatte er sich von Hanne Wilhelmsen überreden lassen. Sie hatte sogar seinen Antrag auf Versetzung geschrieben. Es hatte sie viele Flaschen Rotwein und ein Festmahl gekostet, bis er eines Samstags nachts um zwei Uhr unterschrieben hatte. Am nächsten Morgen um neun hatte er verzweifelt angerufen und den Antrag in Fetzen reißen wollen. Sie hatte gelacht. Das kam nicht in Frage. Nun saß er hier. Und freute sich im Grunde wohl auch.

»Und das hier wirst du als erstes erledigen.«

Sie reichte ihm drei grüne, nicht allzu umfangreiche Umschläge. Eine Messerstecherei vom vergangenen Samstag, ein plötzlich gestorbenes Kind, das aber wohl dem Krippentod zum Opfer gefallen war, und einen anderen Todesfall von der Schattenseite der Lebensführung, der sich mit ziemlicher Sicherheit als Alkoholvergiftung entpuppen würde.

»Das machst du mit links«, sagte sie. »Aber hierbei wird's

ernst. Ein Mord. Altmodischer Messermord, der pure Groschenroman. In einem Kinderheim! Letzte Nacht. Sprich mit der Technik. Viel Glück. Ich würde gern eine ganze Kompanie auf diesen Fall ansetzen, aber wir hatten letzte Woche ja schon den Doppelmord in Smestad. Wir kriegen höchstens vier Leute. Und auf jeden Fall wirst du die Ermittlungen leiten.«

»Verdammt, ist das alles schon entschieden?«

»Ja.« Sie lächelte einschmeichelnd. »Bis auf weiteres arbeitest du mit Erik und Tone-Marit zusammen.«

Billy T. erhob sich und raffte mit demonstrativem Seufzen seine Sachen zusammen.

»Ich hätte da unten bleiben sollen«, stöhnte er.

»Ich bin froh, daß du das nicht gemacht hast.« Hanne Wilhelmsen lächelte zuckersüß und fügte hinzu: »Solche T-Shirts kommen hier nicht gut an. Zieh dich sofort um. Auf jeden Fall, ehe du ins Kinderheim fährst.«

»Den Teufel werd ich tun«, murmelte er und beschloß, dieses Hemd noch den ganzen Rest der Woche zu tragen. Dann stampfte er mit klirrenden Sporen davon.

Billy T. hatte dann doch das Hemd gewechselt. Bei genauerem Nachdenken war dessen Botschaft für ein Kinderheim wirklich nicht geeignet. Jetzt trug er ein normales weißes Hemd mit Knopfleiste unter seinem abgenutzten, voluminösen Lammfellmantel. Er stieß mit dem Kopf gegen den Türrahmen, als er sich aus dem kleinen zivilen Dienstwagen zwängte, und versuchte vergeblich, den Schmerz wegzureiben. Es war nach einer milden Periode wieder kalt geworden, die Kieselsteine auf dem Gartenweg knirschten trocken und gefroren unter seinen spitzen Stiefeln. Hanne Wilhelmsen war mitgekommen. Billy T.

machte so lange Schritte, daß sie laufen mußte, um nicht zurückzufallen.

»Ich sollte Gefahrenzulage für diese Karre da beantragen«, sagte Billy T. vergrätzt. »Blute ich?«

Er bückte sich und hielt seiner Kollegin den Kopf hin. Unter den Haarstoppeln war die Kopfhaut zu sehen, mit Narben und Kerben von früheren Kollisionen. Er blutete nicht.

»Waschlappen«, sagte Hanne Wilhelmsen, pustete auf seinen Kopf und öffnete eine Haustür, in der in Augenhöhe ein blaues, dreigeteiltes Fenster in Halbmondform saß. Ein kleiner geblümter Vorhang versperrte die Sicht.

Sie betraten einen Windfang mit Garderobenhaken an der einen Wand und einem dreistöckigen hölzernen Schuhregal vor der anderen. Schuhe in allen Größen zwischen 32 und 44 lagen dort in glücklichem Chaos wild durcheinander. Während Hanne Wilhelmsen noch überlegte, ob sie ihre Schuhe ausziehen sollte, riß Billy T. schon die nächste Tür auf, und sie folgte ihm, die Schuhe noch an den Füßen. Zu ihrer Rechten führte eine Treppe in den ersten Stock, vor ihnen lag eine Art Aufenthaltsraum. Es war leer und still.

»Gemütlich, gemütlich«, murmelte Billy T. und bückte sich, um einem Mobile mit bunten Hexen aus Pappe, Kreppapier und Birkenzweigen auszuweichen. »So hätte ich mir das nicht gerade vorgestellt.«

»Hättest du dir eher etwas wie in einem Buch von Dickens vorgestellt? Oder was sonst?« fragte Hanne Wilhelmsen, dann blieb sie stehen und horchte. »Hier ist es wirklich unglaublich still.«

Wie zur Antwort kam eine Frau die Treppe heruntergelaufen. Sie mußte so um die Dreißig sein und hatte einen langen blonden Zopf. Sie trug einen handgewebten Kittel, der so alt aussah, wie er sicher auch war, und Jeans mit

Schlag. Entweder waren die wieder total in, oder sie waren Erbstücke aus den siebziger Jahren.

»Tut mir leid«, sagte die Frau atemlos. »Ich mußte noch telefonieren. Maren Kalsvik.«

Ihr Händedruck war fest, ihre Augen aber waren rot und verquollen. Sie war nicht geschminkt, und trotzdem waren ihre Wimpern dunkel und außergewöhnlich lang. Sicher hatte sie sich die Haare bleichen lassen, wenn die auch nicht danach aussahen.

»Wir haben alle Kinder weggebracht. Nur für heute. Die Polizei meinte...« Ein wenig verwirrt brach sie ab. »Also, die, die heute nacht und heute früh hier waren, Ihre Kollegen ... die haben das gesagt. Daß die Kinder nicht hier sein dürften, solange die Stelle noch untersucht wird. Der Tatort, meine ich.«

Sie fuhr sich mit einer schmalen Hand mit kurzgeschnittenen Nägeln durch den Schopf und sah nun noch erschöpfter aus.

»Den wollen Sie doch sicher auch sehen.«

Ohne auf eine Antwort zu warten, drehte sie sich um und ging wieder die Treppe hoch. Hanne und Billy T. folgten ihr. Der Flur, den sie oben erreichten, hatte an jedem Ende, offenbar an den Stirnwänden des Hauses, ein Fenster. Der Flur selbst war etwa zwei Meter breit, und zu beiden Seiten gingen Türen ab. Sie wandten sich nach rechts und wollten offenbar in das hinten rechts gelegene Zimmer. Maren Kalsvik blieb in der Türöffnung stehen und wich zurück. In ihren Wimpern glitzerten Tränen.

»Wir dürfen da nicht rein.«

Das galt jedoch nicht für Hanne Wilhelmsen. Sie kroch unter dem rot-weißen Plastikriemen mit dem Verbotsschild hindurch. Billy T. drückte den Riemen nach unten und stieg hinüber.

»Da saß sie«, sagte Hanne und nickte zu einem mit rotem Wollstoff bezogenen Schreibtischsessel hinüber, während sie in einem Ordner blätterte, den sie aus ihrer großen Schultertasche gezogen hatte. »Mit dem Rücken zum Fenster. Und dem Gesicht zur Tür.«

Einen Moment lang starrte sie den Schreibtisch an, während Billy T. zum Fenster ging.

»Komisch, einen Schreibtisch so aufzustellen«, sagte Hanne dann zu Maren Kalsvik, die noch immer in respektvoller Entfernung vor der Tür stand. »Schreibtische stehen doch sonst immer vor einer Wand.«

»Auf diese Weise wollte sie alle willkommen heißen«, sagte Maren. »Sie hätte der Tür nie den Rücken zugekehrt.«

Billy T. machte das Fenster auf. Ein frischer, kalter Wind wehte herein. Maren Kalsvik näherte sich dem Plastikriemen, fuhr jedoch zurück, als sie sah, daß er sich an einer Seite aus seiner Befestigung löste.

»Das Fenster war von innen geschlossen«, teilte sie mit. »Das hat jedenfalls heute morgen die Polizei gesagt. Die Riegel waren geschlossen.«

Billy T. rüttelte an einem soliden Spiralhaken, der neben der Fensterbank in die Wand geschraubt war.

»Für eine Rettungsleine?«

Er wartete die Antwort nicht ab, sondern beugte sich hinaus und schaute nach unten. Auf dem Boden unter dem Fenster lag eine dünne alte Schneeschicht. Ohne Spuren. Er ließ seinen Blick an der Mauer entlanglaufen und registrierte unter den übrigen vier großen Fenstern des ersten Stocks ein wildes Getrampel. Der Schnee war fast verschwunden und Dutzende von Fußspuren verliefen kreuz und quer. Er zog den Kopf zurück und rieb sich das Ohrläppchen.

»Wohin führt die Tür da?« fragte er dann und zeigte auf eine schmale Tür in der Längswand.

»Zum Personalschlafzimmer. Manchmal nutzen wir es

auch als Büroraum. Ich habe dort telefoniert, als Sie gekommen sind.«

»Und hier wohnen acht Kinder?«

»Ja, eigentlich haben wir Platz für neun, aber im Moment steht ein Bett leer.«

»Und alle Schlafzimmer liegen auf dieser Etage?«

Sie nickte.

»Weiter hinten im Flur. Auf beiden Seiten. Ich kann sie hinführen.«

»Ja, gleich«, sagte Hanne Wilhelmsen. »Haben Sie schon festgestellt, ob irgendwas gestohlen worden ist?«

»Nein, bisher nicht. Wir wissen natürlich nicht, was sie vielleicht in ihren Schubladen aufbewahrt hat, aber ... die Schubladen sind abgeschlossen und nicht aufgebrochen worden.«

»Wo ist der Schlüssel?«

Hanne Wilhelmsen hatte mit dem Rücken zu Maren Kalsvik gestanden, als sie diese Frage stellte, aber sie glaubte doch, im Gesicht der anderen eine leichte Verwirrung zu bemerken, als sie sich umdrehte und sie ansah. Nur eine Spur von Verwirrung. Und vielleicht hatte sie sich selbst die nur eingebildet.«

»Der liegt dort unter dem Blumentopf«, sagte Maren Kalsvik. »Im Bücherregal da hinten.«

»Ach was«, sagte Billy T. und hob den Übertopf hoch.

Kein Schlüssel.

Marek Kalsvik wirkte ehrlich verblüfft.

»Sonst liegt der immer da. Vielleicht hat die Polizei ihn mitgenommen?!«

»Vielleicht.«

Hanne und Billy T. tauschten einen Blick, und Hanne machte sich auf einem Spiralblock ein paar Notizen, dann steckte sie ihn wieder in die Tasche und bat, in die Schlafzimmer geführt zu werden.

Olav und Raymond teilten sich ein Zimmer. Wie auch Glenn und Kenneth, während Anita und Jeanette das hinterste Zimmer auf dem Flur bewohnten. Ihnen gegenüber wohnten die Zwillinge, zwei Zimmer standen leer.

»Warum müssen sie sich die Zimmer teilen, wenn ihr doch leerstehende Räume habt?«

»Aus sozialen Gründen. Kenneth hat Angst vor dem Alleinsein. Die Zwillinge wollen zusammen wohnen. Olav...« Sie verstummte und fuhr sich wie schon so oft durch die Haare. »Olav ist der, der verschwunden ist. Agnes dachte...«

Jetzt kämpfte sie offenbar mit den Tränen. Sie holte zweimal schluchzend Luft und riß sich mit Mühe zusammen.

»Agnes meinte, Raymond könnte einen guten Einfluß auf Olav ausüben. Er ist zäh und groß und kann mit den Jüngeren eigentlich ziemlich gut umgehen. Obwohl er sich zuerst gegen den neuen Mitbewohner gewehrt hat. Rein soziale und pädagogische Gründe also, wenn Sie so wollen. Die leeren Zimmer nutzen wir zum Aufgabenmachen und so.«

»Und von dem verschwundenen Jungen haben Sie noch keine Nachrichten?«

»Nein. Wir machen uns schreckliche Sorgen. Er ist nicht nach Hause gegangen, aber das ist ja auch kein Wunder. Unseres Wissens hat er kein Geld, und zu Fuß ist es sehr weit.«

Billy T. lief im Flur hin und her und zählte leise und murmelnd die Meter. Als er wieder im Büro der Heimleiterin stand, mußte er die Stimme heben, um sich den anderen verständlich zu machen.

»Dieses Fenster hier, das steht doch sonst sicher nicht offen?«

Am Fensterrahmen zeigte der zartlila Staub, daß die Technik hier nach Fingerabdrücken gesucht hatte.

»Nein«, rief Maren. »Um diese Jahreszeit ist es immer geschlossen. Aber wir hatten gestern Brandübung. Die Kinder sind eine Stunde lang an Leinen und Leitern herumgeklettert.«

Das konnte Billy T. sehen. Das Fenster klemmte und ließ sich nur mit Mühe öffnen, aber es gelang ihm schließlich. Unter sich sah er das gleiche Durcheinander von Fußspuren, wie er es schon von der anderen Seite her kannte. Die Feuerleiter ließ sich zusammenschieben und war dann vom Boden her nicht zu erreichen. Sie war breit und stabil, mit groben, geriffelten Sprossen. Er löste sie an beiden Seiten, und die untere Hälfte fiel an gutgeschmierten Rollen dem Boden entgegen. Solides Teil. Er zog an einem Draht, der neben dem Fenster über eine kleinere Rolle lief, und der untere Leiterteil faltete sich brav zusammen. Als er oben angekommen war, gab es einen kleinen Klick, und Billy befestigte den Verschlußmechanismus wieder an Ort und Stelle. Dann schloß er das Fenster, überzeugte sich rasch davon, daß die Zimmer gegenüber dem Büro der Heimleiterin zwei Badezimmer waren, ein großes und ein kleines, dann ging er schweigend zurück zu den beiden Frauen.

»Wir müssen Sie alle verhören«, hörte er Hanne Wilhelmsen sagen, fast in einem Ton des Bedauerns. »Wir werden Sie der Reihe nach vorladen. Es wäre eine große Hilfe, wenn Sie uns eine Liste über alle Hausbewohner und, noch wichtiger, über alle machen könnten, die hier arbeiten. Namen, Geburtstage, aber auch Herkunft, Adresse, Familienstand, wie lange sie schon hier arbeiten und überhaupt. So schnell wie möglich.«

Die andere nickte.

Hanne und ihr Kollege gingen, gefolgt von Maren Kalsvik, ins Erdgeschoß hinunter. Schweigend inspizierten sie das restliche Haus und machten sich Notizen. Ungefähr eine Stunde nach ihrem Eintreffen schloß die Frau mit dem Zopf die Tür wieder hinter den beiden.

Ohne weitere Kommentare sprang Billy T. über eine kleine, niedrige Hecke, die Kiesweg und Rasenfläche trennte. Er klappte seinen Mantelkragen hoch, schloß die beiden noch nicht abgerissenen Knöpfe und bohrte die Hände in die Taschen. Danach lief er um die Ecke und blieb unter dem einzigen Fenster in der Stirnwand stehen, das sich etwa in sechs Metern Höhe befand. Hanne Wilhelmsen wußte, was er vorhatte, und stand sofort neben ihm.

Bei dem milden Wetter der letzten Woche war der Boden so weit aufgeweicht, daß sich in der braunen Erde zahllose kleine und große Fußspuren abzeichneten. Erst am Morgen hatte der Frost wieder eingesetzt. Jetzt sah der Boden aus wie eine winzige Mondlandschaft, durch die kreuz und quer flache Täler und kleine spitze Gebirge verliefen, ganz ohne System und ohne jeglichen Wert.

»Diese Feuerübung kam ja wie gerufen«, sagte Billy T. »Selbst der ausgefuchsteste Techniker würde hier versagen.«

»Immerhin haben sie es versucht«, sagte Hanne und zeigte auf winzige Gipspartikel, die mit dem Reif fast verschmolzen, und auf rotes Kontrastspray in mehreren Spuren. »Wenn nach der Brandübung noch jemand hier gewesen ist – und das muß ja der Fall gewesen sein, wenn jemand die Leiter hochgeklettert ist –, dann müssen diese Fußspuren die obersten sein. Wissen wir, wann der Frost eingesetzt hat?«

»Erst gegen Morgen. Als die anderen gegen halb zwei hier waren, war der Boden noch ganz weich.«

Die Hauptkommissarin ging vorsichtig auf dem zertrampelten Stück Boden hin und her, in der geheimen Hoffnung, diesem doch noch die eine oder andere Botschaft entreißen zu können. Danach trat sie dicht an die Mauer heran und streckte die Arme nach der zusammengeklappten Feuerleiter aus. Mehr als ein halber Meter trennte ihre Fingerspitzen noch vom unteren Ende der Leiter.

»Schaffst du das?«

Vorsichtig tauschten sie die Plätze, aber auch Billy T., 2,02 Meter auf Socken und mit den Armen eines Gorillas, konnte die unterste Sprosse nicht greifen.

»Ein Regenschirm oder irgendwas mit einem Haken würde aber genügen«, sagte Hanne Wilhelmsen und hauchte ihre rechte Hand an.

»Nein, das Schloß sorgt dafür, daß sie nicht von unten her ausgeklappt werden kann. Solide Konstruktion. Diese Leiter läßt sich nur von drinnen ausfahren. Ganz wie es sich gehört. Und sie kann auch nur vom Haus aus zusammengeklappt werden. Du mußt verdammt stark sein, wenn du sie von hier unten aus hochkriegen willst. Und das Schloß hast du damit noch längst nicht im Griff.«

»Aber dann«, sagte Hanne Wilhelmsen, »dann gibt es doch nur zwei Möglichkeiten. Entweder ist der Mörder nicht auf diesem Weg ins Haus gelangt. Oder wir haben es mit einer sehr kurzen Liste von Verdächtigen zu tun.«

Obwohl Billy T. erkennen ließ, daß er dieser Argumentation durchaus folgen konnte, fügte sie mit ruhiger Stimme hinzu: »Denn wenn die Leiter benutzt worden ist, dann von jemandem, der sie früher am Abend herunterlassen konnte, um sie später hochsteigen zu können, und der die Möglichkeit hatte, sie danach wieder hochzuziehen. Von innen. Das bedeutet im Grunde, daß es jemand vom Personal gewesen sein muß.«

»Oder eins von den Kindern«, murmelte Billy T. und schauderte.

Es wurde immer kälter.

Am schlimmsten war der Hunger, obwohl er auch fror. Eigentlich hätte er sich wärmer anziehen müssen. Eine Strumpfhose zum Beispiel wäre jetzt gut gewesen. Zum Glück hatte er eine dicke Jacke im Zimmer gehabt, aber seine Lederjacke, die unten im Windfang hing, unter seinem Namen aus munteren Blumenbuchstaben, wäre noch besser gewesen. So weit hatte er allerdings nicht gedacht. Oder hatte es nicht riskieren wollen. Die Turnschuhe waren für diese Jahreszeit jedenfalls total ungeeignet. Und seine Zunge tat schrecklich weh.

Das mit der Rettungsleine war ganz einfach gewesen. Glenn und Terje hatten behauptet, er traute sich nicht. Aber er hatte einfach keinen Bock gehabt. Da noch nicht. Er hatte auf nichts Bock, wenn andere ihn herumkommandieren wollten. Aber wenn es sein mußte, ging es ganz leicht. Sogar mit der Schultasche auf dem Rücken.

Wie weit er schon gelaufen war, wußte er einfach nicht. Ihm kam es vor wie viele Dutzend Kilometer.

»Ich bin sicher noch in Oslo«, sagte er leise, um sich selbst zu überzeugen, und dabei lugte er aus der Garage und sah unter sich eine Million Lichtquellen unter einer rosa Dunstglocke.

Es war blöd, daß er kein Geld hatte. Und daß er daran nicht vorher gedacht hatte. In einer Socke, tief hinten im dritten Fach von oben im Schrank, in dem Zimmer, das er mit Raymond teilte, steckten hundertfünfzig Kronen. Die hatte seine Mutter ihm zugesteckt. Hundertfünfzig Kronen waren ein Haufen Geld. Vielleicht sogar genug für ein Taxi nach Hause. Im Grunde hatte er geglaubt, daß er dieses Geld nur für den Zweck bekommen hatte. Sonst wäre eine Summe von hundert oder zweihundert Kronen logischer gewesen.

»Logisch bedeutet, leicht zu verstehen.«

Er klapperte mit den Zähnen und preßte die Hände auf

den Bauch, während er einen langen, leisen Schrei nach Essen ausstieß.

»Ich verhungere hier noch«, sagte er, und seine Zähne führten einen wilden Tanz auf. »Entweder ich erfriere, oder ich verhungere.«

Das Haus, zu dem die Garage gehörte, in der er sich versteckt hatte, war ganz dunkel. Obwohl seine Swatch zeigte, daß es schon nach neun Uhr abends war. Er hatte erwartet, daß gegen fünf jemand nach Hause kommen würde. Aber niemand hatte sich blicken lassen. Und hier stand auch kein Auto, obwohl es eine sehr große Garage war. Vielleicht waren die Hausbewohner verreist. Sicher wohnte hier eine Familie. Vor der Haustür stand ein schönes Rodelbrett, so eins mit Kufen und Steuerrad. Zu Weihnachten hatte er ganz sicher mit einem solchen Brett gerechnet, aber statt dessen hatte er einen Farbkasten bekommen. Seine Mutter hatte traurig ausgesehen. Aber er wußte, daß sie wenig Geld hatte. Er hatte außerdem einen Power Ranger gekriegt. Den hatte er sich immerhin gewünscht. Aber seine Mama hatte vergessen, daß er den roten wollte. Der rote war viel besser. Er hatte den grünen bekommen. Genau wie vor zwei Jahren, als er sich Rafael von den Turtles gewünscht hatte und mit Michelangelo abgespeist worden war.

Vielleicht war er ja doch ein bißchen eingeschlafen. Auf jeden Fall war er überrascht, als er sah, daß es schon nach Mitternacht war. Mitten in der Nacht. Er war lange nicht mehr so spät noch wach gewesen. Das Haus war noch immer leer. Als er aufstand, wurde ihm vor Hunger fast schwindlig. Ohne wirklich darüber nachzudenken, ging er zur Haustür. Natürlich war sie abgeschlossen. Mit einem normalen und einem Sicherheitsschloß.

Er stand auf der Betontreppe, seine Hand lag unschlüssig auf dem schmiedeeisernen Geländer. Lange. Dann lugte er über die Kante und entdeckte unten ein ziemlich großes Kellerfenster, dicht über dem Boden. Er ging die vier Stufen nach unten, und ohne sich die Sache weiter zu überlegen, benutzte er das Rodelbrett als Rammbock und zerbrach das Fenster. Er hatte schon Angst, sich nicht hindurchzwängen zu können, aber das war kein Problem. Zuerst warf er seine Tasche hinein. Innen stand nur einen Meter vom Fenster entfernt ein langer Tisch, es war also nicht schwer, nach unten zu gelangen. Er hatte im Dunkeln immer ziemliche Angst, deshalb suchte er zunächst einen Lichtschalter, und erst nach einigen Minuten ging ihm auf, daß es sicher keine gute Idee war, in einem fremden Haus Licht zu machen. Er hielt sich an der Türklinke fest, knipste das Licht wieder aus und betrat einen kleinen Korridor, wo im trüben Licht, das durch das eingeschlagene Fenster hereinströmte, eine Treppe zum Erdgeschoß zu sehen war. Zum Glück war die Tür am Ende der Treppe nicht abgeschlossen.

Der Kühlschrank quoll nicht gerade über von Lebensmitteln. Milch hatten sie zum Beispiel nicht. Er konnte auch kein Brot entdecken, obwohl er überall suchte. Aber in einem Fach in der Kühlschranktür gab es einige Eier, und Olav wußte, wie Eier gekocht werden. Als erstes muß das Wasser kochen, dann legt man die Eier sieben Minuten lang hinein. Er hatte zwar noch nie Eier und Fischklöße zusammen gegessen, aber das spielte jetzt keine Rolle. Er hatte solchen Hunger. Es fiel ihm gar nicht leicht, beim Essen nicht die Wunde in seiner Zunge zu berühren, und immer wieder blieb etwas in den Fäden hängen, aber es ging irgendwie. Und im Kühlschrank standen jede Menge Konservendosen.

Er schlief erst um zwei ein, in einer dunklen Küche, mit einem langen Damenmantel, den er im Flur gefunden hatte, als einziger Decke. Er war total erschöpft und konnte einfach nicht mehr überlegen, was er am nächsten Tag machen sollte. Es spielte auch keine Rolle. Jetzt wollte er nur schlafen.

Mit nur drei Jahren hat er mich dann zum erstenmal verletzt. Im Grunde war es nicht seine Schuld. Er war eben ein riesengroßer Dreijähriger. Obwohl er sehr viel mitbekam und im Kindergarten gelobt wurde, weil er so klug war (vielleicht wollten die mich ja nur trösten), konnte er nach wie vor nur zehn Wörter. Mama gehörte nicht dazu. Er war bestimmt das einzige Kind in der Weltgeschichte, das nicht »Mama« sagen konnte. Die Kindergärtnerin beruhigte mich und sagte, alle Kinder seien unterschiedlich. Sie habe einen Bruder, der Professor sei, sagte sie, und der habe erst mit vier Jahren sein erstes Wort gesprochen. Als ob mich das interessierte!

Ich hatte gerade gekocht. Er saß auf seinem Kinderstuhl, den ich von dem Geld vom Jugendamt gekauft hatte. Der Sicherheitsgurt war schon fast zu eng, aber ich konnte ihn doch nicht weglassen, Olav war noch nicht alt genug. Er quengelte noch mehr als sonst. Ich hatte unglücklicherweise die Fischstäbchen anbrennen lasssen, ich hatte plötzlich Magenprobleme bekommen und war ein wenig zu lange auf dem Klo geblieben. Die verkohlten Reste waren ungenießbar, aber zum Glück hatte ich noch eine Packung in der Tiefkühltruhe. Olav wurde langsam ungeduldig. Und sein Geschrei machte mich entsetzlich nervös. Sein lautes, tränenloses und von wildem Herumfuchteln begleitetes Geschrei. Die Nachbarn sahen mich schon vielsagend an, wenn ich mir zu lange am Müllschacht zu schaffen machte und unfreiwillig einem von ihnen begegnete, sicher hatten sie ihn auch diesmal gehört.

Ich hatte nur eine Tüte Lakritzschiffchen, um ihn ein bißchen abzulenken. Die waren schnell verschwunden. Als ich endlich fünf Fischstäbchen aus der Bratpfanne auf seinen Teller mit Karius und

Baktus legen konnte, dachte ich, er wäre jetzt zufrieden. Nachdem ich die Bratpfanne warmgestellt hatte, setzte ich mich ihm gegenüber hin und schälte zwei Kartoffeln. Er sah zufrieden aus mit seinem Mund voll Fisch. Ich lächelte ihn an, er sah so niedlich und engelhaft aus auf seinem Stühlchen, so still und zufrieden. Ich griff nach seiner Hand.

Und ohne irgendeine Vorwarnung stach er mir die Gabel in den Handrücken. Es war zum Glück nur eine Kindergabel, so eine mit nur drei Zinken, eher wie eine Kuchengabel. Aber sie riß meine Haut auf mit einer Kraft, die niemand einem Dreijährigen zutrauen würde. Das Blut spritzte nur so hoch. Ich war wie gelähmt und konnte gar nichts machen. Er riß die Gabel aus der Wunde und stach mit aller Kraft noch einmal zu. Es tat unbeschreiblich weh. Aber schlimmer noch war, daß ich so schreckliche Angst hatte. Vor mir saß ein Dreijähriger, und ich hatte größere Angst vor ihm, als ich je vor seinem Suffkopp von Vater gehabt hatte.

Himmel, ich hatte Angst vor meinem dreijährigen Sohn!

Terje Welby lag schon seit drei Stunden wach, wenn sich der Schlaf zu nähern schien, sprudelte plötzlich und gegen seinen Willen das Adrenalin wieder hoch. Seine Bettwäsche war schon schweißnaß. Er wälzte sich von einer Seite auf die andere und jammerte. Sein Rücken quälte ihn. Er legte sich das Kissen auf den Kopf und murmelte verbissen vor sich hin: »Ich *muß* schlafen. Ich *muß* schlafen.«

Das Telefon schellte.

Er stieß so heftig mit der Hand gegen die Nachttischlampe, daß der gläserne Lampenschirm auf den Boden fiel und zersplitterte. Er lutschte an seinen blutigen Fingern herum und starrte verängstigt das Telefon an.

Aber es gab keine Ruhe. Es schien nur immer noch lauter zu werden. Mit einem Ruck riß er den Hörer von der Gabel.«

»Hallo!«

»Hallo, Terje. Hier ist Maren. Tut mir leid, daß ich so spät anrufe.«

»Macht doch nichts«, sagte er rasch und sah auf seinem Nachttischwecker, daß der nächste Morgen nur noch drei Stunden entfernt war.

»Terje, ich muß es wissen.«

»Was denn wissen?«

»Du weißt schon, was ich meine.«

Er setzte sich auf und zupfte an seinem schweißnassen T-Shirt.

»Nein, das weiß ich ganz und gar nicht.«

Schweigen.

»Hatte Agnes es entdeckt?« fragte sie endlich. »Hat sie deshalb diese plötzliche Kollegenberatung angesetzt?«

Er schluckte so laut, daß es durch das Telefon zu hören war.

»Nein. Sie hatte es nicht entdeckt.«

So schrecklich auch alles war, immerhin war er glücklich, weil sie ihn nicht sehen konnte.

»Terje, nicht böse sein.«

»Ich bin nicht böse.«

»Dann sag es mir.«

»Was soll ich dir sagen?«

»Hast du sie umgebracht?«

»Nein, Maren. Das habe ich nicht. Ich habe sie nicht umgebracht.«

Sein Rücken quälte ihn mehr denn je.

4

»Sieh dir das an! Sieh dir das an!«

Billy T. platzte, ohne anzuklopfen, in das spärlich eingerichtete Büro der Hauptkommissarin. Er zeigte zitternd hinunter auf den Åkebergvei, wo zwei in Mäntel gekleidete Männer in ein wildes Handgemenge verwickelt waren. Ein Volvo hatte seine Schnauze unverschämt weit in den Hintern eines Toyota Corolla neuesten Typs gebohrt.

»Es hat einfach peng gemacht, und schon sprang der erste aus der Karre und zog den anderen Heini aus seiner, ohne auch nur guten Tag zu sagen. Ich setze einen Hunderter auf den Volvo.«

»Wem gehört denn der Volvo«, fragte Hanne ziemlich gleichgültig, aber immerhin war sie jetzt aufgestanden und neben dem aufgeregten und glücklichen Billy T. ans Fenster getreten.

»Dem im helleren Mantel. Dem Großen.«

»Ich setze nicht dagegen«, sagte Hanne, als der Große im helleren Mantel dem Toyota-Besitzer eine perfekte Rechte verpaßte. Der Toyota-Besitzer taumelte rückwärts, verlor das Gleichgewicht und ging zu Boden.

»Reine Notwehr«, brüllte Billy T. »Der Toyota hat angefangen!«

Als der Toyota-Besitzer versuchte, wieder auf die Füße zu kommen, kamen zwei uniformierte Polizisten angerannt. Sie trugen weder Mütze noch Jacke, sicher hatten sie die Szene auch von irgendeinem Fenster aus beobachtet.

»Typisch Bullen«, sagte Billy T. gereizt. »Müssen einem auch jeden Spaß verderben!«

Er blieb noch eine Minute stehen, um den weiteren Verlauf der Dinge zu beobachten, aber natürlich streckten die beiden Kämpfer angesichts der Uniformen sofort die Waffen. Die Polizisten konnten die Lage offenbar beruhigen und machten sich überraschend schnell an das Ausfüllen von Formularen.

»Das Leben bringt eben große und kleine Freuden«, sagte Billy T. und nahm seiner Chefin gegenüber Platz. »Nur bei dieser Kinderheimgeschichte will es uns offenbar nicht gerade verwöhnen.«

»Ach?«

»Technische Spuren: eine Million. Davon brauchbar: keine.«

Eine Riesenfaust legte sich über die Zigarettenpackung auf Hanne Wilhelmsens Tisch.

»Ich habe dir doch gesagt, daß du damit aufhören sollst«, sagte er. »Das bringt dich noch um, Wuschel.«

»Du, das kriege ich zu Hause oft genug zu hören. Hier auch noch dieses Gequengel, das ertrage ich nicht«, sagte sie mit überraschend scharfer Stimme.

Billy T. ließ sich davon nicht abschrecken.

»Cecilie ist schon eine tolle Frau. Die weiß, was für ihre Liebste gut ist. Ist ja nicht umsonst Ärztin.«

Hanne Wilhemsens Gesicht verdüsterte sich, sie sprang auf und schloß die halboffene Tür zum Flur. Billy T. nutzte die Gelegenheit, um die Zigarettenpackung, in der noch mindestens zehn Zigaretten steckten, zusammenzuquetschen. Dann warf er sie in den Papierkorb.

»Siehst du. Eine Packung Sargnägel weniger«, erklärte er zufrieden.

Sie wurde wütender, als er erwartet hatte.

»Hör zu, Billy T. Du bist mein Freund. Von Freunden

lassen wir uns viel gefallen. Aber eins verlange ich: Respekt. Vor der Tatsache, daß ich nicht über mein Privatleben sprechen will, wenn andere uns hören können, und vor meinem Privatbesitz. Du kannst gern herumquengeln, daß ich zuviel rauche, ich weiß, du willst nur mein Bestes. *Aber laß meinen Kram in Frieden, zum Henker!«*

Wütend bückte sie sich über den Papierkorb und fischte die ramponierte Packung zwischen Papier und Apfelresten heraus. Zwei Zigaretten waren zwar zerknickt, hatten aber überlebt. Sie steckte eine an und machte zwei tiefe Züge.

»So. Wo waren wir noch gleich?«

Billy T. ließ seine Hände, die er während Hannes Ausbruch erhoben hatte, sinken.

»Tut mir leid, tut mir leid, Hanne. Ich wollte wirklich nicht...«

»Schon gut«, unterbrach sie ihn mit einem kleinen Lächeln. »Technische Spuren.«

»Jede Menge«, murmelte Billy T., beschämt und noch immer überrascht von ihrem Wutanfall. »Überall Fingerabdrücke, nur nicht da, wo wir welche brauchen. Auf dem Messer nämlich. Da gibt's keinen einzigen. Ein ganz normales Messer. Bei IKEA gekauft. Also gerade da, wo wir unmöglich herausfinden können, wer was gekauft hat. Die verkaufen doch eine Million Messer. Und was die Fußspuren angeht...« Er erhob sich ein wenig. »...so sind sie aufgeweicht und kaum etwas wert. Du hast dir die Fläche da draußen ja selber angesehen. Aber die Technik arbeitet weiter. Wahrscheinlich stammen sämtliche Spuren von Bewohnern und Angestellten des Heims. Mit anderen Worten...«

Wieder unterbrach Hanne ihn: »Mit anderen Worten, wir haben es mit der spannendsten klassischsten Polizeiarbeit zu tun!«

Sie beugte sich vor und lächelte. Billy T. tat es ihr nach,

und mit nur zwanzig Zentimetern Zwischenraum zwischen ihren Gesichtern sagten sie im Chor: »Taktische Ermittlung!«

Sie lachten, und Hanne schob ihm einen kleinen Stapel mit Maschine beschriebener Blätter hin.

»Das ist eine Liste über alle Kinder und Angestellten des Heims. Maren Kalsvik hat sie aufgestellt.«

»Dann gehen wir mit einer Prise Skepsis ans Werk, denn sie gehört schließlich auch zu den Verdächtigen.«

»Die Liste ist vollständig«, sagte Hanne kurz. »Aber jetzt schau her!«

Die Liste enthielt einen kurzen Lebenslauf aller Angestellten. Der Jüngste war der erst zwanzig Jahre alte Christian. Die Älteste war eine gewisse Synnøve Danielsen, die seit der Eröffnung des Heims 1967 dort tätig war. Wie Christian hatte auch sie keine Ausbildung, anders als er jedoch eine Menge Erfahrung. Ansonsten arbeiteten drei Sozialarbeiter in dem Heim, zwei Leute aus der Diakonie, drei Pädagogen, eine Vorschullehrerin und ein Automechaniker. Der letzte auf der Liste, Terje Welby, war Lehrer für die Fächer Geschichte, Pädagogik und Literatur.

Das Kinderheim Frühlingssonne wurde von der Heilsarmee betrieben, aber die Gelder stammten größtenteils vom Staat. Es gab dort elfeinhalb Arbeitsplätze und vierzehn Angestellte.

»Jetzt nur noch dreizehn«, sagte Billy T. lakonisch. »Wer hat die Heimleitung übernommen?«

»Terje Welby, wenn ich das richtig verstanden habe, schließlich ist er offiziell der stellvertretende Heimleiter. Aber er hat sich bei der Feuerübung den Rücken verknackst und ist heute krank geschrieben worden. Ich nehme an, Maren leitet jetzt den Laden.«

»Hmm. Das kommt ja gelegen.«

»Was denn?«

»Daß er krank geschrieben ist.«

»Das müssen wir genauer überprüfen.«

»Das ist ja wohl kein Problem. Schwieriger ist es schon, bei dieser ganzen Bande Motive zu finden.«

»Motive gibt's immer. Das Problem ist nur, jemanden mit einem ausreichend starken Motiv zu finden. Außerdem kann es auch ein Außenstehender gewesen sein oder eins der Kinder. Klingt zwar nicht sehr wahrscheinlich, aber wir dürfen keine Möglichkeit ausschließen. Sind die Kinder schon verhört worden?«

»Nur ganz kurz. Mir kommt das absolut unwahrscheinlich vor. Die Nachtwache hatte doch gerade einen Rundgang gemacht, ehe sie die Leiche gefunden hat, und müßte sehen können, ob Kinder wirklich schlafen oder sich verstellen. Dieser Typ würde beschwören, daß alle tief geschlafen haben. Und nur ein kleiner Teufel würde doch so eine ›Tante‹ ermorden, um dann in den Schlaf des Gerechten zu sinken.« Er rieb sich das Gesicht. »Nein, die einzige Möglichkeit wäre dieser Verschwundene. Der ist angeblich ein harter Brocken. Ganz neu, erst seit drei Wochen da. Sehr eigen und schwierig.«

Hanne Wilhelmsen blätterte in ihren Unterlagen.

»Ein Zwölfjähriger! *Ein Zwölfjähriger!* Der hat doch wohl kaum Kraft genug, ein Messer durch Haut und Knochen mitten ins Herz einer kräftigen Frau zu stoßen.«

Sie drückte energisch in einem geschmacklosen Aschenbecher aus braunem Glas ihre Kippe aus.

»Der soll aber riesig groß sein, weißt du«, beharrte Billy T. »Abnorm riesig.«

»Auf jeden Fall ist es ein schlechter Ausgangspunkt, wenn wir uns auf einen Zwölfjährigen konzentrieren. Wir lassen das erst mal offen.«

Dann fügte sie hinzu: »Trotzdem müssen wir ihn natürlich unbedingt finden. Aus vielen Gründen. Er kann etwas gesehen haben. Aber bis auf weiteres müssen wir nach besten Kräften im Privatleben all dieser Leute herumstochern. Sieh dir alles an. Finanzen, Liebschaften, sexuelle Neigungen...«

Eine leichte Röte breitete sich unterhalb ihrer dunkelblauen Augen aus, und sie steckte sich die letzte brauchbare Zigarette an, um davon abzulenken.

»Familienprobleme. Alles. Und wir müssen Leben und Tätigkeit des Opfers unter die Lupe nehmen. Also, mach dich an die Arbeit.«

»Dann schaue ich erst noch einmal im Heim vorbei und sehe nach, ob unser Mörder noch andere Einstiegs- und Fluchtmöglichkeiten gehabt haben kann«, sagte Billy T. und erhob sich.

Inzwischen war es halb drei geworden. Hanne Wilhelmsen dachte kurz nach und rechnete aus, daß sie um fünf zu Hause sein könnte.

»Ich komme mit«, erklärte sie und folgte ihm über den blauen Linoleumboden zu den Fahrstühlen.

»Du bist einfach nicht zur Hauptkommissarin geschaffen, Hanne«, sagte er mit lautem Lachen. »In deiner Birne sitzt viel zuviel Neugier.«

»Deine Fresse!« antwortete sie aufgesetzt knurrig.

Als die schweren Metalltüren, die den Eingang zum Osloer Polizeigebäude beschützten, sich brüsk hinter ihnen schlossen, packte sie für einen Moment seinen Arm. Er blieb stehen.

»Eins solltest du wissen. Und zwar: Du kannst dich darüber freuen, daß ich wütend auf dich werden kann.«

Dann ging sie weiter. Er kapierte kein Wort, aber er glaubte ihr nur zu gern.

Alle Kinder waren ins Heim zurückgekehrt, und zwei Knirpse von acht oder neun, die einander ähnelten wie ein Ei dem anderen, öffneten die Tür und starrten den riesigen Mann mit dem Schnurrbart entsetzt an.

»Hallo, Jungs, ich bin Billy T. Ich bin von der Polizei. Sind denn auch Erwachsene hier?«

Die beiden Jungen schienen sich ein wenig zu beruhigen und zogen sich tuschelnd zurück. Billy T. und Hanne Wilhelmsen folgten ihnen. Bei ihrem ersten Besuch waren sie von der Stille überrascht gewesen. Das schienen die Kinder jetzt unbedingt ausgleichen zu wollen.

Ein fast erwachsener Junge saß mitten im Zimmer und bastelte an einem Fahrrad herum. Neben ihm saß ein Hänfling und machte ein ganz glückliches Gesicht, wenn er ein Werkzeug halten durfte. Der große Junge sprach mit dem kleinen mit leiser freundlicher Stimme, die von dem Geschrei eines Vierzehnjährigen, der triumphierend einen BH schwenkte und von einem wütenden Mädchen gejagt wurde, übertönt zu werden drohte.

»Anita glaubt, sie hat Titten!«

»Her damit, Glenn! Komm schon!«

Die beiden Achtjährigen sprangen um ihn herum, dann stieg einer auf einen riesigen Arbeitstisch, fuchtelte mit den Armen und heulte: »Glenn, Glenn! Her damit!«

Glenn war so groß, daß die zwei Jahre ältere Anita das peinliche Kleidungsstück, das sie so verzweifelt zu erobern versuchte, nicht einmal dann hätte greifen können, wenn er stehengeblieben wäre. Sie stand jetzt auf Zehenspitzen, er wedelte weiter mit dem BH herum.

»Jeanette, hilf mir doch!« jammerte Anita.

»Hör auf mit dem Scheiß, Glenn.« Mehr Hilfe hatte ein molliges Mädchen, das völlig ungerührt am Tisch saß und zeichnete, nicht zu bieten. »Roy-Morgan! Nicht auf meine Zeichnung treten!«

Sie versetzte ihm eins mit der Faust, und der Junge heulte vor Schmerz auf und brach in Tränen aus.

»Hergott, Kinder! Glenn, laß das jetzt. Gib Anita ihren BH! Sofort! Und du!«

Der Achtjährige, der eben noch auf einem Bein auf dem Tisch herumgehüpft war und sich das Schienbein gerieben hatte, stand wieder auf dem Boden, noch ehe Maren Kalsvik ein weiteres Wort sagen konnte.

Nun entdeckte sie die beiden Fremden bei der Tür.

»Ach, Entschuldigung«, sagte sie verdutzt. »Ich wußte nicht, daß jemand hier ist.«

»Daß jemand hier ist?« Billy T. grinste so breit, daß seine Zähne durch den kräftigen Schnurrbart leuchteten. »Sie haben doch wirklich die Bude voll, gute Frau!«

Die beiden Jungen waren noch immer in die Arbeit am Fahrrad vertieft.

»Ich sag es dir nicht zum erstenmal, Raymond!« mahnte Maren mit einer resignierten Handbewegung. »Das mußt du im Keller machen. Das hier ist keine Werkstatt.«

»Da ist es so kalt!« protestierte er.

Sie gab auf, und der Junge blickte verdutzt zu ihr auf.

»Also ist das in Ordnung?« fragte er.

Sie zuckte mit den Schultern und wandte sich wieder ihrem Besuch zu. Die letzten anderthalb Tage hatten Spuren hinterlassen. Sie hatte die Haare mit einem Gummiband zusammengefaßt, statt sie zu flechten. Mehrere Strähnen hatten sich daraus befreit, und zusammen mit den hängenden Schultern und ihren weiten Kleidern ließ sie das fast schlampig wirken. Ihre Augen waren noch immer rot.

»Haben Sie die Listen nicht bekommen?«

»Doch«, antwortete Hanne Wilhelmsen. »Vielen Dank. Die sind uns eine große Hilfe.«

Ein kurzes Nicken in Richtung der Kinder teilte Maren Kalsvik mit, daß der Besuch anderswo mit ihr reden wollte.

»Wir können hierhin gehen«, sagte sie und öffnete die Tür zu einem hellen, freundlichen Raum mit vier Sitzsäcken, einem Sofa und zwei Sesseln vor einem 28-Zoll-Fernseher in der linken Ecke. Die beiden Frauen setzten sich in die Sessel, Billy T. ließ sich auf einen Sitzsack fallen. Er lag fast auf dem Boden, aber Maren Kalsvik achtete nicht weiter darauf.

»Ihr Kollege, der Nachtdienst hatte, ist der jetzt hier?«

Diese Frage hatte Hanne Wilhelmsen gestellt.

»Nein, der hat sich krank schreiben lassen.«

»Der auch? Ist hier eine Seuche ausgebrochen, oder was?« brummte Billy T. vom Boden her.

»Terje hat sich bei der Brandübung den Rücken verletzt. Bandscheibenvorfall oder so. Als wir fertig waren schien noch alles in Ordnung zu sein, aber in der Nacht haben sich die Schmerzen eingestellt, sagt er. Was Eirik angeht, der ist fast im Schockzustand. Es war bestimmt schrecklich, sie zu finden. Er war völlig verstört, als er angerufen hat. Zuerst dachte ich, jemand wollte sich einen Scherz erlauben. Ich wollte schon wieder auflegen, doch dann ging mir auf, wie ernst die Sache war. Er war total hysterisch.«

»Wissen Sie, wo er gesessen hat?«

»Gesessen?«

»Ja, hat er sich nicht fast die ganze Zeit in diesem Zimmer aufgehalten?«

»Ach so, ja.«

Sich mit der Hand durch die Haare zu fahren war offenbar eine ihrer schlechten Gewohnheiten.

»Nein, das weiß ich wirklich nicht. Aber die Erwachsenen setzen sich alle lieber in die Sessel.«

Sie schaute Billy T. an und zwinkerte.

»Vermutlich hat er in diesem Sessel gesessen. Der steht am dichtesten beim Fernseher. Und der ist immer ziemlich leise eingestellt.«

Billy T. kam mühsam auf die Beine. Er ging zur Tür und öffnete sie einen Spaltbreit.

»Und wenn Sie hier sitzen, ist die Tür dann offen?«

»Da gibt es keine feste Regel. Bei mir steht sie immer offen, ja. Falls ein Kind mich ruft. Oder herunter kommt. Kenneth neigt zum Schlafwandeln.«

»Aber von hier aus können Sie doch den Aufenthaltsraum nicht sehen!«

Maren Kalsvik drehte sich zu dem Polizisten um.

»Das brauchen wir auch nicht. Wichtig ist, daß wir die Kinder hören. Sie wissen, daß wir abends meistens hier sitzen. Manche von uns schlafen sogar hier, obwohl es im ersten Stock ein Bett gibt. Außerdem soll die Haustür immer abgeschlossen sein.«

»Und kommt es vor, daß das nicht der Fall ist?«

»Natürlich kann das vorkommen ...«

Der kleine Hilfsmechaniker kam weinend herein, zögerte kurz, rannte an Billy T. vorbei und warf sich auf Marens Schoß.

»Glenn sagt, ich hätte Agnes umgebracht«, schluchzte er.

»Aber Kenneth«, flüsterte sie ihm ins Ohr. »Was für ein Unsinn. Das glaubt nun wirklich niemand. Du hast sie doch so lieb gehabt. Und du bist selber so lieb.«

»Aber er hat gesagt, ich hätte es getan. Und er sagt, daß die Polizei mich bald holen kommt.«

Er weinte ganz schrecklich, mußte immer wieder nach Atem ringen und klammerte sich fest an die Frau. Vorsichtig faßte sie seine beiden Arme und lockerte deren Griff um ihren Hals, um ihm in die Augen schauen zu können.«

»Lieber kleiner Kenneth. Der will dich bloß ärgern. Du

weißt doch, daß Glenn das gern tut. Das darfst du nicht ernst nehmen. Frag mal den Mann hier, ob er dich holen will. Er ist von der Polizei.«

Der Junge schien immer kleiner zu werden. Er sah babyhaft aus, mit großen, ein wenig hervorstehenden Augen und einem schmalen, fast kränklichen Gesicht, das in einem spitzen Kinn endete. Jetzt starrte er voller Angst Billy T. an und umklammerte Maren Kalsviks Hand.

Billy hockte sich vor den Jungen hin. Er lächelte.

»Kenneth. So heißt du doch?«

Der Junge nickte kaum sichtbar.

»Ich heiße Billy T. Manchmal werde ich auch Billy Kaffee genannt.«

Die verweinten Augen leuchteten kurz auf.

»Siehst du, du hast ja doch Humor.« Billy T. grinste und fuhr dem Kleinen vorsichtig durch die Haare. »Ich will dir eins sagen, Kenneth. Wir glauben nicht, daß ein Kind das getan haben kann. Und in einem Fall sind wir hundertprozentig vollständig ganz und gar sicher, nämlich, daß du gar nichts getan hast. Hier...« Er streckte die Faust aus und nahm die kleine Kinderhand, die jetzt Marens losgelassen hatte. »Ich gebe dir die Hand darauf: Du wirst nicht von der Polizei geholt. Weil wir wissen, daß du nichts ausgefressen hast. Das sehe ich dir an. Ein toller, ehrlicher Typ. Und ich hab sehr viel Übung im Sehen von solchen Sachen.«

Jetzt lächelte Kenneth, wenn auch nicht sehr überzeugend.

»Ganz sicher?«

»Ganz sicher. Großes Ehrenwort!«

»Kannst du das nicht Glenn sagen?« flüsterte der Junge.

»Aber sicher.«

Billy T. erhob sich und entdeckte Raymond, den Fahrradreparateur, der mit verschränkten Armen an den Türrahmen gelehnt dastand. Sie starrten einander kurz in die Augen, dann sagte Raymond mit ruhiger, fast monotoner Stimme: »'türlich war's nicht Kenneth. Und ich auch nicht. Aber ich wär nicht so sicher, daß das nicht doch jemand hier aus dem Haus war. Dieser Olav war eine trübe Nummer. Der ist fast so stark wie ein Erwachsener. Und ich hab noch nie einen so brutalen Jungen gesehn. Außerdem hat er mir gesagt, daß er Agnes umbringen wollte.«

Alles verstummte, die Kinder aus dem anderen Zimmer drängten sich hinter Raymond zusammen, um zu hören, was er zu erzählen hatte. Hanne Wilhelmsen hätte die Sache gern abgebrochen und sich unter vier Augen mit dem Jungen unterhalten, aber Billy T., der das ahnte, winkte ab.

»Und das gleich mehrmals. Beim Schlafengehen zum Beispiel. Ich hab nie was dazu gesagt, die Neuen sind immer wütend auf alles und alle.«

Jetzt lächelte er zum erstenmal. Abgesehen von seinen strähnigen Haaren und den vielen Narben war er eigentlich hübsch. Er hatte gleichmäßige weiße Zähne und dunkle Augen.

»Anfangs war ich auch so. Aber bei Olav war es irgendwie schlimmer. Er kam mir so todernst vor. Er hat sogar gesagt, wie er es machen wollte. Mit einem Messer, hat er gesagt. Das weiß ich noch genau, ich fand es komisch, daß er nicht ein Schrotgewehr oder ein Maschinengewehr nehmen wollte, davon quatsche ich manchmal. Aber Messer kann man sich natürlich leichter besorgen. In der Küche liegen die doch haufenweise rum. Wenn ich ein Bulle wär, würd ich den Olav mal unter die Lupe nehmen. Und abgehauen ist er schließlich auch!«

Das war offenbar alles, was Raymond zu sagen hatte. Er gähnte und wollte sich umdrehen und in den Aufenthaltsraum zurückgehen. Billy T. hielt ihn zurück.

»Aber das Messer, mit dem Agnes ermordet worden ist, war nicht von hier«, sagte er ruhig. »Ihr kauft eure Messer doch nicht bei IKEA.«

Scheinbar gleichgültig zuckte der Junge mit den Schultern und ging davon.

»Wenn du meinst«, murmelte er fast unhörbar. »Aber ich setze einen Hunderter auf Olav.«

Olav hatte den Konservenfraß wirklich satt. Außerdem war sein Daumen wund und geschwollen. In dieser Küche gab es keinen normalen Dosenöffner, jedenfalls keinen, wie seine Mutter ihn hatte. Der, den er nach langer Suche gefunden hatte, war viel kleiner, und ihm tat die Hand weh, wenn er ihn benutzte. Zumeist hatte er den Inhalt der Dosen kalt gegessen. Und auch das hatte er satt. Er mühte sich mit dem halboffenen Deckel einer Dose Rentierfrikadellen ab und schnitt sich.

»O verdammt!«

Er steckte den Daumen in den Mund und lutschte daran herum. Er jammerte, als der Daumen die Wunde auf der Zunge berührte. Ein paar Blutstropfen waren in die Dose gefallen und zeichneten ein hübsches rotes Muster in die hellbraune Soße.

»Scheißdeckel.«

Er goß den Inhalt der Dose in einen viel zu großen Topf und drehte versuchsweise an einem der Herdschalter herum. Die Zahlen und Symbole, die zeigten, welche Platte zu welchem Schalter gehörte, waren verwischt. Aber er tippte richtig. Einige Minuten später dampfte die Soße, und er rührte noch zweimal energisch um. Ehe das Essen richtig gar war, stellte er den Topf einfach auf die Tischplatte und aß.

Jetzt hatte er eine Nacht und einen Tag in diesem Haus verbracht. Er hatte die Küche nicht verlassen. Hier schlief er, und hier aß er. Ansonsten saß er auf dem Boden und überlegte. Einmal hatte er einen Blick ins Wohnzimmer geworfen, aber das große vorhanglose Panoramafenster mit Ausblick über die ganze Stadt hatte ihm angst gemacht. Er hatte kurz mit dem Gedanken gespielt, den Fernseher vorsichtig in die Küche zu bugsieren, aber dann hatte sich herausgestellt, daß das Antennenkabel nicht lang genug war.

Agnes war tot. Da war er sich ganz sicher, obwohl er vorher noch nie eine Tote gesehen hatte. Sie hatte einen so seltsamen Gesichtsausdruck gehabt, und ihre Augen waren offen gewesen. Er hatte sich immer vorgestellt, daß man vor dem Sterben die Augen zumacht.

Wenn er doch bloß seine Mutter anrufen könnte... In der Diele stand ein Telefon, in sicherer Entfernung von den Fenstern. Es funktionierte auch, er hatte das Freizeichen gehört. Aber bei seiner Mutter wimmelte es sicher nur so von Polizei. Im Fernsehen wurde ja immer gezeigt, wie die zu den Wohnungen von Leuten fuhren, die etwas verbrochen hatten. Da lungerten sie im Gebüsch herum, und PENG! schlugen sie zu, wenn man kam. Und bestimmt hörten sie auch das Telefon ab.

Er überlegte noch eine Weile und fragte sich, wo sie wohl das Tonbandgerät stehen hatten, neben dem immer jemand mit Kopfhörern saß, um ja nichts zu überhören. Bei der Nachbarin vielleicht. Die war eine blöde Kuh. Oder im Keller. Oder vielleicht hatten sie sogar einen von diesen großen Kastenwagen ohne Fenster und mit ganz vielen technischen Geräten.

Ehe er mit seinen Überlegungen zu einem Ende kam, schlief er ein. Obwohl es noch immer früher Nachmittag war. Und obwohl er einsamer war denn je und schreckliche Angst hatte.

Ich habe mich über das Jugendamt gewundert. Sie kannten mich, und irgendwo in ihren riesigen Aktenschränken mußte ich doch liegen. Wenn ein seltenes Mal die Türglocke ging – ein Vertreter vielleicht, oder eher noch eine Bande von Rotzbengeln, die unter Geschrei und Gebrüll verschwand, wenn ich mich endlich blicken ließ –, war ich vor Angst wie gelähmt. Ich wäre am liebsten mäuschenstill sitzen geblieben, so als wäre ich überhaupt nicht zu Hause. Aber ich wußte ja, daß sie ihre Methoden hatten und daß mir das Versteckspiel nicht helfen würde. Und nie stand jemand vom Jugendamt vor der Tür.

Als die Leute vom Kindergarten mich eines Nachmittags zu einem vertraulichen Gespräch baten, war ich mir allerdings sicher. Ich ging meine Fluchtmöglichkeiten durch. Das dauerte nicht lange, ich hatte nämlich keine. Meine Mutter begriff nichts, und ihr Gequengel ging mir auf die Nerven. Ich glaube, sie kann das Kind überhaupt nicht leiden, das kann ja sonst auch niemand. Außer ihr hatte ich seit der Geburt des Jungen kaum einen Menschen gesehen. Und die lag schon fünf Jahre zurück.

Aber auch zu dieser Besprechung tauchte das Jugendamt nicht auf. Ich traf nur die Kindergartenleiterin, und die hatte mich immer anständig behandelt. Jetzt war sie ernst und schien sich darüber zu ärgern, daß ich den Jungen bei mir hatte. Aber wo hätte ich ihn denn lassen sollen? Ich sagte nichts.

Er hatte an diesem Tag das Kühlschrankkabel durchgeschnitten. Und das hätte für ihn gefährlich werden können. Es hätte natürlich ein blöder Einfall sein können. Ein dummer Streich. Aber es fügte sich in ein destruktives Muster ein, meinte sie, und er sei zu anstrengend für sie. Er spiele nicht mit den anderen Kindern. Er hindere sie am Spielen. Er kenne keine Grenzen. Und sei entsetzlich aktiv.

Ich sagte noch immer nichts. Ich hatte nur einen weißen, schmerzenden Klumpen im Kopf, und das einzige, was mir klar bewußt war, war meine Angst, den Kindergartenplatz einzubüßen. Aber ich sagte nichts.

Sie verstand mich vielleicht, denn plötzlich wurde sie freundlicher. Sie hätten um Hilfe gebeten, erzählte sie. Fünfzehn Stunden Betreuung die Woche. BUP und PPT und andere Abkürzungen, von denen ich keine Ahnung hatte, würden eingeschaltet werden. Aber sie sagte kein Wort vom Jugendamt. Nach und nach begriff ich das Wichtigste: Mein Junge durfte weiter in den Kindergarten gehen. Mein Kopf wurde ein bißchen klarer, und ich konnte wieder atmen. Ich hatte Bauchweh.

Am nächsten Tag fand ich auf dem Sozialamt eine Broschüre. Es ging darin um MCD. Ich blätterte eher aus Langeweile darin herum, weil ich die anderen Wartenden nicht ansehen wollte. Aber dann fiel mein Blick auf etwas. Auf eine Checkliste. Dinge, die anzeigen, daß ein Kind einen Gehirnschaden hat, an dem niemand schuld ist.

Und alles traf auf Olav zu! Seine Unruhe, die gewaltige Aktivität, sein geringes Sprachvermögen, obwohl er doch auch nicht dümmer zu sein schien als andere Kinder... Ich hatte das Gefühl, über mein Kind zu lesen. Mit seinem Gehirn stimmte etwas nicht. Und niemand hätte daran etwas ändern können. Ich hatte nichts damit zu tun. Ich nahm drei Exemplare dieser Broschüre mit und verspürte eine Art Hoffnung.

»Es wäre wahrscheinlich kein großes Problem gewesen, an einer übermüdeten Nachtwache vorbeizuschleichen, vor allem, wenn sie mit dem Rücken zur Tür vor dem Fernseher saß. Und einfach hochzugehen und wieder runterzukommen. Wenn die Tür offen war.«

»Oder wenn der Mörder einen Schlüssel hatte. Aber das ändert nichts an der Tatsache, daß der Betreffende sich im Haus ausgekannt haben muß. Er muß gewußt haben, wo die Nachtwache sich normalerweise aufhält und wer im ersten Stock welches Zimmer hat.«

Billy T. war mit ihr nach Hause gegangen. Sie saßen auf einem niedrigen amerikanischen Sofa, und der Tisch aus Kiefernholz war mit ihren langen Beinen bedeckt. Das Zimmer war nicht groß, und es wurde auch durch die Bücherregale, die eine Wand vollständig verdeckten, nicht größer.

»Außerdem«, fuhr Hanne fort und trank einen Schluck Tee, der aber noch zu heiß war, »außerdem muß er gewußt haben, daß Agnes gerade an diesem Abend dort war. Sie war doch gar nicht im Dienst.«

»Nein, wir wissen ja nicht, ob der Mörder wirklich morden wollte. Vielleicht hatte er etwas anderes vor und hatte das Messer nur zur Sicherheit bei sich.«

»Was kann er denn in dem Büro gesucht haben? Das Fleißige Lieschen?«

»Immerhin waren die Schubladen abgeschlossen, darin kann schon irgend etwas gewesen sein. Auch wenn sie nicht aufgebrochen waren. Übrigens, was ist mit dem Schlüssel, erinnerst du dich an den?«

Hanne Wilhelmsen runzelte die Stirn und legte den Kopf ein wenig schräg.

»Ja«, rief sie. »Der Schlüssel, der Maren Kalsvik zufolge unter dem Blumentopf liegen sollte! Sie war ganz überrascht, als er verschwunden war. Weißt du, wo der steckt?«

»Den hat die Technik eingesackt. Sie haben ihn auf Fingerabdrücke untersucht. Ohne großen Erfolg.«

»War er abgewischt worden?«

»Muß nicht sein. Bei so einem kleinen Schlüssel reicht eine zufällige Berührung, und schon ist nichts mehr zu holen. Wir wissen also nicht, ob der Mörder die Schubladen untersucht hat. Es waren Unterlagen darin, einige psychologische Berichte und ein paar völlig belanglose Notizen von ihr. Einkaufslisten, Merkzettel, solcher Kram.«

»Aber wenn jemand etwas in den Schubladen gesucht

hat, dann muß dieser Jemand gewußt haben, wo der Schlüssel versteckt war.«

»Also suchen wir in erster Linie nach jemandem, der sich im Heim gut auskennt«, sagte Billy T. »Der damit rechnen mußte, daß Agnes dasein würde, und der sie entweder umbringen wollte oder fand, daß ihm nichts anderes übrigblieb, wenn er sich das Gewünschte aus ihrem Büro holen wollte.«

»That pretty much sums it up«, sagte Hanne nachdrücklich, und dann stand ihre Lebensgefährtin, eine blonde, fast schmächtige Frau in der Tür.

»Billy T.! Wie nett! Bleibst du zum Essen? Du bist ja vielleicht braun geworden!«

Cecilie Vibe beugte sich über den Mann auf dem Sofa und küßte ihn auf die Wange.

»Ich kann doch ein Essen bei den zwei schönsten Frauen in der Stadt nicht ablehnen, meine Güte«, antwortete er und grinste.

Er ging erst kurz vor Mitternacht nach Hause.

5

Agnes Vestaviks Mann war am 8. Mai 1945 geboren. Aber er sah weder glücklich noch besonders friedlich aus. Er hatte ein Gesicht, an das Billy T. sich nur mit Mühe erinnern würde: einen mittelgroßen Mund unter einer mittelkleinen Nase unter mittelblauen Augen. Sein leicht mißmutiger Gesichtsausdruck konnte natürlich von seiner Situation herrühren: vor nur zwei Tagen war seine Frau brutal ermordet worden, und nun wurde er von der Polizei verhört. Andererseits konnte diese Miene auch sein ständiger Ausdruck sein.

Er war etwa eins achtzig und steckte die Familienkost offenbar besser weg als seine Frau. Er war fast mager. Er war so angezogen, wie es sich für den Geschäftsführer in einem Laden für Herrenmoden gehört. Graue Hosen aus dünner Wolle, weißes Hemd und diskreter dunkelblauer Schlips unterm Jackett mit Pepitamuster. Tiefe Geheimratsecken, aber noch immer mit beeindruckend vollem Haar.

»Ich weiß, wie schmerzlich das für Sie ist«, Billy T. sagte den auswendig gelernten Spruch auf, »aber Sie verstehen sicher, daß wir uns ein Bild von der Lage machen müssen.«

Das alles hörte sich seltsam an; die gewählte Sprache bildete einen schrillen Kontrast zum Aussehen der kurzgeschorenen, fast beängstigenden Gestalt in Flanellhemd und Sporenstiefeln.

Der Mann ließ sich nichts anmerken. »Ich verstehe, ich verstehe«, murmelte er ungeduldig und fuhr sich dabei mit einer schmalen Hand mit einem noch schmaleren Trauring übers Gesicht. »Bringen wir es hinter uns.«

»Wie geht es Ihren Kindern?«

»Amanda versteht es noch nicht. Die Jüngste. Für die beiden Älteren ist es sehr schwer.«

Jetzt standen ihm Tränen in den Augen. Vielleicht um seinetwillen.

Vielleicht, weil die trauernden Kinder erwähnt worden waren. Er riß die Augen auf, um die Tränen zurückzuhalten, und schüttelte energisch den Kopf.

»Ich begreife nicht…«

»Nein, ein solcher Schicksalsschlag ist auch unbegreiflich.«

Billy T. nahm seine Hände von der Tastatur des PC. Endlich hatte das Computerzeitalter immerhin Teile der Osloer Polizei eingeholt.

»Fangen wir mit den einfachsten Fragen an«, sagte er und bot dem Mann eine Tasse Kaffee an. Der lehnte dankend ab.

»Wann haben Sie sich kennengelernt?«

»Das weiß ich nicht mehr genau. Meine jüngere Schwester war mit Agnes befreundet. Aber unsere Beziehung begann erst, als sie erwachsen war. Diese Art von Beziehung, meine ich.«

Er sah ein wenig verwirrt aus, und Billy T. lächelte beruhigend.

»Alles klar. Und wann haben Sie geheiratet?«

»1972. Agnes war zweiundzwanzig und arbeitete schon in der Fürsorge. Sie hat immer mit Kindern gearbeitet. Ich war … ungefähr siebenundzwanzig. Aber wir waren ziemlich lange verlobt. Auf jeden Fall ein Jahr. Petter wurde dann 1976 geboren, Joachim 78. Amanda kam im Februar 91 dazu.«

»Ein echter Nachkömmling also.«

»Ja, aber sehr geplant.«

Jetzt lächelte der Mann zum erstenmal, wenn auch sehr schwach und ohne daß das Lächeln seine Augen erreicht hätte.

»Eheprobleme?«

Billy T. fühlte sich nicht wohl in seiner Haut, er tat seine Pflicht. Der Mann hatte sicher mit dieser Frage gerechnet, er seufzte tief und nahm gewissermaßen Anlauf, indem er sich aufrichtete.

»Nicht mehr als andere, nehme ich an. Wir hatten eben gute und weniger gute Zeiten. Man langweilt sich auf die Dauer ein bißchen, das geht wohl allen so. Aber wir hatten die Kinder, wir hatten das Haus, gemeinsame Freunde und das alles. In letzter Zeit war es wohl ... nicht so ganz gut. Sie hatte Probleme bei der Arbeit, glaube ich, aber Genaueres weiß ich nicht. Und ich habe wohl nicht immer genug Rücksicht auf sie genommen. Ich weiß nicht so recht...«

Jetzt konnten seine Augen die Tränen nicht mehr halten. Er versuchte krampfhaft, sich zusammenzureißen, und das verursachte ein lautes, fast schnarchendes Schluchzen. Billy T. ließ ihm die Zeit, die er brauchte, um ein Taschentuch hervorzuziehen. Es war elegant, maskulin und frisch gebügelt. Er schneuzte sich heftig und preßte das Taschentuch nacheinander energisch auf beide Augen.

»Wir hatten nicht sehr oft Streit«, sagte er schließlich. »Es war eher so, daß wir nicht miteinander geredet haben. Sie war so weit weg und schrecklich reizbar. An manchen Abenden fand ich das so auffällig, daß ich die Wechseljahre dafür verantwortlich gemacht habe. Und dabei war sie doch erst fünfundvierzig.«

Er blickte den Polizisten verständnissuchend an, und der schien ihn zu verstehen.

»Frauen können wirklich schwierig sein«, bestätigte Billy T. mitfühlend. »Mit oder ohne Wechseljahre. Wollte sie sich scheiden lassen?«

Etwas im Gesicht des Mannes verschloß sich. Er faltete sein Taschentuch ordentlich zusammen und steckte es in die Brusttasche. Dann räusperte er sich, setzte sich anders hin und blickte seinem Gegenüber direkt in die Augen.

»Wer hat das behauptet?«

Billy T. hob abwehrend die Hand.

»Niemand. Niemand hat das behauptet. Ich frage einfach nur.«

»Nein, wir wollten uns nicht scheiden lassen.«

»Aber war je davon die Rede? Hat sie es mal zur Sprache gebracht?«

»Nein.«

»Nein?«

»Ja. Nein.«

»Hat sie die Möglichkeit einer Scheidung nie erwähnt? Hat sie über zwanzig Jahre Ehe mit all den guten und schlechten Zeiten diese Möglichkeit kein einziges Mal erwähnt?«

»Nein, das hat sie nicht.«

»Na gut.«

Billy T. gab nach und öffnete eine Schreibtischschublade. Darin sah es ziemlich chaotisch aus, aber er hatte bald einen DIN A 4-Bogen gefunden, den er vor sich auf den Tisch legte und dann zu Vestavik hinüberschob.

Der war zwar schon blaß, aber Billy T. hätte schwören können, daß er noch eine Spur fahler wurde.

»Wo haben Sie das her?« fragte er schroff und schob den Bogen nach einem kurzen Blick wieder zurück.

»Aber Vestavik! Das sind öffentlich zugängliche Informationen. Einwohnermeldeamt, Handelskammer, es gibt doch so viele Arten von Registern.« Er breitete die langen

Arme aus. »Wir sind eine Behörde. Wir bekommen, was wir brauchen.«

Der Bogen besagte, daß Gregusson Herrenmoden, wo Agnes Vestaviks Mann Geschäftsführer war, ein ausgesprochen solides Familienunternehmen darstellte. Familienunternehmen bedeutete im Klartext, daß das Geschäft alleiniger Besitz von Agnes Vestavik, geborene Gregusson war. Sie hatte keine Geschwister, und nach dem Tod ihres Vaters im Jahre 1989 waren alle Anteile in ihren Besitz übergegangen. Obwohl der Vater als gläubiger und frommer Mann in seinem Testament keine Bedingungen festgelegt hatte, hatte Agnes auf den freundlichen Rat des Familienanwalts hin Gütertrennung durchgesetzt. Man wußte schließlich nie. Das Geschäft brachte einen sehr guten Jahresertrag, doch das Gehalt des Geschäftsführers war seit acht Jahren nicht erhöht worden. Und umwerfend hoch war es nicht.

»Genau. Das war niemals ein Geheimnis«, sagte Herr Vestavik mürrisch. »Meine Stellung wäre mir auch bei einer Scheidung sicher gewesen. Dafür gibt es hierzulande schließlich Gesetze.«

»Ihre Stellung, ja«, sagte Billy T. ruhig. »Aber das Haus hat ihr doch auch gehört. Das Elternhaus Ihrer Frau, nicht wahr?«

Es wurde ganz still im Zimmer. Vom Flur drangen leise Stimmen und Lachen herein, durch das Fenster konnten sie hören, wie ein frisch entlassener Festgenommener alles und alle und vor allem die uniformierte Polizei mit Verwünschungen überschüttete. Das leise Summen des PC schien lauter zu werden.

»Sie glauben also, ich hätte sie umgebracht«, sagte endlich der Witwer und richtete einen vor Wut zitternden Zeigefinger auf Billy T. »Wegen des Hauses soll ich die Frau umgebracht haben, mit der ich seit dreiundzwanzig

Jahren verheiratet war. Die Mutter meiner Kinder. Wegen des Hauses!«

Wütend beugte er sich vor und schlug mit der Faust auf die Tischplatte. Er schien nicht so recht zu wissen, ob er aufspringen oder sitzen bleiben sollte. Am Ende saß er ganz am Rande der Stuhlkante, wie auf dem Sprung.

»Ich glaube gar nichts, Vestavik. Ich behaupte auch nichts. Ich weise nur auf einige Umstände hin, die so interessant sind, daß wir sie nicht außer acht lassen können. Es geht hier nicht nur um das Haus. Das Geschäft wirft beträchtliche Einnahmen ab, und die hat Agnes im Laufe dieser Ehe angehäuft. Die Wahrheit ist wohl, daß Ihnen kein Hosenknopf gehört. Genauer gesagt: Ihnen *gehörte* kein Hosenknopf. Ich gehe davon aus, daß Sie Universalerbe sind? Soviel wir wissen, gibt es kein Testament. Stimmt das?«

Wieder fischte der Mann sein Taschentuch hervor, und diesmal behandelte er es viel weniger schonend. Seine Fingerknöchel traten weiß hervor, als er das Stoffstück umklammerte.

»Selbstverständlich gibt es kein Testament. Niemand hatte mit Agnes' Tod gerechnet. Und wir wollten uns auch nicht scheiden lassen.«

Plötzlich erkannte er die Logik dieser Aussage und fügte eifrig hinzu: »Genau! Sie hatte kein Testament gemacht. Das beweist doch, daß mit unserer Ehe alles in Ordnung war. Daß eine Scheidung nicht in Sicht war zumindest. Wenn sie Scheidungspläne gehegt hätte, dann hätte sie doch verhindert, daß mir alles zufällt. Und außerdem irren Sie sich.«

Er brach ab und schien kurz zu zögern, ehe er seine Trumpfkarte auf den Tisch knallte.

»Ich bin durchaus nicht Universalerbe. Alles geht zu gleichen Teilen an mich und die Kinder.«

»Aber Ihre Kinder werfen Sie nicht aus dem Haus,

oder?« fragte Billy T. spöttisch, stemmte die Handflächen auf den Tisch und beugte sich zu seinem Gegenüber vor.

Diese Bemerkung war nur zum Teil Ergebnis seines Ärgers darüber, daß er sich geirrt hatte.

Es wurde mehrmals hart an die Tür geklopft. Der Witwer fuhr zusammen und ließ sich in seinem Sessel zurücksinken. Hanne Wilhelmsen trat ein, reichte ihm die Hand und stellte sich vor.

»Das mit Ihrer Frau ist wirklich schrecklich«, sagte sie teilnahmsvoll. »Wir werden alles tun, um diese Sache zu klären.«

»Dann sollten Sie anderswo suchen als in der Familie«, sagte der Mann mürrisch, aber doch besänftigt durch das freundliche Auftreten der Hauptkommissarin.

»Ach, wissen Sie«, sagte Hanne bedauernd. »Polizeiarbeit kann ziemlich erbarmungslos sein. Und in einem Fall wie diesem müssen wir jeden Stein umdrehen. Das verstehen Sie doch sicher. Aber das ist alles nur Routine, und je schneller wir das hier hinter uns bringen, desto eher können Sie und Ihre Familie versuchen, nach diesem tragischen Ereignis Ihr Leben wieder aufzunehmen.«

Vestavik schien beruhigt zu sein. Hanne Wilhelmsen wechselte einige Worte mit Billy T. und verschwand.

Das Verhör dauerte noch zwei Stunden und verlief einigermaßen höflich. Billy T. erfuhr, daß der Mann sich im Kinderheim recht gut auskannte. Er war natürlich einige Male dort gewesen. Sein eigenes Heim lag nur einen Katzensprung entfernt, und Agnes hatte zwölf Jahre in dem Heim gearbeitet. Am Abend des Mordes hatte sie beim Essen gesagt, sie müsse noch einmal kurz ins Büro. Die großen Kinder waren nicht zu Hause gewesen, der Älteste studierte in einer anderen Stadt, der sechzehnjährige Joachim war auf Klassenreise. Agnes hatte Amanda ins Bett gebracht und war dann gegen halb zehn zum Heim gegangen. Sie hatte ihn gebeten, nicht auf sie zu warten, es könne spät werden. Er hatte ein wenig ferngesehen und war dann wie üblich gegen halb zwölf schlafen gegangen. Amanda schlief normalerweise durch, aber gerade in der Nacht hatte sie Alpträume gehabt und sich so gefürchtet, daß er sie ins elterliche Doppelbett geholt hatte. Sie waren beide gegen vier Uhr morgens davon geweckt worden, daß ein Pastor vor der Tür stand. Telefongespräche hatte er an dem Abend nicht geführt. Welche Fernsehsendung er gesehen hatte, wußte er nicht sofort, aber nachdem Billy T. ihm das Programm des fraglichen Abends gezeigt hatte, konnte er den Film auf TV 3 kurz und glaubhaft zusammenfassen.

»Sonst noch etwas?« fragte Billy T. schließlich.

»Wie meinen Sie das?«

»Gibt es sonst noch etwas, das für den Fall von Bedeutung sein kann?« fragte Billy T. ungeduldig.

»Ja. Eins vielleicht noch.«

Vestavik zog seine Brieftasche hervor und suchte nach einem Zettel, der sich dort offenbar nicht befand. Dann schob er die Brieftasche wieder in sein Jackett und seufzte. Er schien nicht recht zu wissen, ob er tatsächlich erzählen sollte, woran er dachte.

»Es ist Geld abgehoben worden«, sagte er zögernd.

»Geld?«

»Vom Konto. Ich habe es auf den Kontoauszügen gesehen. Ich weiß nicht, wo und von wem. Aber an ein und demselben Tag sind drei Schecks zu je zehntausend eingelöst worden.«

»Dreißigtausend Kronen also?«

»Ja.« Er zupfte sich am Ohrläppchen und starrte zu Boden. »Von Agnes' Konto. Verstehen Sie, wir hatten ein gemeinsames Konto, und dann hatte sie noch ihr eigenes.

Aber ich habe natürlich ihre Kontoauszüge durchgesehen, die sind gestern gekommen.«

Dem Witwer schien es peinlich zu sein, daß er sich an der Post seiner Frau zu schaffen gemacht hatte. Billy T. versicherte ihm, das sei nur richtig gewesen.

»Haben Sie irgendeine Vorstellung, wozu Ihre Frau das Geld gebraucht haben kann?«

Vestavik schüttelte den Kopf und seufzte tief.

»Aber danach hat sie das Konto offenbar sperren lassen. Das weiß ich allerdings noch nicht mit Sicherheit. Vielleicht war ihr das Scheckbuch gestohlen worden?«

»Ja, vielleicht«, sagte Billy T. nachdenklich. »Dürfte ich ordnungshalber um Ihre Zustimmung dafür bitten, daß wir die Bankkonten Ihrer Frau überprüfen?«

»Natürlich.«

Nachdem das Protokoll ausgefertigt und von Vestavik ordnungsgemäß unterschrieben worden war, führte Billy T. ihn aus dem grauen Betongebäude hinaus. Er drückte dem Witwer rasch die Hand, dann rannte er die drei Treppen hoch und platzte, wie immer ohne anzuklopfen, in Hanne Wilhelmsens Büro.

»Verdammt, Hanne«, sagte er ärgerlich. »Du kannst doch nicht mitten in einem Verhör reinplatzen. Wir hätten mitten in einem Geständnis gewesen sein können!«

»Aber das wart ihr nicht«, antwortete sie gelassen. »Ich habe an der Tür gehorcht. Tatsache ist, daß ihr gerade ziemlich aneinander geraten wart. Deshalb mußte ich eingreifen, verstehst du, und dein Temperament ein bißchen zügeln. Hat es geholfen?«

»Tja. Doch. Im Grunde schon.«

»Na siehst du. Kann er gestrichen werden?«

»Nein, noch nicht. Er hört sich ja ziemlich überzeugend an. Und so leicht bringt einer seine Alte nicht um, da hat er schon recht. Sie haben eine Tochter von knapp vier Jahren. Und zwei große Söhne. Ich kann es mir nicht vorstellen. Aber streichen können wir ihn deshalb noch nicht.«

»Es kommt gar nicht so selten vor, daß jemand seine Ehefrau umbringt«, sagte Hanne und starrte vor sich hin. »Ganz im Gegenteil. Bei vielen Morden liegt eine enge Beziehung zwischen Täter und Opfer vor.«

»Aber in diesem Fall müßte es sich um vorsätzlichen Mord handeln, Hanne. Und dazu müßte der Typ ganz schön kaltblütig sein. So kam er mir aber nicht vor, auch wenn ihre Beziehung offenbar ziemlich abgekühlt war. Und es sieht so aus, als wären der Frau zuerst ihr Scheckbuch und dann dreißigtausend Kronen geklaut worden, ohne daß sie ihrem Mann auch nur einen Mucks gesagt hat.«

»Was sagst du da?«

»Du hast richtig gehört. Er hat gestern den Brief mit den Kontoauszügen geöffnet, und an ein und demselben Tag waren drei Schecks zu insgesamt dreißigtausend eingelöst worden. Das war dann auch die letzte Auszahlung.«

Sie blickten einander lange an.

»Hat er das selbst gemacht und eingesehen, daß wir irgendwann darüber stolpern würden? Hat er es uns deshalb lieber gleich erzählt?«

»Glaube ich nicht. Er schien das selbst nicht zu kapieren. Und er wirkte ziemlich verlegen.«

Hanne erhob sich, drückte eine Zigarette aus und versuchte vergeblich, ein Gähnen zu unterdrücken.

»Werden sehen. Sieh dir mal an, was die anderen herausgefunden haben, ja? Und bitte Tone-Marit, sich um die Schecks zu kümmern. Und morgen früh erstattest du mir Bericht. Ich geh jetzt.«

Odd Vestavik fühlte sich gar nicht wohl in seiner Haut. Er lockerte seinen Schlips und öffnete den Sicherheitsgurt, in der Hoffnung, dann bequemer zu sitzen. Aber das half alles nichts.

Die Sache mit der Gütertrennung hatte ihn restlos aus dem Konzept gebracht. Er hätte alles erzählen müssen. Andererseits, er hätte sich doch sein eigenes Grab geschaufelt, wenn er erzählt hätte, daß Agnes erst vor drei Wochen ganz überraschend mit einem neuen Ehevertrag gekommen war. In diesem Vertrag wurde festgelegt, daß ihr ganzer Besitz im »Falle ihres Fortgehens« ihm zufallen sollte. Das stand da wirklich: »Im Falle ihres Fortgehens.« Er hatte sich darüber gewundert, daß Juristen das einfache Wort »Tod« nicht benutzen mochten. Und das war Agnes nun, tot.

Er hatte diesen Vertrag erst zwei Tage vor Agnes' Tod notariell beglaubigen lassen. Es hatte ihn überrascht, daß die Polizei noch nichts davon gewußt hatte. Vermutlich steckten die Papiere noch immer bei den zuständigen Behörden in irgendeiner Warteschleife. Wie lange das wohl dauern mochte?

Aber sie würden es herausfinden. Und dann würde es verdächtig wirken, daß er nichts davon erzählt hatte.

Odd drosselte das Tempo, was den Fahrer hinter ihm zu wütendem Hupen veranlaßte. Er überlegte sich, ob er umkehren sollte. Er hatte die Polizei angelogen.

Vielleicht würden sie es ja nie herausfinden. Jedenfalls war er jetzt viel zu müde, um eine Entscheidung zu fällen.

Er mußte die Sache überschlafen.

Aber er hätte doch zu gern gewußt, was aus den dreißigtausend Kronen geworden war.

Maren hatte die Leitung ganz und gar übernommen. Es hatte sich einfach so ergeben. Angestellte und Kinder betrachteten sie als die neue Chefin, ohne Formalitäten oder Widerspruch. Und auch Terje hatte, obwohl er schon wieder halbtags arbeiten durfte, nichts dagegen, daß sie seinen Job übernahm. Bei den Kindern war erstaunlich schnell der Alltag wieder eingekehrt. Sie spielten und zankten sich, lernten und spielten, nur Kenneth schien es noch angst zu machen, daß nur wenige Meter von seinem Schlafzimmer entfernt eine Frau brutal erstochen worden war. Jeden Abend suchte er sein Zimmer mehrere Male nach Mördern und Einbrechern ab, unter dem Bett, in den Schränken und sogar in einer Spielzeugkiste, in der höchstens ein kleines Kind Platz gehabt hätte. Oder vielleicht ein winzig kleiner, aber lebensgefährlicher Drache. Geduldig ließen die Angestellten ihn sein Ritual vollziehen, ehe sie sich für eine halbe Stunde neben ihn legen mußten, damit er endlich einschlafen konnte.

Olav war nun seit drei Tagen verschwunden. In ganz Ostnorwegen wurde nach ihm gesucht, und am nächsten Tag sollte die Suchmeldung auch an die Medien gegeben werden. Auch bei der Polizei machten sie sich große Sorgen.

»Und doch scheinen sie ihn nicht mit dem Mord in Verbindung zu bringen«, sagte Maren Kalsvik und trommelte mit einem Bleistift auf dem Couchtisch in der guten Stube herum. »Das wundert mich eigentlich. Für die Suche nach ihm sind ganz andere Beamte eingesetzt worden als für die Aufklärung des Mordes.«

Terje Welby seufzte resigniert.

»Denen ist wohl klar, daß ein Zwölfjähriger niemanden umbringt«, sagte er. »Jedenfalls nicht so. Mit einem riesigen Messer.«

»Wenn ein Kind überhaupt einen Mord begeht, dann ja

wohl nicht mit einer Schußwaffe«, wandte sie ein. Dann stand sie auf und ging zu der großen, zweiflügeligen Holztür mit dem Spiegel hinüber, die die sogenannte gute Stube vom Aufenthaltsraum trennte.

Sie drückte die Türhälften in der Mitte zusammen, bis ein leises Klicken ertönte, dann setzte sie sich wieder aufs Sofa, griff zum Bleistift und fing an, nachdenklich darauf herumzukauen. Nach zwei heftigen Bissen zerbrach er.

»Eins wüßte ich wirklich gern, Terje«, sagte sie leise und spuckte Holzsplitter aus. Sie legte den Bleistift auf den Tisch, spuckte noch einmal aus, blickte ihrem Kollegen ins Gesicht und fragte: »Wo stecken die Papiere aus der Schublade, die die ganze Angelegenheit beweisen könnten?«

Er lief augenblicklich knallrot an, und Schweißperlen traten auf seine Oberlippe.

»Die Papiere? Welche Papiere?«

Es hörte sich fast wie ein Fauchen an, und er warf einen ängstlichen Blick zu den verschlossenen Türen hinüber.

»Die Papiere, die beweisen, was du gemacht hast«, sagte Maren. »Die Papiere, die Agnes über den Fall angelegt hatte.«

»Aber sie wußte doch nichts!«

Die Verzweiflung malte weiße Flecken in sein rotes Gesicht. Er sah krank aus. Sein Oberkörper zuckte, und er jammerte. »Dieser verdammte Rücken«, stöhnte er und ließ sich vorsichtig im Sessel zurücksinken. »Du mußt mir glauben, sie hat nichts gewußt.«

»Du lügst.«

Sie trug diese Behauptung wie eine unumstößliche Wahrheit vor, unerschütterlich. Sie lächelte sogar dabei, eine erschöpfte und freudlose Grimasse, in der Verzweiflung und Resignation lagen.

»Ich weiß, daß du lügst. Agnes wußte von der Unterschlagung. Oder den Unterschlagungen, sollte ich vielleicht sagen. Ich kann dir alle Einzelheiten nennen, aber nötig ist das wohl nicht. Sie war zutiefst enttäuscht. Und ziemlich wütend.«

Er war dermaßen außer sich, daß sie daran zweifelte, daß sich das noch steigern ließe. Sie hatte sich geirrt. Er keuchte auf und schnappte nach Luft, und seine Stimme klang wie die eines Kindes, als er endlich herauspressen konnte: »Hat *sie dir* das gesagt?«

Es dauerte einige qualvolle Sekunden, bis sie antwortete. Sie starrte aus dem Fenster, vor dem nun wieder Schnee fiel, große weiße Flocken, die schmelzen würden, sobald sie den Boden berührten. Maren schüttelte leicht den Kopf und schaute Terje an.

»Nein, das hat sie nicht. Ich weiß es aber trotzdem. Und ich weiß, daß sie es beweisen konnte. Diese Beweise wären sicher nicht schwer zu finden, wenn man die Buchführung genau untersuchte. Die Papiere lagen in der Schublade. In der abgeschlossenen. Und sie lagen nicht mehr da, als die Polizei hier war. Sonst hätten sie dich längst eingebuchtet. Und das haben sie nicht. Du bist ja noch nicht einmal verhört worden.«

Der letzte Satz hörte sich an wie eine Frage. Terje schüttelte zur Bestätigung den Kopf. »Und warum nicht? Soll das eine Form von Psychoterror sein, oder was?«

Sein Gesicht verfärbte sich langsam. Es war jetzt nicht mehr weiß, sondern rosa. Seine Koteletten kräuselten sich vor Feuchtigkeit, und an seinem linken Ohr liefen drei Schweißtropfen herunter. »Aber ich habe doch fast alles wieder in Ordnung gebracht, Maren! Das habe ich bereits gesagt. Herrgott, es geht doch gar nicht um große Summen!«

»Um ganz ehrlich zu sein, Terje, ich glaube nicht, daß die

Höhe des Betrages für die Polizei eine solche Rolle spielen würde.«

Sie winkte resigniert ab und bedachte ihn mit einem nachsichtigen Blick.

»Aber ich habe fast alles wieder in Ordnung gebracht! Ich bin ganz sicher, daß Agnes nichts gewußt hat. Sie hatte nicht den geringsten Verdacht. Aber sie hat etwas anderes gewußt, Maren, etwas, das...«

Mehr sagte er nicht.

Maren Kalsvik ließ sich demonstrativ in ihren Sessel zurücksinken. Sie hörten einige Kinder im Aufenthaltsraum herumtoben, sie lachten und lärmten. Im ersten Stock dröhnte Raymonds Stereoanlage. Vor den Fenstern fiel der Schnee immer dichter, vielleicht würde er nun doch endlich liegen bleiben. Während der letzten zwei Tage hatte es kräftige Temperaturschwankungen gegeben.

Er kam ihr vor wie ein auf frischer Tat ertapptes Kind. Das wild etwas abstreitet, das doch auf der Hand liegt. Sie fing seinen Blick auf und fixierte ihn.

»Terje. Ich *weiß*, daß Agnes es gewußt hat. Und du weißt es auch. Ich *weiß*, daß sie Unterlagen darüber besaß. Das weißt du auch. Ich bin doch deine Freundin, zum Henker!« Das letzte sagte sie mit Nachdruck und schlug zur Bekräftigung auch noch auf den Tisch. »Diese Papiere waren vor Agnes' Tod da, aber sie waren verschwunden, als die Polizei kam. Da gibt es doch nur eine einzige Erklärung. Du hast sie irgendwann im Laufe des Abends oder der Nacht an dich genommen. Willst du das nicht lieber gleich zugeben?«

Er saß wie gelähmt da.

Maren stand auf und wandte sich von ihm ab. Dann fuhr sie plötzlich herum. »Ich kann dir helfen, Terje. Himmel, ich will dir doch helfen! Ich will nicht, daß du wegen etwas verhaftet wirst, das du nicht getan hast. Wir sind hier jeden

Tag zusammen, wir essen zusammen, reden miteinander, wohnen fast schon zusammen, Terje! Aber wenn ich das verantworten können soll...« Sie breitete die Arme aus, verdrehte die Augen und murmelte etwas, das er nicht hören konnte. »Ehrlich gesagt, ich verschweige der Polizei etwas. Und das bringe ich nicht über mich, wenn ich nicht weiß, was passiert ist. Und was nicht. Begreifst du das nicht? Du darfst nicht mehr lügen. Mich darfst du nicht belügen!«

Er schien Anlauf zu nehmen. Er holte dreimal rasch und tief Luft.

»Ich war hier«, flüsterte er. »So gegen Mitternacht. Ich wollte die Papiere holen. Aber ich wollte wirklich nur sehen, wieviel sie eigentlich wußte. Nur das wollte ich wissen, Maren! Als ich sie tot in ihrem Sessel sitzen sah, war das ein schrecklicher Schock.« Er schlug die Hände vors Gesicht und wiegte seinen Oberkörper hin und her. »Du mußt mir einfach glauben, Maren!«

»Aber so groß war der Schock nun auch wieder nicht, schließlich hast du die Papiere herausgesucht und mitgenommen«, sagte Maren ruhig.

Sie saß nun wieder und strich sich ununterbrochen mit der rechten Hand durch die Haare.

»Ja, was hätte ich denn sonst tun sollen? Wenn die Polizei sie gefunden hätte, dann wäre ich doch sofort der Hauptverdächtige gewesen!«

Glenn riß die Doppeltür auf. Terje fuhr zusammen und knallte mit dem Bein gegen den Tisch.

»Schei...benkleister«, preßte er mit zusammengebissenen Zähnen hervor und drehte sich zu dem Jungen um, der um Kinogeld bat. »Wie oft soll ich dir noch sagen, daß du anklopfen mußt, ehe du ein Zimmer betrittst? Hä? Wie oft soll ich dir das noch sagen?«

Wütend packte er den Vierzehnjährigen am Arm und

drückte zu. Glenn jammerte und versuchte, sich loszureißen.

»Laß mich los«, sagte er. »Spinnst du jetzt total, oder was?«

»Ich hab's wirklich satt, wie du dich überall breitmachst«, fauchte Terje, ließ den Jungen los und stieß ihn gegen die Wand. »Jetzt reiß dich endlich mal zusammen, zum Henker!«

»Das macht zehn Kronen Abzug vom Taschengeld«, murmelte der Junge und rieb sich den linken Unterarm. »Ich wollte doch bloß Kinogeld.«

Maren bedachte Terje mit einem strengen Blick. Dann zog sie Glenn aus dem Zimmer und steckte ihm einen Fünfziger zu.

»Ist der krank, oder was?«

»Er hat Rückenschmerzen«, sagte sie beruhigend. »Und er ist unglücklich. Wegen Agnes. Das sind wir doch alle. Welchen Film willst du sehen?«

»›Der Klient.‹«

»Ist der sehr brutal?«

»Nein. Ich glaube, das ist ein normaler Krimi.«

»Gut. Komm danach gleich nach Hause. Und viel Spaß.«

Der Junge murmelte den ganzen Flur entlang vor sich hin und rieb sich demonstrativ den schmerzenden Unterarm. Maren ging zurück ins Zimmer und machte die Türen wieder zu. Nach kurzem Zögern griff sie zu einem alten schwarzen Schlüssel, der neben der Tür an einem Nagel hing, steckte ihn in das altmodische Schloß und drehte ihn um. Das Metall knirschte, der Schlüssel war vermutlich vor vielen Jahren zuletzt benutzt worden. Dann ließ Maren sich wieder in den Sessel sinken. Die Ereignisse der letzten Tage hatten sie gezeichnet, aber ihre Augen schienen trotz allem zu leuchten. Vor Tatkraft, vor Entschiedenheit. Terje ahnte das mehr, als er es sehen konnte, und wurde optimistischer. »Du sagst der Polizei nichts.«

Er war jämmerlich. Nicht nur hatte er grob gelogen, hatte verschwiegen, daß er zu einem besonders kritischen Zeitpunkt im Heim gewesen war, hatte geleugnet, daß Agnes über seinen pflichtvergessenen Umgang mit den Geldern für das Heim informiert gewesen war. Und hatte obendrein die Papiere aus der Schublade der Heimleiterin entfernt. Jetzt schien er auch noch bereit, auf die Knie zu fallen und um Hilfe zu flehen.

»Warum hast du gelogen, Terje? Hattest du kein Vertrauen zu mir?«

Sein Blick ließ ihre Augen los und wanderte nach unten. Dann riß er sich zusammen und starrte auf einen Punkt, der zwanzig Zentimeter über ihrem Kopf lag. So blieb er sitzen, die Armlehnen umklammernd wie beim Zahnarzt. Er gab keine Antwort.

»Ich will sofort wissen, was passiert ist. Wollte Agnes an dem Morgen mit dir über die Unterschlagungen sprechen? Hatte sie die Kollegenberatungen deshalb angesetzt? Hat sie dir die Papiere gezeigt?«

»Nein«, flüsterte er schließlich. »Nein, sie hat mir die Papiere nicht gezeigt. Sie hat nur gesagt, daß sie bestimmte Unregelmäßigkeiten entdeckt hatte, und sie war enttäuscht. Sie hat mit Papieren gewinkt, und ich wußte, daß die mit mir zu tun hatten. Sie hat mich gebeten ...«

Jetzt zog er die Füße auf den Sesselsitz und preßte die Augen gegen die Knie, wie ein Kind oder eher noch wie ein übergroßer Embryo. Als er weitersprach, war seine Stimme undeutlich und nur schwer zu verstehen.

»Ich sollte einen schriftlichen Bericht abliefern, ehe sie eine Entscheidung fällen wollte. Und den wollte sie am nächsten Tag haben. Also an dem Tag nachdem sie ... nach ihrem Tod.«

Plötzlich stellte er die Füße wieder auf den Boden. Er weinte nicht, sondern schnitt Grimassen, wie Maren sie noch nie gesehen hatte. Immer wieder jagte ein blitzschnelles Zucken über seinen Mund, und seine Augen schienen fast in seinem Kopf zu verschwinden. Für einen Moment hatte sie wirklich Angst!

»Terje! Terje, reiß dich zusammen!«

Sie sprang auf und setzte sich auf den Tisch, der zwischen ihnen stand. Sie versuchte, seinen Arm zu nehmen, aber er wollte die Armlehne nicht loslassen. Deshalb legte sie ihm die rechte Hand auf den Oberschenkel. Er fühlte sich unnatürlich heiß an.

»Ich werde nichts sagen. Aber ich will wissen, was passiert ist. Das mußt du doch verstehen. Damit ich der Polizei nichts Falsches erzähle.«

Terjes Augen wurden klarer. Er atmete ruhiger, und seine Fingerknöchel waren nicht mehr ganz so kreideweiß.

»Ich wollte nur wissen, wieviel sie wußte. Vielleicht hatte sie ja nur einen Bruchteil herausgefunden. Und das meiste hatte ich doch schon wieder in Ordnung gebracht. Ich wollte ... es war schon clever von ihr, daß sie zuerst meine Version hören wollte!«

»Bist du sicher, daß sie tot war, als du gekommen bist?«

»Sicher?«

Jetzt starrte er ihr ungläubig in die Augen.

»Es steckte ein riesiges Messer zwischen ihren Schulterblättern, und sie atmete nicht mehr. Das nenne ich tot.«

»Aber hast du dich davon überzeugt? Hast du ihr den Puls gefühlt, hast du an Wiederbelebungsmaßnahmen gedacht?«

»Ich habe sie nicht angerührt. Natürlich habe ich sie nicht angerührt. Ich stand unter Schock. Und als ich mich ein bißchen gefaßt hatte, war mein einziger Gedanke, die Papiere an mich zu nehmen und zu machen, daß ich wegkam.«

»War die Schublade offen?«

»Nein, sie war abgeschlossen. Aber der Schlüssel lag an seinem Versteck. Unter dem Blumentopf.«

»Das hast du auch gewußt?«

Sie wirkte überrascht.

»Ja, schon seit einigen Jahren. Ich bin einmal bei ihr hereingeplatzt. Blödes Geheimversteck. Da würde man doch zuallererst nachsehen. Hast du es gewußt?«

Sie gab keine Antwort, sondern stand auf und trat wieder ans Fenster. Die Dunkelheit hatte sich wie ein klebriger Teppich über den Garten gesenkt, nasse weiße Flocken bildeten ein unregelmäßiges Muster vor dem grauschwarzen Hintergrund. Maren streifte sich den Kittelärmel nach oben – mit einer Handbewegung, die bewies, daß sie in diesem Kittel wohnte – und stellte fest, daß jetzt Zeit für die Kinderstunde sei.

»Die Polizei würde dir nicht glauben«, sagte sie zu seinem Spiegelbild in der Fensterscheibe. »Und mir fällt es auch nicht leicht. So, wie du geschwindelt hast.«

»Gelogen«, korrigierte er tonlos. »Das verstehe ich. Ich kann nicht verlangen, daß du mir glaubst. Aber es ist so, Maren. Ich habe sie nicht umgebracht.«

Sie ließ ihm das letzte Wort, bedachte ihn jedoch mit einem Blick, den er nicht deuten konnte; dann verschwand sie, um Kenneth und den Zwillingen vor dem Fernseher Gesellschaft zu leisten.

»Die Osloer Polizei sucht den zwölf Jahre alten Olav Håkonsen, der am Dienstag abend von zu Hause verschwunden ist. Der Junge trägt vermutlich Jeans, einen dunkelblauen Anorak und Turnschuhe.«

»Himmel, ich dachte, solche Meldungen kämen nicht

mehr in den Fernsehnachrichten«, rief Cecilie Vibe, die lässig, wie sich das für einen Freitagabend gehörte, auf dem Sofa lag.

Ein undeutliches und ziemlich unbrauchbares Bild des Jungen wurde zu der Vermißtenmeldung gezeigt, die eine blasse Frau mit ovalem, unbeteiligtem Gesicht und bemerkenswert angenehmer Stimme vorlas.

»Es gibt Ausnahmen«, murmelte Hanne und brachte Cecilie mit einer Handbewegung zum Verstummen.

»Olav ist etwa einsachtundfünfzig groß und kräftig gebaut. Hinweise nehmen die Polizei in Oslo und sämtliche anderen Dienststellen entgegen.«

Dann berichtete die gutangezogene Sprecherin von einer Katze mit zwei Gesichtern, die angeblich in Kalifornien das Licht der Welt erblickt hatte.

»Was heißt kräftig«, sagte Hanne. »Wenn ich das richtig verstanden habe, dann ist der Junge ein wahrer Fettwanst.« Sie schaltete auf TV 2 um, wo eine dunkelhaarige Frau lächelte und über gar nichts plauderte. Sie schaltete zurück zu den Nachrichten und der Wettervorhersage.

»Massier mich doch ein bißchen«, bat sie und legte Cecilie ihre Füße auf den Schoß.

»Wo der Junge wohl steckt«, überlegte Cecilie und ließ geistesabwesend ihre Finger über Hannes Fußsohlen gleiten.

»Wir haben einfach keine Ahnung. Und das wird langsam ein bißchen unheimlich. Wir waren ziemlich sicher, daß er auf irgendeine Weise zu seiner Mutter zurückfinden würde, aber das ist ihm nicht gelungen. Oder er hat keine Möglichkeit dazu gehabt. Zieh mir doch auch die Socken aus.«

Cecilie streifte Hanne die weißen Baumwollsocken von den Füßen und ließ ihre Finger wieder wandern. »Meint ihr, ihm ist etwas passiert?«

»Was heißt schon passiert? Der Junge ist schließlich abgehauen, da ist es doch klar, daß er sich versteckt. Sonst hätten wir allerdings eine Scheißangst. Kindesentführung und so. Aber er versteckt sich bestimmt. Er ist zwölf und kann das sicher noch eine Weile durchhalten. Wir gehen davon aus, daß er aus eigenem Entschluß durchgebrannt ist. Ich kann mir kaum vorstellen, daß er einem Verbrechen zum Opfer gefallen ist. Wenn wir davon ausgehen, daß er die Heimleiterin nicht umgebracht hat – und davon gehen wir aus –, dann hat sein Verschwinden vermutlich mit dem Mord überhaupt nichts zu tun. Er hat während seiner ganzen Zeit im Heim damit gedroht, daß er durchbrennen würde. Aber natürlich machen wir uns Sorgen. Zum Beispiel kann er etwas gehört oder gesehen haben. Und das würde uns sehr interessieren. So oder so, ein durchgebrannter Zwölfjähriger, das ist auf keinen Fall gut. Oh, bitte nicht aufhören!«

Cecilie massierte weiter, wenn auch nicht mit großer Begeisterung.

»Wie sieht eigentlich so ein Kinderheim aus? Ich dachte, so was gäb's gar nicht mehr. Und warum haben sie gesagt, er sei von ›zu Hause‹ verschwunden?«

»Sie wollten ihn nicht allzusehr stigmatisieren, nehme ich an... Das Kinderheim sieht fast aus wie ein normales Haus, nur viel größer. Eigentlich gemütlich. Den Kindern scheint es da gutzugehen. Ich glaube nicht, daß es noch viele solche Heime gibt. Einrichtungen für Heranwachsende heißen sie amtlich. Die meisten Kinder werden heute in Pflegefamilien gegeben.«

Cecilie massierte nun mit größerer Hingabe und ließ federleichte Finger die Wade hoch und unters Hosenbein wandern. Vom Fernseher her verkündete eine respektlose Grieg-Interpretation, daß nun der wöchentliche Blick auf kuriose Ereignisse in Norwegen folgte. Hanne griff zur

Fernbedienung, um die Musik leiser zu stellen. Sie setzte sich auf, ohne die Beine zu bewegen, und schmiegte sich an ihre Liebste. Sie küßten sich, lange und verspielt.

»Warum können wir kein Kind haben?« fragte Cecilie an Hannes Mund.

»Wir können sofort versuchen, eins zu machen.« Hanne lächelte.

»Red keinen Unsinn.« Cecilie zog sich zurück und schob Hannes Füße auf den Boden. Hanne blies die Wangen auf und stieß dann die Luft demonstrativ wieder aus.

»Jetzt nicht, Cecilie. Nicht jetzt diese Diskussion.«

»Wann denn?«

Sie sahen einander an. Ein alter, fast vergessener Krieg loderte wieder auf.

»Nie. Damit sind wir durch. Die Sache ist entschieden.«

»Also ehrlich, Hanne, es ist viele Jahre her, daß wir uns entschieden haben. Und ich habe damals ganz klar gesagt: Diese Entscheidung gilt nur bis auf weiteres. Jetzt sind wir sechsunddreißig. Ich merke, daß die biologische Uhr immer lauter tickt.«

»Du? Biologische Uhr? Ha!«

Hanne streichelte Cecilies Gesicht, es war glatt, weich und wies nur um die Augen ein winzig kleines, feines Netz aus Lachfältchen auf. Cecilie war nicht nur hübsch, sie wirkte auch unglaublich jung. Wer die beiden noch nicht lange kannte, schätzte Hanne immer mehrere Jahre älter ein, obwohl sie im selben Jahr geboren waren. Ihre Hand glitt zu Cecilies Brüsten hinunter.

»Laß das«, sagte Cecilie genervt und befreite sich von der ungebetenen Hand. »Wenn wir ein Kind wollen, dann müssen wir uns bald entscheiden. Und das können wir heute abend so gut wie irgendwann sonst.«

»Nein, können wir nicht, stell dir das vor!«

Hanne schnappte sich die Bierflasche, die zwischen ihnen stand, und füllte ihr Glas. Dabei bewegte sie die Hand so heftig, daß es überschäumte und der Schaum auf den Tisch und dann auf den Teppich lief. Sie fluchte und lief mit wütenden Schritten in die Küche, um einen Lappen zu holen. Als sie zurückkam, hatte sich schon ein dunkler Bierfleck auf dem gelben Teppich gebildet, und sie brauchte mehrere Minuten zum Aufwischen. Cecilie versuchte gar nicht erst, ihr zu helfen. Statt dessen verfolgte sie mit übertriebenem Interesse einen Bericht über einen Mann, der mit dreiundneunzig Jahren in Latein promoviert hatte und außerdem als Holzschnitzer brillierte.

»Heute abend geht das überhaupt nicht so gut wie irgendwann sonst«, fauchte Hanne. »Ich hatte eine harte Woche, ich habe mich nach dir gesehnt, ich hatte mich auf einen gemütlichen Abend zu Hause gefreut, ich hatte mich auf dich gefreut, ich will nicht mit dir streiten, und außerdem ist es nicht schon viele Jahre her, daß wir uns gegen ein Kind entschieden haben.«

Sie schlug mit dem nassen Lappen auf den Tisch, daß die Biertropfen nur so umhersprühten.

»*Du* hast uns gegen ein Kind entschieden«, sagte Cecilie leise.

Hanne sah ein, daß die Schlacht verloren war. Sie mußten diese Sache klären, so wie sie in unregelmäßigen und immer größer werdenden Abständen die grundlegenden Voraussetzungen des schwierigen Lebens durchsprechen mußten, für das sie sich vor hundert Jahren entschieden hatten, als sie Abitur gemacht und sich kennengelernt und das Leben ernsthaft entdeckt hatten. Hanne haßte diese Diskussionen.

»Du haßt jede Diskussion über Probleme«, sagte die Gedankenleserin. »Wenn du auch nur eine Ahnung davon hättest, wie schwer das für mich ist. Ich muß wochenlang

Kräfte sammeln, wenn ich ein Thema zur Sprache bringen will, das eine von uns unglücklich macht.«

»Alles klar. Schieß los. Alles ist meine Schuld. Ich habe dein Leben ruiniert. Sind wir jetzt fertig?«

Hanne breitete die Arme aus und verschränkte sie vor der Brust. Sie starrte auf den Bildschirm, wo die blonde Moderatorin, nun in Trachtenstrickjacke, oben auf der Holmenkollenschanze stand und eine elfjährige Skispringerin vorstellte.

»Hanne«, setzte Cecilie an und verstummte dann für einen Moment. »Natürlich kommt ein Kind nicht in Frage, wenn du nicht willst. Wir müßten es schon beide wollen. Hundertprozentig. Ich kann ein Nein von dir akzeptieren. Aber ist es wirklich so unbegreiflich, daß ich mit dir darüber sprechen möchte?«

Cecilie hörte sich weder böse noch abweisend an. Trotzdem saß Hanne weiterhin unbeweglich da, und ihr Blick fixierte die kleine Sportlerin, die einen Sprung von sechzig Metern hinlegte.

Jetzt war Cecilie diejenige, die nach der Fernbedienung griff. Es wurde still, der Bildschirm schwarz, und nur ein kleiner weißer Punkt blieb übrig, der immer kleiner wurde und verschwand schließlich in der Finsternis.

»Ich wollte diese Sendung eigentlich sehen«, sagte Hanne und starrte die Stelle an, an der der weiße Punkt verschwunden war. »Ich kann zwei Dinge auf einmal tun.«

Und dann fuhr sie zusammen. Cecilie weinte. Cecilie weinte fast nie. Hanne war diejenige, die dicht am Wasser gebaut hatte. Cecilie brachte immer alles in Ordnung, sie war ruhig und logisch, sie war klug und mutig und konnte der Welt mit einer niemals versagenden Vernunft gegenübertreten. Hanne kniete vor Cecilie nieder und versuchte, ihr die Hände vom Gesicht wegzuziehen. Das gelang ihr nicht.

»Cecilie, es tut mir so leid. Ich wollte nicht so zickig sein. Natürlich können wir darüber reden.«

Die schmächtige Gestalt zog sich noch mehr in sich zusammen, und als Hanne versuchte, ihren Rücken zu streicheln, fing sie an zu zittern, wie vor Abscheu. Hanne ließ ihre Hand sinken und starrte sie an, als ob irgend etwas Ekelhaftes an ihr klebte.

»Aber Cecilie«, flüsterte sie erschrocken, »was ist denn los mit dir?«

Die Frau auf dem Sofa brach in Tränen aus, versuchte zu sprechen. Zunächst unverständlich, doch nach und nach beruhigte sie sich. Endlich nahm sie die Hände vom Gesicht und sah Hanne an. »Ich bin so entsetzlich erschöpft, Hanne. Ich bin so fertig, daß ... ich habe oft gedacht ...«

Ihr heftiges Schluchzen wirkte fast krank, sie schnappte nach Luft, und ihr Gesicht hatte sich bläulich verfärbt. Hanne wagte nicht, sich zu bewegen.

»Weil«, sagte Cecilie, als sie wieder zu Atem gekommen war, »weil wir anderen nichts Schlimmeres antun können, als sie zu verleugnen. *Du verleugnest mich jetzt schon seit fast siebzehn Jahren, bist du dir darüber eigentlich im klaren*?«

Hanne kämpfte verbissen gegen alle einsetzenden Rechtfertigungsmechanismen an. Sie biß die Zähne zusammen und fuhr sich durchs Gesicht. »Aber Cecilie, davon ist jetzt doch nicht die Rede«, sagte sie zögernd, voller Angst, dieses schreckliche Schluchzen könnte wieder einsetzen.

»Im Grunde doch«, sagte Cecilie. »Das hängt doch alles zusammen. Du machst zu, und so sicher wie das Amen in der Kirche blockst du ab, wenn ich irgendein grundlegendes Problem zur Sprache bringe. Peng, peng, peng macht es bei dir, und schon bist du wie eine uneinnehmbare Festung. Kapierst du nicht, wie gefährlich das ist?«

Hanne spürte ihre Angst aufsteigen wie immer, wenn

Cecilie ein seltenes Mal ihre Beziehung in Frage stellte. Ihre Zähne klapperten, und sie versuchte verzweifelt, ihre Reaktionen einigermaßen unter Kontrolle zu bringen.

»Wenn wir weiter zusammenleben wollen, mußt du dich am Riemen reißen, Hanne.«

Das war keine Drohung. Es war die Wahrheit. Das wußten sie beide. Und Hanne wußte es am besten.

»Ich werde mich zusammenreißen, Cecilie«, versprach sie. Das schwöre ich dir. Nicht erst ab morgen oder nächste Woche. Sondern von diesem Moment an. Wir können haufenweise Kinder kriegen. Wir können die ganze Polizeibelegschaft hierher einladen. Ich kann eine Annonce aufgeben... Wir können unsere Partnerschaft registrieren lassen!«

In wilder Begeisterung sprang sie auf. »Wir heiraten! Ich lade meine ganze Familie ein, und alle Kollegen und...«

Cecilie starrte sie an. Sie mußte lachen. Es war eine seltsame Mischung aus Lachen und Weinen, und dabei schüttelte sie resigniert den Kopf.

»Das will ich doch alles überhaupt nicht. Das ist Unsinn, Hanne. Das brauche ich nicht alles auf einmal. Ich brauche nur das Gefühl, daß wir uns vorwärts bewegen. Es war toll, daß du endlich Billy T. in unser Leben hereingelassen hast. Und war das denn wirklich so entsetzlich, was meinst du?« Ohne auf eine Antwort zu warten, griff sie nach einem Sofakissen, drückte es an sich und fuhr fort: »Billy T. reicht erst einmal. Aber nur fürs erste. Ich will endlich deine Familie kennenlernen. Auf jeden Fall deine Geschwister. Und was ein Kind betrifft ... jetzt setz dich doch bitte.«

Sie legte das Kissen wieder weg und klopfte vorsichtig auf den Platz neben sich.

Hanne stand vor lauter Angst noch immer da wie eine Salzsäule. Sie riß sich aus ihrer Erstarrung und setzte sich auf die Sofakante. Ihre Oberschenkel zuckten nervös und sie ballte die Fäuste so fest, daß ihre Fingernägel sich in die Handflächen bohrten.

»Sei doch nicht so verkrampft, Hanne.«

Cecilie hatte die Kontrolle über sich und die Situation zurückgewonnen. Sie zog die Freundin an sich und spürte deren heftiges Zittern. Lange saßen sie schweigend da, lange, bis beide wieder einigermaßen frei und ruhig atmen konnten.

»Findest du es seltsam, daß ich wissen möchte, warum du kein Kind willst?« flüsterte Cecilie Hanne ins Ohr.

»Nein. Aber es ist so schwer, darüber zu reden. Ich weiß, daß du dir ein Kind wünscht. Und ich habe das Gefühl, dir etwas zu stehlen, wenn ich mich weigere. Und ich habe das Gefühl, dir etwas zu stehlen, weil wir zusammen sind. Ich komme mir so klein vor. So … gemein.«

Cecilie lächelte. Aber sie schwieg.

»Es ist nur so, daß ich…«, fing Hanne an und richtete sich auf. »Ich habe das Gefühl, daß es dem Kind gegenüber nicht richtig wäre.«

Cecilie protestierte.

»Dem Kind gegenüber nicht richtig? Aber überleg doch mal, was wir einem Kind zu bieten hätten! Auf jeden Fall mehr, als die allermeisten anderen Kinder in Norwegen haben. Gescheite Eltern, gesichertes Einkommen, zumindest einen Satz Großeltern…«

Für einen kurzen Moment lächelten sie beide.

»Doch«, sagte Hanne, »wir hätten sehr viel zu geben. Aber dann weiß ich, daß es verdammt ungerecht wäre, einem Kind das Leben schwerzumachen, wo ich nicht einmal selbst in den Spiegel zu schauen wage. Denk an all die Gemeinheiten, die dem Kind vielleicht an den Kopf geknallt werden. In der Schule. Auf der Straße. All die Fragen. Und ich finde wirklich, daß jedes Kind einen Vater haben müßte.«

»Aber den könnte es doch haben. Claus ist schon seit Jahren dazu bereit.«

»Also ehrlich, Cecilie! Soll unser Kind hier zwei Mütter und bei Claus und Petter zwei Väter haben? Das wäre wirklich witzig bei der Weihnachtsfeier in der Schule!«

Cecilie widersprach nicht länger. Nicht, weil sie Hanne zugestimmt hätte. Sie war vollkommen anderer Meinung. Claus und Petter waren sympathische, gebildete, liebe, kluge und ausgeglichene Männer. Hanne und sie liebten und stritten sich nun schon seit fast siebzehn Jahren. Und damit würden sie wohl bis an ihr Lebensende weitermachen. In ihrem Leben gab es jede Menge Platz für ein Kind. Sie hätte viel dazu sagen können. Aber sie sagte nichts. Sie wußte selbst nicht, warum.

»Ich meine wirklich, ein Kind sollte dadurch entstehen, daß eine Mutter und ein Vater sich lieben«, sagte Hanne leise und schmiegte sich enger an Cecilie. »Gut, das ist nicht immer so. Es gibt jede Menge Kinder, die unbeabsichtigt entstehen, durch Unachtsamkeit, außerhalb der Ehe, außerhalb der Liebe. Vielen geht es trotzdem gut. Sie sind alle gleich wertvoll.«

Sie richtete sich auf und trank einen Schluck Bier. Dann ließ sie sich wieder zurücksinken und drehte das Glas in ihrer Hand, während sie langsam den Kopf schüttelte. »Das alles weiß ich ja. Aber wenn die Entscheidung bei mir liegt, dann will ich es nicht so haben! Ich würde das Beste für mein Kind wollen, und *das kann ich ihm nicht geben*! Verstehst du das nicht?«

Das tat Cecilie nicht. Aber sie verstand, daß Hanne ein seltenes Mal ihre innersten Winkel zumindest einen Spaltbreit geöffnet hatte. Das allein war schon so ungewöhnlich, daß sie im Moment nicht mehr brauchte. Sie lächelte und streichelte Hannes Rücken.

»Nein, das verstehe ich nicht. Aber es ist schön, daß du es mir erzählst.«

Die Stille wurde nur vom leisen Geräusch des Glases durchbrochen, das sie in ihrer Hand drehte.

»Adoptieren wäre etwas ganz anderes«, sagte Hanne plötzlich und sprang abrupt auf. »Denk an all die Kinder, die Schlange stehen! Die niemand will. Ein gutsituiertes Lesbenpaar in Oslo wäre doch tausendmal besser als zum Beispiel eine Straße in Brasilien.«

»Adoptieren«, murmelte Cecilie müde. »Du weißt doch, daß das verboten ist.«

Sie starrten einander in die Augen.

»Ja«, sagte Hanne. »Das ist verboten. Und das ist nicht richtig. Daran wird sich auch bald was ändern.«

»Bis dahin sind wir zu alt.«

Keine wandte den Blick ab.

»Ich will nicht, daß wir unser eigenes Kind haben, Cecilie. Ich werde es niemals wollen.« Mehr war dazu nicht zu sagen.

Hanne fühlte sich wie gerädert. Und sie hatte pochende Kopfschmerzen. Zugleich erfüllte sie eine unerklärliche Erleichterung, doch die konnte das Schuldgefühl, das sie nie verließ, das sie immer quälte, nicht wirklich lindern. Manchmal war dieses Gefühl stark, manchmal nur ein leises, leises Ziehen.

Cecilie stand ebenfalls auf und blieb einige Sekunden lang vor Hanne stehen, dann ließ sie ihre Hand langsam über deren Gesicht gleiten.

»Laß uns essen, ja?«

Hanne schaltete den Fernseher ein, um zum Freitagabend zurückzukehren. Im NRK sprach Fernsehmoderator Petter Nome, als sei nichts geschehen.

Von der Tapete an der einen Wand war nichts mehr übrig, abgesehen von einigen Fetzen, die er nicht hatte abreißen können. Kleine und große Papierstücke rollten sich auf dem Boden, es sah fast so aus wie im Werkunterricht. Er wollte diese Wand erst fertig haben, ehe er mit der nächsten begann. Es machte ziemlichen Spaß, ein- oder zweimal hatte er Streifen von fast einem Meter Länge abreißen können.

Aber obwohl noch Konservendosen da waren, fand er die Vorstellung, in diesem Haus bleiben zu müssen, ziemlich scheußlich. Er wußte nicht mehr so recht, welcher Tag es war, aber eigentlich stand ja fest, daß die eigentlichen Hausbewohner nicht bis in alle Ewigkeit ausbleiben würden. Er mußte sich ein anderes Versteck suchen. Und er stank. Er hatte versucht, die Fäden aus seiner Zunge zu ziehen, aber das hatte so schrecklich geblutet, daß er nach dem ersten aufgehört hatte.

Das Telefon verlockte ihn noch immer. Sein Magen krampfte sich zusammen vor Heimweh. Vielleicht hatte die Polizei die Suche eingestellt. Dann gab er diese Hoffnung wieder auf.

Aber sie ließ sich nicht so einfach vertreiben. Zu Hause hatte er ein Bett. Ein schönes blaues Bett. Er konnte richtiges Essen bekommen. Schweinekoteletts. Er wollte zu seiner Mama. Er wollte endlich nach Hause.

Vorsichtig hob er den Telefonhörer, ließ ihn aber sofort wieder fallen, als er das Freizeichen hörte. Dann machte er sich über die andere Wand her. Das ging nicht so gut, denn sie war angestrichen, und deshalb haftete die Tapete besser. Er riß nur kleine Fetzen ab, die aussahen wie Locken. Nach der Hälfte gab er auf. Er stapfte wieder auf den Flur. Draußen war es dunkel, und das Licht aus der fensterlosen Toilette konnte die Diele nur spärlich beleuchten. Das Licht, das die ganze Zeit gebrannt hatte.

Jetzt zögerte er nicht mehr. Er wählte die vertraute Nummer und ließ es klingeln. Es klingelte lange. Er wollte schon auflegen und fragte sich, wo seine Mutter stecken mochte. Es war doch Abend. Da war sie immer zu Hause. Doch dann meldete sie sich.

»Hallo?«

Er schwieg.

»Hallo?«

»Mama?«

»Olav!«

»Mama.«

»Wo ... wo bist du?«

»Ich weiß nicht. Ich will nach Hause.«

Und dann weinte er. Ihn schockierte das mehr als seine Mutter. Er schluchzte noch ein bißchen und kostete mit einer vagen Erinnerung an seine frühe Kindheit den Geschmack seiner Tränen aus. Vor lauter Heimweh ließ er sich zu Boden sinken, und er sagte noch einmal: »Ich will nach Hause, Mama.«

»Olav, hör mir gut zu. Du mußt herausfinden, wo du bist.«

»Ist die Polizei bei dir?«

»Nein. Bist du in Oslo?«

»Die werden mich in das verdammte Heim zurückschicken. Oder ins Gefängnis.«

»Kein Kind kommt ins Gefängnis, Olav. Du mußt mir sagen, wie es da aussieht, wo du bist.«

Er versuchte es. Er beschrieb die Küche. Und das Haus. Er beschrieb die tausend Lichter hinter der dunklen Fensterfläche im Wohnzimmer und die hellrosa Dunstglocke, die über der Stadt unter ihm hing.

Er ist in Oslo, Gott sei Dank, er ist in Oslo, dachte sie.

»Du mußt dich rausschleichen und ein Straßenschild suchen, Olav. Ich muß genauer wissen, wo du bist.«

Als sie durch das Telefon ein Kratzen hörte, fügte sie schnell eine Warnung hinzu: »Nicht auflegen! Leg den Hörer einfach neben das Telefon, bis du zurück bist. Geh gleich los. Sieh nach. Meistens stehen an Kreuzungen Straßenschilder. Such eine Kreuzung. Die allernächste.«

Das tat er. Er brauchte nur sechs oder sieben Minuten, dann konnte er ihr einen Straßennamen nennen.

»Jetzt bleibst du eine Weile im Haus. Eine halbe Stunde. Hast du deine Uhr bei dir?«

»Ja.«

»Nach genau einer halben Stunde gehst du zu der Kreuzung und wartest dort auf mich. Du darfst nicht ungeduldig sein. Ich komme, aber vielleicht brauche ich etwas Zeit, um den Weg zu finden.«

»Ich will nach Hause, Mama.«

Jetzt weinte er wieder.

»Ich hole dich, Olav. Ich komme dich sofort holen.«

Dann hörte sie am anderen Ende der Leitung ein Klikken.

Sie brauchte ein Auto. Die einzige Möglichkeit war ihre Mutter. Das Herz wurde ihr schwer, und einen Moment lang spielte sie mit dem Gedanken, ein Taxi zu nehmen. Aber das war zu riskant. Jetzt war der Junge ja schon im Fernsehen gesucht worden, es war zu gefährlich, er durfte nicht gefunden werden. Sie mußte den Wagen ihrer Mutter nehmen.

Es ging leichter, als sie befürchtet hatte. Sie erklärte ihren Wunsch mit einem Termin bei der Polizei, und die Mutter war zu betrunken, um sich zu überlegen, daß die Polizei wohl kaum am Freitag abend Termine machte. Eine Dreiviertelstunde nachdem der Junge angerufen hatte, hielt sie an einer Kreuzung in Grefsen. In der Gegend standen vor allem Einfamilienhäuser aus den fünfziger Jahren mit dem einen oder anderen Anbau aus den Siebzigern. Alle

Gärten hatten kleine Zäune. An der Kreuzung brannten die Laternen, aber der Junge war klug genug gewesen, sich unter den winterschwarzen Fliederbüschen zu verstecken, deren Zweige über einen Gartenzaun hingen. Er preßte sich an den Zaun und schaffte es tatsächlich, kleiner auszusehen. Trotzdem entdeckte sie ihn sofort.

Offenbar hatte Olav das Auto seiner Großmutter rasch erkannt, denn er stolperte aus seinem Versteck hervor, noch ehe der Wagen hielt. Er lief schwerfällig und unbeholfen um das Auto herum und öffnete die Tür zum Beifahrersitz. Er rang nach Atem, als er sich auf den Sitz fallen ließ, ohne die Schultasche vom Rücken zu nehmen. Er zog die Beine nach und knallte die Tür viel zu heftig zu.

Sie schwiegen beide. Er weinte nicht mehr. Eine Stunde später stand er unter der Dusche, dann aß er, und danach schlief er wie ein Stein. Sie hatten kaum ein Wort gewechselt.

Herrgott, was soll ich machen? Ich habe ihn zwar ungesehen in die Wohnung schmuggeln können, sicherheitshalber sind wir durch die Kellertür hinten im Haus gegangen, und im Treppenhaus ist uns niemand begegnet. Aber was jetzt?

Die Polizei ruft jeden Tag an. Das ist kein Problem. Sie haben gesagt, daß ich noch einmal verhört werden muß. Nächste Woche vermutlich. Das ist kein Problem, hierher werden sie nicht kommen. Aber ich kann ihn doch nicht für immer hier verstecken.

Jetzt hat er Angst. Er haßt das Heim. Und deshalb habe ich ihn unter Kontrolle, einstweilen auf jeden Fall.

Genau wie damals, als er den Kindergarten verwüstet hat. Als wir noch in Skedsmokorset gewohnt haben. Oder war das in Skårer? Nein, das muß in Skedsmo gewesen sein, er war doch erst sechs. Straßenarbeiter hatten eine Dampfwalze mit laufendem Motor stehenlassen, nur für einen Moment. Er hat es irgendwie geschafft, auf dieses Monstrum zu klettern, und dann setzte es sich in Bewegung. Ich habe es selbst gesehen, aus dem Fenster, er war gerade vom Kindergarten nach Hause gekommen und wollte noch draußen bleiben. Wie gelähmt blieb ich stehen und starrte die Dampfwalze an, die nur zehn oder zwölf Meter von dem blauen Häuschen entfernt war. Er konnte nicht ausweichen. Das haben sie mir nachher gesagt. Das Steuerrad ist viel zu schwer für ein Kind, sagten sie. Ich glaube, er wollte es so. Die Walze stand oben an einem kleinen Hang und hatte ein ziemliches Tempo erreicht, als sie gegen die Wand krachte. Ich hörte die riesige Maschine, wie sie einige Sekunden lang gegen das Häuschen drückte, bis es schließlich nachgab. In diesem Moment entdeckten die Straßenarbeiter, was da geschah, aber sie konnten nicht mehr verhindern, daß das Haus mit ohrenbetäubendem Lärm zusammenkrachte. Gott sei Dank war es schon spät. Der Kindergarten hatte schon seit Stunden geschlossen. Die Götter allein wissen, was passiert wäre, wenn sich im Haus Menschen aufgehalten hätten.

Die Bauarbeiter waren nett. Sie behaupteten, selbst an allem schuld zu sein. Sie hätten die Dampfwalze nicht aus den Augen lassen dürfen. Aber alle in der Straße wußten, daß es seine Schuld war. Wir mußten wieder umziehen.

Aus irgendeinem Grund hat dieses Erlebnis ihm angst gemacht. Er war viele Tage lang so fügsam, daß ich fast beunruhigt war. Jetzt ist es vielleicht genauso.

Aber was soll ich machen, wenn er keine Angst mehr hat?

6

Zehn Grad minus, und draußen wütete ein Schneesturm. Es war ein stressiger Montagmorgen, und Billy T. versuchte vergeblich, es sich in dem unbequemen Sessel in Hanne Wilhelmsens Büro gemütlicher zu machen. Der Rest der Abteilung war in einen von den Medien umschwärmten Doppelmord im besten Westend vertieft, während Billy T. und Hanne, nur unterstützt von Erik Henriksen und Tone-Marit Steen, den Messermord an einer armen Erzieherin aufklären sollten.

»Auf jeden Fall läßt die Presse uns so ziemlich ungeschoren«, sagte Billy T. »Irgendeinen Vorteil gibt es immer.«

Der Bericht der Technik lag auf dem Schreibtisch der Hauptkommissarin. Einen Tag früher als üblich, der Mord war vor sechs Tagen passiert. Aber der Bericht sagte ihnen nichts Neues. Entscheidend war der vollständige Bericht aller Untersuchungen, und der würde frühestens in vier Monaten vorliegen. Bestenfalls.

»Immerhin habe ich einiges in Erfahrung gebracht.« Billy T. reckte sich. »Wir haben nur bekannte Fingerabdrücke. An den Fenstern, im Büro der Heimleiterin, an den Türen. Lauter Abdrücke, die dort zu erwarten sind. Diese verdammte Feuerübung hat ganz schön viel zerstört. Die Fußspuren sind mies, aber sie werden mit den Schuhen von Kindern und Angestellten verglichen. Nur wird auch das uns wohl nicht weiterhelfen. An Fasern, Haaren und ähnlichem haben wir derzeit noch nichts. Die Technik ist ziemlich verzweifelt.«

»Was ist mit der Leiche«, fragte Hanne und versuchte, interessiert zu wirken.

»Die Obduktion hat ergeben, daß das Messer perfekt plaziert war. Zwischen zwei Rippen, der dritten und der vierten, glaube ich.« Er raschelte mit den Blättern. »Der Mörder muß entweder Schwein oder ausgezeichnete anatomische Kenntnisse gehabt haben. Das Messer ist durch die Halsschlagader und die linke Herzvorkammer bis in die rechte Hauptkammer gedrungen. Das erfordert keine übermäßige Kraft. Außerdem war die Frau leicht übergewichtig, hatte ein paar Nierensteine und eine harmlose kleine Zyste am Eierstock. Der linke Lungenflügel war punktiert. Und am rechten Zeigefinger hatte sie ein Pflaster auf einen Kratzer geklebt. Mit anderen Worten: Das Messer hat sie umgebracht.«

»Wen haben wir bisher verhört?«

Diese Frage galt Erik Henriksen, einem breitschultrigen, jungenhaften, rothaarigen Wachtmeister, der tüchtig war und außerdem unter einer inzwischen hoffnungslosen, aber dennoch tiefen Leidenschaft für Hanne Wilhelmsen litt. Sie arbeiteten seit zwei Jahren zusammen, und er war überglücklich gewesen, als sie seine Vorgesetzte geworden war.

»Dreizehn Leute«, sagte er und legte ihr die Protokolle hin. »Elf Angestellte, den Ehemann und den ältesten Sohn.«

»Warum nicht alle Angestellten? Wer fehlt noch?«

»Terje Welby haben wir noch nicht geschafft. Und Eirik Vassbunn, die Nachtwache. Der Typ, der die Leiche gefunden hat. Genauer gesagt, ich habe mit ihm gesprochen, aber das reicht nur für einen Eigenbericht. Er steht total unter Schock. Ich glaube nicht, daß es etwas bringt, wenn wir noch mehr Druck machen.«

Hanne Wilhelmsen verkniff es sich, ihre Meinung zu

dieser Einstellung zu äußern, und dachte nach. Sie legte die Handflächen gegeneinander und berührte mit den Fingern ihr Gesicht, wie zu einem stillen Gebet. Zwanzig Sekunden lang schwiegen alle. Billy T. gähnte laut und ausgiebig.

»Ist denn irgendwo ein Motiv zu entdecken, Leute?« fragte die Hauptkommissarin nach beendetem Gebet.

»Der Ehemann hat immerhin eine Art Motiv«, sagte Billy T. »Aber ich glaube trotzdem nicht, daß er es war. Bei den anderen habe ich einfach keine Ahnung. Niemand hat irgendeinen Vorteil durch ihren Tod. Jedenfalls können wir keinen entdecken. Die Angestellten konnten sie einigermaßen gut leiden, die Kinder sehr.«

»Mit Ausnahme von Olav, wenn ich das richtig verstanden habe«, murmelte Tone-Marit, verlegen, überhaupt das Wort ergriffen zu haben.

»Stimmt, aber der haßt offenbar alles und jeden. Abgesehen von Maren Kalsvik. Sie ist die einzige, auf die er gehört hat.«

Hanne Wilhelmsen steckte sich eine Zigarette an und ignorierte Tone-Marits diskretes Hüsteln und ihre stumme Mißbilligung.

»Fangen wir also andersherum an«, sagte sie, legte den Kopf in den Nacken und ließ einen perfekten Rauchring aufsteigen. »Welche Motive sind überhaupt denkbar, eine Frau, die einen kleinen Laden besitzt, ein kleines Kinderheim leitet und von der Heilsarmee eingestellt worden ist, umzubringen?«

Billy T. grinste.

»Damit wäre ich beim Examen durchgefallen. Meistens geht es doch um Sex, Geld oder ganz einfach um puren Haß. Sex können wir abhaken...«

»Du hast ganz schöne Vorurteile, Billy T.«, widersprach Hanne.

»Wir können doch nicht wissen, ob sie irgendwo noch einen verschmähten Liebhaber hatte.«

»Oder eine Liebhaberin«, sagte Billy T. und grinste, unbeeindruckt von Hannes mörderischem Blick. »Von mir aus. Suchen wir also nach dem leidenschaftlichen und mordlustigen Exliebhaber dieser fünfundvierzigjährigen, leicht übergewichtigen Kindergartentante. Ansonsten können wir uns aufs Geld konzentrieren.«

»Wer ist in solchen Einrichtungen für die Geldmittel zuständig?« fragte Hanne plötzlich.

»In diesem Fall: Agnes. Aber dieser Terje Welby hatte auch Zugang zu allen Betriebskonten. Er ist auf dem Papier stellvertretender Heimleiter. Maren Kalsvik hat keinen Zugang zum Geld.«

»Geht es um höhere Beträge?«

Dieses Thema interessierte sie offensichtlich.

»Ja, meine Güte, ist doch klar. Überleg doch mal, was der Unterhalt eines solchen Hauses kostet. Mit dem ganzen Personal. Und mit acht Kindern. Mir fressen meine vier ja schon die Haare vom Kopf.«

Als ihm seine Unterhaltszahlungen einfielen, verstummte Billy T. und setzte eine düstere Miene auf.

Hanne legte die Füße auf den Tisch und machte einen Lungenzug.

»Auch daß ein anderes Verbrechen vertuscht werden soll, ist ein bekanntes Mordmotiv.«

»Aber auch dann geht es um Sex oder Geld«, sagte Billy T. und riß sich aus seinen Grübeleien über seine finanziellen Sorgen.

»Egal, mach dich trotzdem mal kundig. Und noch etwas: Was ist mit den Eltern dieser Kinder? Läßt sich da vielleicht etwas finden?«

»Die meisten sind völlig uninteressant. Aber wir sehen sie uns natürlich noch genauer an. Am spannendsten scheint mir die Mutter dieses verschwundenen Jungen zu sein.«

Tone-Marit blätterte in einem eleganten Ordner, der auf ihren Knien lag.

»Birgitte Håkonsen«, las sie vor. »Der Junge ist erst seit drei Wochen im Heim, und sie hat den meisten Angestellten schon eine Höllenangst eingejagt. Nicht, daß sie viel gesagt hätte. Sie steht einfach nur da, eine riesige stumme Gestalt mit seltsamem Blick.

»Du meine Güte«, murmelte Hanne Wilhelmsen.

»Was?«

»Vergiß es. Hat sie den Jungen freiwillig ins Heim gegeben?«

»Ganz und gar nicht. Sie hat sich mit Zähnen und Klauen gegen das Jugendamt gewehrt. Und das ist tatsächlich interessant: Alle anderen Kinder sind freiwillig da, nur Olav nicht.«

»Haben wir sie schon verhört?«

»Also wirklich, Hanne«, protestierte Billy T. »Glaubst du, daß die Mutter eines Jungen, drei Wochen nachdem ihr Sprößling ins Heim gekommen ist, dort angeschlichen kommt, um einen Mord zu begehen?«

»Bestimmt nicht. Trotzdem müssen wir mit ihr reden.«

»Das haben wir schon getan«, sagte Erik Henriksen. »Das heißt, die Jungs, die Olav suchen, haben mit ihr gesprochen. Mehrmals. Ein richtiges Verhör. Und sie melden sich jeden Tag bei ihr und fragen, ob sie etwas von Olav gehört hat.«

»Na gut. Dann besorg mir die Protokolle. Und der Junge ist noch immer wie vom Erdboden verschluckt?«

»Ja. Mittlerweile glauben sie, daß ihm etwas passiert sein könnte. Wie lange kann ein Zwölfjähriger sich versteckt halten?«

»Hanne, ist das wirklich dein Ernst?« fragte Billy T. gereizt. »Sollen wir unsere Zeit mit dieser Frau verschwenden?«

»Eins steht jedenfalls fest«, sagte Hanne Wilhelmsen. »Wenn es um Kinder geht, dann sind gewaltige Emotionen im Spiel.«

Billy T. zuckte mit den Schultern, die beiden anderen versuchten, weder ihn noch Hanne anzusehen. Alle wußten, daß die Besprechung hiermit beendet war. Ehe er ging, wies Billy T. noch darauf hin, daß das Telefonverzeichnis, das neben dem Telefon auf dem billigen Schreibtisch der Heimleiterin gelegen hatte, etwas Interessantes enthalten könnte. Es wurde gerade überprüft, und auffallend waren vor allem zwei gelbe Zettel, die erst kürzlich auf das Metallregister geklebt worden waren. Auf dem einen stand die Nummer der Sozialschule der Diakonie, die andere Nummer hatte er noch nicht überprüfen können. Aber sie konnte schließlich wichtig sein.

»Kaum«, sagte Hanne gleichgültig und vertiefte sich in ihre eigenen Gedanken, nachdem die Tür von ihrem hitzigen Untergebenen ins Schloß geknallt worden war. Und ihre Gedanken waren ziemlich wirr.

Schon zwei Stunden später war er wieder honigsüß. Wie immer platzte er in ihr Büro, ohne anzuklopfen, und wie immer fuhr sie vor Schreck heftig zusammen. Aber es brachte nichts, ihn deshalb zur Ordnung zu rufen. Er stemmte die Hände auf die Tischplatte, beugte sich vor und hielt ihr seinen Schädel vor die Nase. Der war so blank, daß Hanne Wilhelmsen sich fast darin hätte spiegeln können.

»Die gute alte Frisur«, erklärte er zufrieden. »Fühl mal!«

Sie strich ihm über den Kopf. Er war warm und sauber und fühlte sich richtig gut an.

»Wie Seide, was?«

Er richtete sich zufrieden auf und überzeugte sich mit beiden Händen davon, daß seine Kopfhaut nach wie vor babyweich war.

»Der feinste Schädel im ganzen Haus. In ganz Oslo! Aber ich muß ihn zweimal am Tag rasieren. Zweimal am Tag!«

Hanne lächelte und schüttelte den Kopf.

»Ab und zu wächst mir dein Ego wirklich über den Kopf«, sagte sie. »Bist du nur gekommen, um mir deinen Schädel zu zeigen? Außerdem hast du mir mit Haaren besser gefallen. Nicht so schrecklich macho, irgendwie.«

Seine blauen Augen blickten sie triumphierend an, so als habe er ihren Kommentar zu seinem Macho-Image als Kompliment aufgefaßt, nicht als Kritik. Sie wußte manchmal wirklich nicht, was sie von ihm halten sollte. Seine riesige Gestalt war erschreckend und anziehend zugleich. Die Proportionen waren so ausgeglichen, daß sie seine beängstigende Größe zu mildern schienen. Ohne seinen Schmuck – ein Petruskreuz im Ohr, eine lange Goldkette um den Hals, einen soliden Armreifen um das linke Handgelenk – und in SS-Uniform hätte er Goebbels' Propagandaideen aus den dreißiger Jahren entsprungen sein können: gerade, wohlgeformte Nase, der schmale und doch sinnliche Mund, die intensiven blauen Augen. Er war lieb. Aber vor allem war er unbegreiflich loyal, und er verfügte über einen Instinkt, der vermutlich nicht einmal von Hannes eigenem übertroffen wurde.

»Willst du hier herumprotzen oder mir etwas Wesentliches mitteilen?«

»Wesentliches«, sagte er laut. »Es ist ja wohl wesentlich, wie ein Mann aussieht.«

»Würde ich nicht annehmen, wenn ich mir dich so ansehe«, sagte sie und ließ die Hände umeinander kreisen zum Zeichen, daß er loslegen solle.

»Unser Knabe hat offenbar einige Tage in Grefsen verbracht«, sagte Billy T. und setzte sich auf ihre Schreibtischkante. »Olav, meine ich. Der Entlaufene.«

»Was? Habt ihr ihn gefunden?«

»Nein. Aber eine Familie, die in Österreich im Urlaub war, hat bei ihrer Rückkehr eine etwas unliebsame Überraschung erlebt. Jemand hatte von ihrem Tellerchen gegessen, gewissermaßen. Ihr halber Vorrat an Konservendosen war verschwunden, sämtliches Klopapier verbraucht, von anderthalb Küchenwänden war die Tapete abgerissen worden. Ansonsten war das Haus unberührt.«

Hanne drückte ihre Kippe so fest aus, daß die Asche hochwirbelte.

»In Grefsen? Das ist doch mehr als zehn Kilometer vom Kinderheim entfernt.«

»Zwölf. Um ganz genau zu sein, sechzehn Kilometer. Und den ganzen Weg ist er auf seinen fetten Beinen gewandert, falls es wirklich stimmt, daß er kein Geld hatte. Aber ein Taxifahrer hätte uns inzwischen sicher verständigt, dafür ist die Suchmeldung zu oft wiederholt worden. Das schlimmste ist, daß er in die falsche Richtung gelaufen ist, wenn er nach Hause wollte.«

Hanne fing den schwachen Duft von Rasierwasser auf, nur einen Hauch, der an ihrer Nase vorbeischwebte. Ob er das für seinen Kopf verwendete?

»Also«, endete Billy T. und erhob sich. »Auf jeden Fall hat er eine neue Etappe begonnen, und seine Mutter hat angeblich kein Wort von ihm gehört. Aber es klingt doch wirklich so, als sei er der Einbrecher gewesen; im Moment werden die Fingerabdrücke überprüft. Wir können seine Abdrücke ja mit Leichtigkeit im Kinderheim heraussortieren, ein bißchen Schwein haben wir eben doch.«

Er reckte sich und stemmte die Handflächen gegen die

Decke. Im nächsten Augenblick ließ er die Arme sinken, und Hanne sah zwei schwache Abdrücke auf der grauweißen Fläche.

Als er gegangen war, starrte sie diese Abdrücke mit einem Gefühl von Wohlbehagen an, das sie sich absolut nicht erklären konnte.

Terje Welby schwitzte. Stickig und wie ein Gefängnis kam ihm die kleine Zweizimmerwohnung vor, in die er ein Jahr zuvor eingezogen war, nach einer Scheidung, die ihn zwei Kinder, ein Reihenhaus und zweitausendfünfhundert Kronen pro Monat gekostet hatte. Er hatte auf das falsche Pferd gesetzt. Eine junge fesche Sommervertretung im Heim hatte sein Herz geradezu im Sturm erobert. Sie war erst neunzehn und sah finnisch aus. Auf jeden Fall so, wie er sich eine Finnin vorstellte. Sie hieß Eva, lachte dauernd und hatte das Gröbste und das Beste an ihm herausgefordert. Seine Verwunderung darüber, daß sie sich so leicht hatte verführen lassen, war allzu schnell einem übertriebenen Glauben an seine Unbesiegbarkeit gewichen. Sie hatte ihm nichts versprochen, aber er war davon ausgegangen, daß sie nun zusammenbleiben würden. Sechs hektische und phantastische Monate später, als er gerade zu Hause ausziehen wollte, wurde er von einem einundzwanzigjährigen Knaben mit Pickeln und breiten Schultern ausgestochen. Mit eingekniffenem Schwanz hatte er bei seiner Frau, die so alt war wie er, gut Wetter machen wollen. Aber die hatte nach diesen sechs Monaten die Katastrophe verwunden und war zu einem zufriedenen Glauben an ein Dasein ohne diesen Lustmolch gelangt, der sie so entsetzlich verletzt hatte. Er sah seine Söhne jedes zweite Wochenende, aber sie schienen darauf zusehends weniger Wert zu legen und beklagten sich darüber, daß sie im selben Zimmer schlafen mußten wie ihr Vater.

Die finanziellen Probleme hatten seine Depressionen noch verstärkt. Er machte seine Arbeit, trank jeden Samstag und Mittwoch in der Kneipe an der Ecke ein paar Bier und hatte feststellen müssen, daß seine Frau bei der Scheidung auch den gemeinsamen Freundeskreis übernommen hatte.

Seine Hände zitterten. Die Papiere, die vor ihm lagen, raschelten bei jeder Berührung. Er griff zum Feuerzeug und führte die vibrierende Flamme an die Ecke der ersten Seite, die er mit ausgestrecktem Arm über das Spülbecken hielt. Das Papier loderte rascher auf, als er erwartet hatte. Er verbrannte sich die Finger und stieß eine verbissene Verwünschung aus, ehe er die Hand unter das fließende kalte Wasser hielt. Bald bildeten die Papiere nur noch eine Masse aus Wasser und Asche.

Es half nichts, das Fenster zu öffnen. Es war kalt, aber er schwitzte noch immer.

Hanne Wilhelmsen wußte nicht so recht, wohin sie eigentlich unterwegs war. Auf einem gelben Klebezettel an ihrem Steuerrad stand eine Adresse. Birgitte Håkonsens Adresse. Die Adresse von Olavs Mutter. Aber Hanne Wilhelmsen fuhr in die entgegengesetzte Richtung. Zuerst.

Dann geriet sie in die Verkehrsfalle vor dem Postgirohaus. Nach drei Runden und sich steigerndem Hupkonzert von genervten Verkehrsteilnehmern entschied dann das Auto für sie.

Fündundzwanzig Minuten später hatte sie eine von Oslos ältesten Satellitenstädten erreicht: ein Denkmal verfehlter Wohnungsbaupolitik, das ihr Gänsehaut über den

Rücken laufen ließ. Graue niedrige Blocks, die willkürlich im Gelände verstreut worden zu sein schienen, verwitterte Wohnsilos mit traurigen kleinen Gardinen, die die Häuser aussehen ließen, als hätten sie die Augen geschlossen. Hier und da waren vor langer Zeit ein paar Klettergerüste aufgestellt worden, um deren Wartung sich aber niemand mehr gekümmert hatte. Alle für Tagger in den Flegeljahren erreichbaren Flächen waren zugesprüht, unleserliche fette Buchstaben eines kryptischen Codes, den nur Leute unter zwanzig verstehen konnten. Mülltonnen, die wenigen grünen, die die Gemeinde allergnädigst vor langer Zeit einmal spendiert hatte, standen schräg, und aus ihren aufgerissenen Rachen hingen triefende Tüten mit Hundekot. Ein grauer, trüber Nebel hing über dem Viertel.

In der Mitte lag das Einkaufszentrum. Ein großer Legoklotz, der vielleicht irgendwann einmal weiß gewesen war, jetzt aber mit seiner grauen Umgebung verschmolz. Er war nach dem Prinzip »so viel Bodenfläche wie möglich für so wenig Geld wie möglich« angelegt worden. Direkt in dem Klotz konnte man sich nach einem Streit mit dem Jugendamt beim Sozialamt Geld holen und dieses in einem verräucherten, verdreckten Café im Erdgeschoß wieder ausgeben. Und da saßen wohl alle Bewohner des Viertels, auf der Straße war niemand zu sehen.

Die Hauptkommissarin stellte den Wagen ab und nahm den gelben Zettel vom Lenkrad. Sie überzeugte sich zweimal davon, daß sie das Auto abgeschlossen hatte. Dann überquerte sie den Parkplatz und erreichte einen schmalen Fußweg. Der Fußweg war mit dem bekannten Piktogramm von Erwachsenem und Kind versehen, das allerdings unter den Graffitis kaum noch zu sehen war. Das Schild stand schief und hatte Eselsohren. Der Weg war asphaltiert und lag voller Kieselsteine.

14 b, erster Stock.

Hanne Wilhelmsens Kopf war ein schallendes Inferno. Sämtliche Alarmglocken läuteten; was sie hier tat, widersprach allen Regeln. Um den Lärm zu dämpfen, versuchte sie sich zu erinnern, ob sie je etwas Ähnliches gemacht hatte. Hatte sie jemals eine Zeugin zu einem Gespräch außerhalb des Polizeigebäudes aufgesucht?

Nein.

Und daß sie allein war, machte die Sache nicht besser.

Einen Moment lang spielte sie mit dem Gedanken, sich nicht auszuweisen. Einen Privatbesuch abzustatten, von Frau zu Frau. Idiotisch. Sie kam schließlich von der Polizei.

Die Haustür hatte durch ein kleines Dach aus Kunststoff mit einer kleinen Regenrinne geschützt werden sollen. Das hatte nicht viel gebracht. Die Tür war abgenutzt und unlackiert und mit den ewigen Initialen in Rot und Schwarz übersät. Die Klingeln waren auf der rechten Seite der Tür angebracht, aber niemand hatte sich die Mühe gemacht, Namensschildchen unter das Glas zu schieben. Einige Namen standen auf Demotape, andere waren auf Klebeband aus Krepp gekritzelt; nicht einmal die Ränder waren gerade geschnitten. Einige Klingeln wiesen überhaupt keinen Namen auf.

B. Håkonsen hatte sich immerhin Mühe gegeben. Ein Klebestreifen zog sich ordentlich über ein Stück Pappe hin, auf dem in klarer, ansehnlicher Handschrift der Name stand. Hanne Wilhelmsen wollte schon auf den Klingelknopf drücken, trat dann aber noch einmal einige Schritte zurück, unter dem kleinen Dach hervor, und starrte an der Fassade hoch.

Der Block bestand aus vier Etagen, und in jeder gab es offenbar zwei Wohnungen. Hanne versuchte zu raten, auf welcher Seite wohl die der Håkonsens lag. Es gelang ihr nicht, und sie beschloß zuerst wieder nach Hause zu fahren. Aber dann ging sie doch zu den Klingeln und drückte entschlossen auf den Knopf.

Da es in der Gegend so erstaunlich still war – zu hören waren lediglich das ferne Rauschen der Autobahn und ein monotones Hämmern von einer ein Stück entfernt gelegenen Baustelle –, hörte sie irgendwo im Haus ein Läuten. Sehr leise, aber dennoch ein deutliches Klingeln. Niemand reagierte. Sie war erleichtert.

Sie wollte schon aufgeben, als aus der rauschenden Gegensprechanlage eine Stimme ertönte.

»Hallo?«

»Hallo, hier ist … ich heiße Hanne Wilhelmsen. Ich bin von der Polizei. Darf ich reinkommen?«

»Hallo?«

Hanne beugte sich zur grauen Metallplatte vor, die Lautsprecher und Mikrophon gleichzeitig war.

»Ich bin Hanne Wilhelmsen«, rief sie übertrieben deutlich. »Ich komme von der Polizei. Dürfte ich vielleicht…«

In der Wand klickte etwas. Hanne Wilhelmsen fuhr zusammen. Aber das Türschloß summte nicht. Leicht genervt schellte sie noch einmal.

Diesmal kam keine Antwort. Nach einer Minute drückte sie zehn Sekunden lang wütend auf die Klingel.

Die Sprechanlage blieb stumm. Aber ehe Hanne noch einmal klingeln konnte, ging der Türsummer. Vorsichtig griff sie nach der kalten Metallklinke und drückte gegen die Tür. Sie war offen.

Im Treppenhaus roch es nach Wohnblock; eine Mischung aus allen möglichen Mahlzeiten, Putzmitteln und Abfall. Auf dem Weg zur Treppe registrierte sie den Gestank von Babywindeln, der aus einer verknoteten Plastiktüte neben der Fußmatte drang.

Kein Empfangskomitee erwartete sie. Die Tür war abweisend geschlossen, aber dieselbe Handschrift wie unten neben der Klingel teilte mit, daß sie vor der richtigen Wohnung stand. Hanne seufzte und klingelte noch einmal. Augenblicklich wurde die Tür geöffnet.

Die Frau in der Türöffnung bot wirklich einen verblüffenden Anblick. Sie trug einen riesigen Trainingsanzug, der ihre seltsame Figur jedoch nicht verbergen konnte. Sie war um die Hüften fast so breit, wie sie groß war. An den Füßen trug sie kleine Pantoffeln aus Seehundsfell, die verrieten, daß ihre Füße in keinem Verhältnis zu ihrem Körper standen. Sie hatte schwarze, struppige Haare, ein kreisrundes Gesicht und einen dunkelroten Mund.

Aber das Bemerkenswerteste waren die Augen. Sie sahen klein aus, lagen aber so tief, daß man sie nur schwer deuten konnte. Die Wimpern waren lang und bogen sich fast einen Zentimeter lang um die fetten Lider. Sie schienen aus zwei kleinen Hohlräumen im Kopf herauszuwachsen.

Die Frau regte sich nicht, sagte nichts. Hanne Wilhelmsen machte einen kleinen Schritt nach vorn, in der Hoffnung, daß die Frau beiseite treten würde, aber das half nichts.

»Dürfte ich wohl kurz eintreten? Oder komme ich ungelegen?«

Statt zu antworten drehte die Frau ihr den Rücken zu und ging durch die Diele. Da sie die Tür offenließ, nahm Hanne das als Einladung und folgte ihr zögernd. Der längliche Flur war dunkel, die Wohnzimmertür in der Diele bildete ein grelles, fast weißes Rechteck, das Hanne blendete. Fast wäre sie über einen Flickenteppich gestolpert.

Das Wohnzimmer war aufgeräumt. Es war spärlich möbliert, aber die Fenster waren sauber, und es roch frischgeputzt. Am auffälligsten war das viele Licht. Über einem kleinen Eßtisch mit einem Blumenaufsatz aus Stoff und

Papier hing eine Art Handwerkerlampe, nur mit einem etwas hübscheren Schirm. Darin steckte eine Birne von mindestens 200 Watt. An der Längswand hingen nicht weniger als sechs Wandlampen, jede mit zwei Lichtquellen. Außerdem gab es in dem Zimmer vier Stehlampen und vor den Fenstern drei lange, unverkleidete Leuchtröhren. Und alle Lampen waren eingeschaltet.

Das Sofa war blau kariert und alt. Es wurde am einen Ende offenbar mehr benutzt als am anderen, die Polster waren dort tief eingedrückt, und sie sah, daß der Rahmen schon nachgab. Auf einem Couchtisch aus lackiertem Kiefernholz lag eine Illustrierte. Ansonsten war hier, abgesehen von einigen Broschüren in einem dunklen Regal, keinerlei Lesestoff zu finden. Hanne konnte nicht sehen, worüber die Broschüren Auskunft gaben.

Die Frau setzte sich und wies auf einen Sessel, der aus den sechziger Jahren stammen mußte und aus rotem genoppten Kunstleder mit aufgeleimten ovalen Teakplatten auf den Armlehnen bestand. Hanne Wilhelmsen setzte sich.

»Möchten Sie einen Kaffee?«

Frau Håkonsens Stimme klang tiefer als erwartet, und ein angenehmer, singender Tonfall wies auf irgendeinen abgeschliffenen Akzent hin. Da ein Ja die Frau gezwungen hätte, aufzustehen und eine Tasse zu holen, lehnte Hanne dankend ab. Als sie im ansonsten ausdruckslosen Gesicht ihrer Gastgeberin allerdings einen Hauch von Erschöpfung zu sehen glaubte, warf sie ihren Entschluß wieder um.

»Vielleicht wäre ein Täßchen doch nicht so schlecht.«

Trotz ihrer Formen bewegte Frau Håkonsen sich leicht und fast graziös. Sie ging wie eine Katze, die Seehundspantoffeln glitten auf dem Weg in die Küche lautlos über das Linoleum. Gleich darauf kam sie mit einem großen

Emailletablett zurück. Darauf standen zwei Kaffeetassen, eine Schale mit Keksen und eine Thermoskanne. Sie schenkte ein und schob die Kekse zu Hanne hinüber.

»Bitte, greifen Sie zu«, sagte sie und trank einen Schluck Kaffee.

»Sie möchten sicher wissen, was mich hergeführt hat«, sagte Hanne, weil ihr kein besserer Gesprächsbeginn einfiel.

Frau Håkonsen schwieg, sie starrte Hanne nur an.

»Ich wollte mit Ihnen über Ihren Sohn sprechen. Über Olav.«

Das Gesicht blieb weiterhin unbewegt.

»Wir wissen jetzt immerhin, daß ihm nichts Schlimmes passiert ist«, sagte Hanne mit optimistischer Stimme. »Er hat sich aller Wahrscheinlichkeit nach in einem Wohnhaus in Grefsen aufgehalten. Und da hatte er ein Dach über dem Kopf und genug zu essen.«

»Ja, das habe ich gehört«, sagte die Frau endlich. »Ich bin heute schon angerufen worden.«

»Haben Sie etwas von ihm gehört?«

»Nein.«

»Haben Sie irgendeine Vorstellung, wo er stecken kann? Hat er Verwandtschaft – Großeltern zum Beispiel?«

»Nein. Doch. Aber zu denen würde er nicht gehen.«

Das klang nicht gerade verheißungsvoll. Hanne trank einen Schluck Kaffee. Er schmeckte gut und war kochendheiß. Die Alarmglocken hatten sich ein wenig beruhigt, aber sie begriff immer noch nicht, warum sie hergekommen war. Sie stellte die Tasse ab. Etwas Kaffee war auf die Untertasse gekleckert, und Hanne hielt Ausschau nach einer Serviette. Ihre Gastgeberin verzog keine Miene.

»Das muß hart gewesen sein. Daß Sie mit Olav allein waren, meine ich. Sein Vater...«

»Er ist tot.«

Die Frau sagte das ohne Bitterkeit, ohne Trauer in ihrem immergleichen singenden Tonfall. Neutral und wohlklingend, wie eine Radiosprecherin.

»Ich habe selbst keine Kinder, ich kann also nicht ermessen, wie anstrengend das ist«, sagte Hanne und überlegte, ob sie hier wohl rauchen dürfe. Sie konnte nirgendwo einen Aschenbecher entdecken und fragte schließlich danach. Die Frau lächelte, zum erstenmal, allerdings ohne dabei ihre Zähne sehen zu lassen. Wieder stand sie auf und brachte dann einen tellergroßen Aschenbecher.

»Ich habe eigentlich schon vor vielen Jahren aufgehört«, sagte sie. »Aber vielleicht kann ich eine von Ihnen haben?«

Hanne beugte sich vor und gab Frau Håkonsen Feuer. Die berührte ihre Hand, und Hanne war überrascht, wie weich ihre Haut war. Weich und trocken und warm. Die Frau machte den ersten Zug wie eine alte Kettenraucherin.

»Nein, ich wußte auch nicht, wie anstrengend es ist«, sagte sie langsam, während ihr der Rauch aus Mund und Nase quoll. »Aber was Olav angeht, er hat MCD, es ist also nicht meine Schuld, daß er so eigen ist.«

»Ach«, sagte Hanne in der Hoffnung, mehr zu erfahren.

»Ich habe schon früh um Hilfe gebeten. Schon auf der Wochenstation war mir klar, daß er anders war als die anderen. Aber sie wollten mir nicht glauben. Und als sie dann endlich…« Jetzt kam Leben in ihr flaches, ausdrucksloses Gesicht. »Als ich sie endlich davon überzeugen konnte, daß etwas nicht stimmte, wollten sie ihn mir wegnehmen. Da hatte ich mich seit fast elf Jahren mit ihm abgemüht. Ich wollte ihn doch nicht in irgendein Heim geben. Ich wollte nur Hilfe. Es gibt Medikamente. Ritalin. Ich habe um Entlastung gebeten. Vielleicht auch um eine Familie, die er ab und zu besuchen könnte.«

Hanne war nicht sicher, aber die tiefen Löcher, in denen die Augen saßen, schienen sich mit Wasser zu füllen. Die Frau kniff ihre Augen energisch zusammen.

»Aber das interessiert Sie sicher nicht«, sagte sie leise.

»O doch. Ich versuche, mir ein Bild von Ihrem Jungen zu machen. Ich habe ihn noch nie gesehen. Nur auf einem Foto. Er sieht Ihnen ähnlich.«

»Ja, er hat wirklich in jeder Hinsicht Pech gehabt.«

Frau Håkonsen drückte ihre Kippe auf eine Weise aus, die zeigte, daß sie wirklich wieder auf den Geschmack gekommen war. Hanne bot ihr noch eine Zigarette an, und sie schien schon annehmen zu wollen, dann schüttelte sie aber doch den Kopf und hob abwehrend die Hand.

»Äußerlich sieht er mir ähnlich, aber innerlich ist er ganz anders. Er kommt auf die unglaublichsten Ideen. Das liegt irgendwie daran, wie er sieht. So, als ob er... Er sieht Gutes da, wo andere Böses sehen, und Böses, wo andere Gutes entdecken. Wenn jemand versucht, lieb zu ihm zu sein, hält er denjenigen für gemein. Wenn er versucht, höflich und umgänglich zu sein, fürchten sich die anderen Kinder. Und er sieht ziemlich erschreckend aus. Es kommt mir so vor, als wäre er ... genau das Gegenteil von allen anderen. Ein Zerrbild von Kind gewissermaßen.«

Die Frau zog die Beine an und strich sich mit einer unerwartet femininen Geste die Haare aus der Stirn.

»Wenn alle Kinder sich auf Weihnachten freuen, graust er sich, weil das Fest nur ein paar Tage dauert. Im Sommer, wenn alle Kinder baden wollen, sitzt er im Haus und ißt und sagt, er sei zu fett, um nach draußen zu gehen. Wo ein normales Kind weinen und traurig sein würde, lächelt er und will sich nicht trösten lassen. Kennen Sie die Geschichte von der Schneekönigin?«

Hanne schüttelte den Kopf.

»Von Andersen. Darin geht es um einen Spiegel, der alles verzerrt. Der Spiegel geht in Stücke, und alle, denen ein Splitter ins Auge fliegt, sehen alles nur noch schief und falsch. Und wer einen ins Herz bekommt, wird eiskalt.«

Sie beugte sich vor und schien mit dem Gedanken zu spielen, sich das mit ihrem Rauchverzicht noch einmal anders zu überlegen. Ehe Hanne das begriffen hatte, sagte Frau Håkonsen: »Olav hat ein gutes Herz. Er will wirklich nur lieb sein. Aber er hat einen Splitter vom Zauberspiegel im Auge.«

Hauptkommissarin Hanne Wilhelmsen wußte nicht, was sie tun sollte. Sie wurde rot vor Scham, aber sie versteckte sich hinter dem Dampf des heißen Kaffees. Unbewußt rieb sie sich das rechte Auge.

»Wir alle haben einen Splitter im Auge, der uns daran hindert, richtig zu sehen. Sie auch.«

Jetzt lächelte Frau Håkonsen wirklich. Ihre Zähne waren unregelmäßig, aber weiß und gepflegt.

»Sie haben mich für dumm gehalten, was? Für einen Sozialfall, der sein Kind ans Jugendamt verliert. Der keine Arbeit hat, keine Familie und kein einziges Buch im Regal.«

»Nein, um Himmels willen«, log Hanne.

»Doch, das haben Sie geglaubt«, beharrte die Frau. »Und in vielerlei Hinsicht bin ich das auch. Ich war eine Idiotin, daß ich seinen Vater geheiratet habe. Ich war schwach und dumm, daß ich nicht…«

Jetzt strömten Tränen aus den kleinen Brunnen in ihrem Gesicht. Sie wischte sich mit einem molligen, glatten Handrücken die Wangen. Dann riß sie sich zusammen und ging in ihre Ausgangsposition zurück. Ihre Füße glitten wieder auf den Boden, ihr Gesicht wurde wieder flach und tot.

»Was wollen Sie eigentlich von mir?«

»Um ganz ehrlich zu sein, ich weiß es nicht so recht.

Dieser Mord macht uns großes Kopfzerbrechen, und ich habe das Gefühl, daß wir etwas mehr über Olav wissen müßten.«

»Er hat es nicht getan.«

Jetzt war ihre Stimme nicht mehr wohlklingend. Sie war um eine halbe Oktave gestiegen und klang fast schrill.

Hanne hob abwehrend die Hände.

»Nein, nein, das glauben wir auch nicht. Aber er kann etwas gesehen haben. Oder gehört. Wir würden wirklich schrecklich gern mit ihm sprechen. Aber er wird ja sicher bald auftauchen.«

»Ich weiß, daß er es nicht war. Und er hat auch nichts gehört oder gesehen. Lassen Sie die Finger von meinem Jungen! Das Jugendamt reicht mir wirklich.«

Ihre Augen kamen zum Vorschein. Vielleicht war der Druck dahinter so groß, daß sie fast aus dem Kopf quollen. Oder vielleicht riß sie sie einfach nur so weit auf, wie das überhaupt möglich war. Sie waren seltsamerweise blau.

»Frau Håkonsen –«, setzte Hanne an.

»Ach, kommen Sie mir doch nicht so«, fiel die Frau ihr ins Wort. »Sie haben keine Ahnung von Olav. Sie wissen rein gar nichts darüber, wie er lebt und wie er die Welt auffaßt. Er ist weggelaufen, weil er das Heim gehaßt hat. Er wollte nach Hause. Nach Hause, verstehen Sie? Hierher! Für Sie ist das wohl kein besonders tolles Zuhause, nehme ich an, aber ich bin nun mal die einzige auf der ganzen Welt, die Olav wirklich liebt! *Die einzige auf der ganzen Welt!* Nehmt ihr darauf vielleicht Rücksicht? Nein, ihr schleppt den Jungen davon wie ein Paket und erwartet von mir, daß ich mit euch zusammenarbeite! ›Sie müssen verstehen, Frau Håkonsen, daß Olav bei dem Loyalitätskonflikt, in den der Umzug ihn stürzen wird, Hilfe braucht, und daß Sie mit uns zusammenarbeiten müssen.‹« Dieses Zitat fauchte sie und schnitt dabei eine Grimasse. »Verstehen? Zusammenarbeiten? Wenn sie mir das einzige wegnehmen, wofür ich lebe? Und was diese Agnes betrifft…«, sie sagte den Namen in einem verzerrten, häßlichen Tonfall, »ihr Tod tut mir nicht eine Sekunde lang leid. Die hat sich doch tatsächlich eingebildet, sie könnte für Gott und die Welt die Mutter spielen. *Olav hat eine Mutter! Mich!* Wissen Sie, was sie gemacht hat, ehe mein Junge weggelaufen ist? Sie wollte ihn bestrafen und hat ihm gesagt, ich dürfte ihn zwei Wochen lang nicht besuchen. *Zwei Wochen!* Das ist gar nicht erlaubt. Olav hat mich angerufen, und…«

Sie ließ sich auf dem Sofa zurücksinken und verstummte.

Hanne räusperte sich und hob ihre Kaffeetasse. Sie war naß von übergeschwapptem Kaffee, und Hanne hielt die Hand darunter, um nicht noch weiter zu kleckern. Trotzdem fiel ein großer Tropfen auf den cremefarbenen Teppichboden.

»Ich weiß nichts über das Jugendamt, Frau Håkonsen«, war das einzige, was sie herausbringen konnte.

Die Frau schien Anlauf zu nehmen, um mit ihrem Wutausbruch weiterzumachen. Doch dann überlegte sie sich die Sache anders. Vielleicht hatte sie keine Kraft mehr. Sie ließ sich ins Sofa zurücksinken, saß ganz still da.

»Ich wollte Ihnen nicht zu nahe treten«, sagte Hanne. »Das war wirklich nicht meine Absicht.«

Die Frau gab keine Antwort, und Hanne sah ein, daß sie jetzt besser gehen sollte. Sie erhob sich, bedankte sich für den Kaffee und entschuldigte sich noch einmal für die Störung. Als sie in der Diele stand, war sie fast sicher, durch eine geschlossene Tür, die wahrscheinlich ins Schlafzimmer führte, etwas gehört zu haben. Sie wollte schon fragen, ob noch jemand in der Wohnung sei, tat es dann aber doch nicht. Sie hatte bei dieser Frau, die keinerlei Sympathie für die Behörden hegte, ihre Befugnisse schon viel zu weit ausgedehnt. In einem Regal neben dem Garderobenschrank lag ein Stapel Bücher aus der Bibliothek. Die registrierte sie als letztes, ehe sich die Tür hinter ihr schloß.

Als sie die Betontreppe hinunterging und sah, daß niemand sich die Mühe gemacht hatte, die verschmutzten Windeln in den Müllschacht zu werfen, dachte sie daran, wie anmutig die Frau sich bewegt hatte. Birgitte Håkonsen war überhaupt ganz anders, als sie sich sie vorgestellt hatte.

Draußen war es noch immer grau, naß und menschenleer. Aber ihr Wagen war zum Glück unversehrt. Kein bißchen Graffiti war zu sehen.

Unglaublicherweise hat er es geschafft, ruhig zu bleiben. Das zeigt nur, wie sehr er sich fürchtet. Die Polizistin war mindestens eine halbe Stunde lang hier. Ich kann mich nicht erinnern, daß er je so lange ruhig gewesen ist.

Einmal, vor langer Zeit, er muß etwa acht gewesen sein, wir waren gerade neu nach Oslo gezogen, hat er genauso lange in seinem Zimmer gesessen. Dachte ich. Als ich über eine Stunde lang nichts gehört hatte, wollte ich ihm etwas zu essen bringen. Unsere Wohnung lag im Erdgeschoß, nie schien die Sonne herein. Im Zwielicht dachte ich schon, er sei eingeschlafen. Aber er war verschwunden. Ich hatte eine Höllenangst und wußte nicht, was ich machen sollte. Deshalb blieb ich einfach auf seinem Bett sitzen. Kurz vor Mitternacht wurde er von der Polizei gebracht. Der Junge grinste von einem Ohr zum anderen und stank nach Alkohol. Er torkelte in sein Zimmer, und der höfliche Polizist sagte, einige ältere Jungen hätten ihn zum Trinken verleitet. Und ich sollte einen Arzt holen, meinte er. Niemand wußte, wieviel Alkohol er in sich hineingeschüttet hatte.

Ich habe keinen Arzt geholt. Aber ich habe die ganze Nacht bei ihm gesessen. Er hat gekotzt wie ein Reiher und war zwei

Tage lang lammfromm. Ich durfte ihm bei allem möglichen helfen, und er war still. Mit acht Jahren schon besoffen. Aber er ist ja auch erblich belastet.

Sie behaupten, daß sie nicht glauben, daß er es war, der Agnes ermordet hat. Aber das behaupten sie nur. Diese Polizistin war zwar nicht unsympathisch, aber ich weiß doch, mit wem ich es zu tun habe. Sie reden und reden, und am Ende machen sie etwas ganz anderes.

Ich weiß, daß er es nicht war. Ich weiß, daß ich ihn verstecken muß. Aber wie lange halte ich das durch?

7

»Wie oft soll ich Ihnen noch sagen, daß dies ein routinemäßiges Verhör ist?«

Billy T. war sichtlich gereizt. Ihm gegenüber auf der anderen Seite des Schreibtischs saß ein großer, kräftiger Mann von dreiundfünfzig und benahm sich wie ein Rotzbengel.

»Das ist doch Ihre Telefonnummer, oder nicht?«

Er schwenkte eine Plastiktüte mit Druckverschluß, in der ein gelber Zettel steckte.

Der Mann gab noch immer keine Antwort.

»Herrgott, Mann, brauchen Sie eine offizielle Vorladung, oder was? Wäre das vielleicht in Ihrem Interesse? Ich weiß doch, daß das Ihre Nummer ist. Können Sie meine Frage also nicht einfach beantworten? Es kann doch unmöglich so gefährlich sein, uns etwas zu sagen, das wir ohnehin schon wissen?«

»Warum fragen Sie denn, wenn Sie es schon wissen?« murmelte der Mann mißmutig. »Ich brauche nichts weiter zu sagen als meinen Namen und meine Adresse. Ich begreife wirklich nicht, was ich hier überhaupt soll.«

Billy T. beschloß, daß es nun Zeit für eine Pause sei. Seine Geduld neigte sich rapide dem Ende entgegen, und aus bitter erkaufter Erfahrung wußte er, daß es sich lohnte, bis hundert zu zählen. Und zwar in einem anderen Zimmer. Er befahl dem Mann, sitzen zu bleiben, und vergewisserte sich, daß nichts herumlag, was der andere nicht sehen durfte. Dann schob er zwei Ordner in eine Schublade, schloß sie ab und verschwand.

»O verdammt, Hanne, dieser Liebhaber bringt mich noch um. Der will keine einzige Frage beantworten. Macht sich doch nur verdächtig damit!«

Er ließ sich auf Hannes Schreibtisch fallen, rieb sich den Schädel und zupfte sich an der Nase.

»Wissen wir denn, ob sie wirklich etwas miteinander hatten?«

»Erstens«, sagte Billy T. und zählte an den Fingern ab, »erstens hat er seinen Arbeitskollegen etwas von einer neuen Bekannten erzählt. Er verkauft Autos. Zweitens hat er denselben Kollegen gesagt, er hätte sich Geld zusammengevögelt. Drittens ist er gerade umgezogen. Er hat eine neue Telefonnummer, deshalb hatte sie sie sich aufgeschrieben. Viertens ist seine Nummer die letzte, die Agnes in ihrem Leben gewählt hat.«

»Woher weißt du das?«

»Ganz einfach, ich habe auf den Wiederholungsknopf an ihrem Apparat gedrückt. Die letzte Nummer. Die von diesem Trottel!«

Er schlug neben sich mit der Faust auf den Tisch.

»Fünftens, ihr Mann hat erzählt, wie zerstreut und gereizt sie in den letzten Monaten gewesen ist.«

»Das sind nicht gerade schlagende Beweise«, sagte Hanne.

»Nein, das weiß ich auch. Aber warum erzählt dieser Trottel mir nicht, was Sache war? Dann brauchte ich mir nichts mehr zusammenzureimen. Ich höre mir wirklich alles an, ich finde es schon schwer genug, mir Agnes Vestavik in den Armen eines fetten Autohändlers mit Halbglatze vorzustellen! Diese fromme Kleinbürgerin!«

»Schon wieder Vorurteile und vorgefaßte Meinungen, Billy T. Fromme Menschen haben dieselben Triebe wie du und ich. Du mußt einfach weiter versuchen, den Typen anzuzapfen.« Sie stupste mit beiden Händen gegen seinen Rücken. »Und jetzt raus hier, ich muß arbeiten. Und außerdem: Wenn die ein Verhältnis hatten, warum in aller Welt hätte er sie dann umbringen sollen? Dann hätte er doch den Ast abgesägt, auf dem er selbst saß.«

»Sicher«, murmelte Billy T. und stampfte zu dem mürrischen Autohändler zurück.

»Haben Sie sich die Sache überlegt? Wollen Sie jetzt ein bißchen kooperativer sein?«

»Sie haben gut reden«, rief der Mann wütend. »Da taucht die Polizei an meinem Arbeitsplatz auf, fragt und bohrt und bringt mich in eine reichlich peinliche Lage, zerrt mich mitten in der Arbeitszeit zum Verhör und wirft mir Mord und Totschlag und noch Schlimmeres vor!«

Billy T. lächelte nicht einmal.

»Habe ich Ihnen auch nur mit einem Wort einen Mord vorgeworfen?«

Der Mann starrte auf den Boden. Jetzt konnte Billy T. in dem breiten, maskulinen Gesicht einen Hauch von Unsicherheit ahnen.

»Hören Sie«, sagte er nun mit fast freundlicher Stimme. »Bisher sage ich nur eins, nämlich, daß Sie ein Verhältnis mit Agnes Vestavik hatten. Und das ist nun wirklich kein Verbrechen. Und wir belästigen Sie nicht, um Sie zu bestrafen. Sondern um uns ein möglichst vollständiges Bild von ihrem Leben zu machen. Was sie getan hat, wen sie gekannt hat, wie sie ihr Leben gelebt hat. Um ganz ehrlich zu sein, wir kommen nicht weiter. Wir können uns einfach nicht vorstellen, wer ein Motiv gehabt haben könnte, eine brave ordentliche Kinderheimleiterin mit bravem, ordentlichem Leben zu ermorden. Und wenn wir dann entdecken, daß dieses Leben doch nicht ganz so brav und ordentlich war, dann ist natürlich unser Interesse geweckt. Aber das heißt noch lange nicht, daß wir annehmen, Sie hätten Ihre Bekannte umgebracht.«

Getroffen. Das war eine viel bessere Taktik. Es im guten zu versuchen.

Der Mann beugte sich in seinem Sessel vor und schlug die Hände vors Gesicht. So saß er eine Weile schweigend da. Billy T. gab ihm Zeit.

Schließlich richtete der Mann sich wieder auf, fuhr sich über die unrasierte Wange und atmete schwer.

»Wir hatten ein Verhältnis. Eine Art Verhältnis. Ich meine, wir hatten keinen Sex. Aber sie war ... wir waren ... verliebt.«

Er schien dieses Wort noch nie benutzt zu haben, und es war irgendwie zu schön für diesen groben, breiten Mund. Das wußte er auch selbst. »Wir waren sehr miteinander beschäftigt«, korrigierte er sich. »Wir haben uns getroffen, um zu reden, um zusammen zu sein. Sind spazierengegangen. Sie war ...«

Was sie war, kam nie heraus, denn nun kämpfte er mit den Tränen und trug schließlich den Sieg davon. Aber es dauerte zwei Minuten.

»Sie müssen doch begreifen, daß ich Agnes niemals umgebracht hätte! Himmel, sie war doch das Beste, was mir seit Jahr und Tag passiert war!«

»Wie haben Sie sich kennengelernt?«

»Was glauben Sie wohl? Sie wollte natürlich ein Auto kaufen. Sie kam zusammen mit ihrem Mann, einem blaßgesichtigen Trottel. Der kannte nicht einmal den Unterschied zwischen Hubraum und PS. Es war deutlich, daß Agnes die Kasse unter sich hatte, und sie hat die Sache dann weiter verfolgt. Wir kamen gut miteinander aus, und dann ... dann ist es einfach so weitergegangen.«

»Und was ist mit Ihrem Gerede beim Job? Daß Sie sich Geld zusammengevögelt hätten?«

»Ach, das ... nur Gerede unter Jungs.«

Er sah nicht einmal beschämt aus. Billy T. hätte gern erzählt, daß Jungs über sechzehn in dieser Hinsicht nicht lügen sollten, und Jungs über fünfzig erst recht nicht, aber er schwieg.

»Worüber haben Sie an dem Abend gesprochen, an dem Sie ermordet worden ist?«

»Gesprochen? An dem Abend habe ich sie doch gar nicht gesehen.«

»Keine Panik. Ich rede von Ihrem Telefongespräch. Sie hat vom Büro aus angerufen. Irgendwann an dem Abend.«

Der Mann wirkte ehrlich überrascht.

»Nein, hat sie nicht«, sagte er entschieden und schüttelte energisch den Kopf. »Ich war mit einem Wagen in Drøbak und erst nach Mitternacht wieder zurück. Hab mich vor der Rückfahrt mit einem alten Kumpel getroffen und ein paar Tassen Kaffee getrunken. Und das kann ich beweisen.«

Billy T. machte einen Schmollmund und starrte dem anderen schweigend in die Augen. Der Autohändler verlor und senkte den Blick.

»Na gut«, sagte Billy T. »Hat sie gewußt, daß Sie nicht zu Hause waren?«

»Das kann ich nicht mehr sagen, aber ich wußte immerhin, daß sie ins Heim wollte. Da hatte es Ärger gegeben. Irgendwer hatte sie hintergangen. Sie hat nicht viel erzählt, aber sie war sehr enttäuscht.«

»Irgendwer? Mann oder Frau?«

»Keine Ahnung. Sie hat ihre Schweigepflicht sehr ernst genommen. Selbst über die Kinder hat sie nur wenig erzählt, und dabei war sie doch den ganzen Tag mit denen beschäftigt.«

Billy T. holte dem Mann eine Tasse Kaffee und setzte sich an den Computer. Eine halbe Stunde lang war in dem kleinen Büro nichts anderes zu hören als Billy T.s riesige Finger, die die PC-Tastatur mißhandelten. Als er fertig zu sein glaubte, hatte er nur noch eine Frage.

»Sollte es weitergehen mit Ihnen? Hat sie von Scheidung gesprochen?«

Der Mann machte ein schwer zu deutendes Gesicht.

»Ich weiß ja nicht, ob es so weit gekommen wäre. Aber sie hat einmal gesagt, sie hätte sich längst entschieden und auch ihren Mann darüber informiert.«

»Das hat sie ganz deutlich gesagt?«

»Ja.«

»Wortwörtlich: Ich habe meinem Mann gesagt, daß ich mich scheiden lassen will, nicht: Mein Mann will keine Scheidung, oder: Eine Scheidung würde ihm arg zu schaffen machen?«

»Ja, wortwörtlich. Mehrere Male. Zumindest…« Er schaute zur Decke hoch und dachte nach. »Zumindest zweimal.«

»Na gut«, sagte Billy T. kurz und sicherte sich die Unterschrift seines Zeugen auf dem Ausdruck. Damit war das Verhör beendet.

»Bleiben Sie in der nächsten Zeit in Oslo«, sagte er noch.

»Ja, sicher. Wo sollte ich denn sonst hin?« fragte der Mann und verschwand.

Tone-Marit war nicht von gestern. Sie war seit vier Jahren und neun Monaten bei der Polizei, und schon in drei Monaten würde sie sich Oberwachtmeisterin nennen und sich an die nur selten benutzte Uniform einen zweiten Streifen heften können. Sie arbeitete zwar erst seit einem Jahr mit ihr zusammen, aber Hanne war bereits von der Sechsundzwanzigjährigen beeindruckt. Sie war eher gründlich als originell und eher pflichtbewußt als eigentlich klug, aber Gründlichkeit und Pflichtbewußtsein haben schon viele gute Fahndungsergebnisse erbracht.

Jetzt steckte sie fest. Mit Buchführung kannte sie sich nicht besonders gut aus. Vor ihr lagen drei dicke Ordner, aber sie begriff den Unterschied zwischen laufenden Mitteln und Anlagemitteln, zwischen Betriebsergebnis und Ausgleich noch immer nicht besser als vor zwei Stunden.

Etwas aber hatte sie immerhin registriert. Ungewöhnlich viele Buchungen stammten von Terje Welby. Seine Rolle als stellvertretender Heimleiter war offenbar fast gänzlich von Maren Kalsvik übernommen worden. Sie hatte zwar keine Kontovollmachten, aber das wäre eigentlich logisch gewesen, wenn Agnes Vestavik das Heim auch in finanzieller Hinsicht geleitet hätte.

»Frag die Jungs von der Finanzabteilung«, riet Billy T., nachdem er aufs Geratewohl in den Ordnern herumgeblättert hatte. »Ich werde derweil diesen Terje Welby ein bißchen schütteln.«

Er grinste breit vor lauter Vorfreude, und Tone-Marit packte dankbar ihre Ordner zusammen, um seinen Rat zu befolgen.

»Weißt du schon mehr über die fehlenden Dreißigtausend von Agnes' Konto?«

Tone-Marit legte die Hände auf die Ordner und nickte.

»Nur, daß sie in drei verschiedenen Bankfilialen in der Stadt abgehoben worden sind. Und daß das Konto zwei Tage danach gesperrt worden ist. An dem Tag, an dem Agnes ermordet wurde. Ich habe die Banken gebeten, die Schecks herauszusuchen, dann sehen wir weiter. Aber das kann dauern, alles, was sie nicht im Computer haben, braucht doch eine Ewigkeit.«

»Alles, was sie im Computer haben, auch«, murmelte Billy T.

Der Mord an Agnes Vestavik lag eine Woche zurück. Hanne kam es vor wie eine Ewigkeit. Der Abteilungsleiter, sonst ein rücksichtsvoller Mann mit großem Verständnis für die Probleme seiner Untergebenen, war ihr auch kein Trost. An diesem Tag hatte er sie abgewiesen. Der Doppelmord in Smestad band alle Kapazitäten; ein Reeder und seine leicht alkoholisierte, verlebte Gattin waren mit fast gänzlich weggesprengten Köpfen aufgefunden worden, es handelte sich um den groteskesten Raubmord in der Geschichte Norwegens. Die Zeitungen suhlten sich im Grenzbereich zwischen Sozialpornographie und Gesellschaftsklatsch, vermischt mit der üblichen Hetze gegen eine unfähige Polizei, und der Chef wurde gelinde gesagt ungeduldig. Agnes Vestaviks Tod hatte am ersten Tag ein wenig Aufsehen erregt, aber inzwischen war er Geschichte. Für alle, abgesehen von dem Kleeblatt, das noch immer verzweifelt nach Motiv und Möglichkeit suchte.

»Herrgott«, murmelte Hanne. »Die Zeiten ändern sich. Vor zehn Jahren hätte ein solcher Mord die ganze Abteilung auf den Kopf gestellt. Wir hätten zwanzig Leute gekriegt und auch sonst alles, was wir brauchen.«

Erik Henriksen wußte nicht, ob er diesen Ausbruch als Kritik auffassen sollte, vielleicht hielt sie ihn für ein Leichtgewicht. Deshalb hielt er wohlweislich den Mund.

»Aber«, jetzt lächelte sie plötzlich, so als hätte sie ihn gerade erst entdeckt, »was hast du eigentlich herausgefunden?«

»Dieser Liebhaber«, begann ihr Kollege, »hat arge Finanzprobleme.«

Finanzprobleme? Wer zum Teufel hat die nicht, überlegte Hanne Wilhelmsen und verzichtete auf die Zigarette, auf die sie gerade Lust hatte.

»Aber die wenigsten Leute begehen wegen ihrer Finanzprobleme einen Mord«, seufzte sie. »Jeder zweite würde sicher sagen, daß er solche Probleme hat, wenn wir eine Umfrage machten. Wir brauchen viel mehr. Etwas mehr... Leidenschaft! Haß, Verachtung, Angst, irgendwas in dieser Richtung. Der Typ war von der Frau doch hin und weg. Sie waren nicht verheiratet, deshalb hatte er kein finanzielles Interesse an ihr.«

»Aber seine Arbeitskollegen sagen, daß er in der letzten Zeit sehr still gewesen ist. In den letzten zwei Wochen oder so. Fast schon deprimiert, sagen sie.«

»Na und?« fragte Hanne herausfordernd und legte die Hände zusammen. »Was besagt das schon? Wenn Agnes Schluß gemacht hat, oder wie man das bei einem platonischen Verhältnis nennen soll, dann ist das noch lange kein Grund, sie mit einem Messer umzubringen. Und es wäre höchst seltsam, wenn niemand etwas von einem Streit mit einem ehemaligen Liebhaber mitbekommen hätte, der mit einem Mord endete!« Sie schüttelte verzweifelt den Kopf und setzte sich gerade. »Nein, jetzt bin ich ungerecht, Erik.« Sie lächelte. »Ich wollte meinen Frust nicht an dir auslassen. Aber das ist doch wirklich komisch, was? Niemand interessiert sich für den Fall. Der Chef redet kaum ein Wort mit mir. Die Zeitungen sind gleichgültig. Im Kinderheim geht alles seinen gewohnten Gang. Die Kinder lärmen und spielen, der Mann bleibt im Haus wohnen, die Welt dreht sich um ihre Achse, und eine Woche nach ihrem Tod interessiert Agnes Vestavik auch mich fast schon nicht mehr. In einem Monat wird sich kaum noch jemand an den Fall erinnern. Ist dir überhaupt klar...«

Sie verstummte und suchte aus einem Zeitungsstapel auf dem Boden eine Ausgabe des *Arbeiderbladet* heraus.

»Hier«, sagte sie und schlug einen Artikel auf. »Jetzt werden in Oslo mehr Morde begangen als in Kriminalromanen. Zum ersten Mal in der Geschichte. Himmel und Ozean!« Sie schlug sich die Hand vor die Stirn. »Die

Schriftsteller können mit uns nicht mehr Schritt halten! Hier ein Mord, dort ein Totschlag, wen interessiert das schon? Jetzt müssen es mindestens zwei Tote sein, wenn überhaupt jemand aufmerksam werden soll. Oder die Leiche muß geschändet worden und das Opfer muß reich sein. Oder eine Prostituierte. Oder ein Fußballspieler, irgendein Prominenter oder Politiker. Oder, noch besser: Der *Täter* ist reich oder prominent. Eine anonyme Frau, die nichts vorzuweisen hat als ein ruhiges Leben und einen Halbwegsliebhaber, nach der kräht doch heute kein Hahn mehr. Oder interessiert dich die Sache vielleicht?«

Als sie diese Frage stellte, beugte sie sich über den Tisch und blickte ihm in die Augen.

»Natürlich interessiert mich die Sache«, murmelte er und schluckte noch einmal. »Das ist schließlich mein Job.«

»Genau! Uns interessiert das, weil es unser Job ist. Aber dem Chef ist das egal, der packt uns nur zu gern alles auf. Den Zeitungen ist es egal, für die ist der Fall nicht spannend genug. Und uns interessiert er auch nur so wenig, daß wir jeden Nachmittag leichten Herzens nach Hause gehen und Frikadellen essen können, ohne auch nur an eine Vierjährige zu denken, die ihre Mutter auf eine Weise verloren hat, die wir eigentlich verhindern sollten. Verhindern! Das ist nämlich unsere wichtigste Aufgabe! Verbrechen zu verhindern! Wann hast du zuletzt ein Verbrechen verhindert, Erik?«

Er wollte ihr schon erzählen, daß er erst am vergangenen Samstag einen Freund daran gehindert hatte, sich besoffen hinters Steuer zu setzen, aber das verkniff er sich dann doch klugerweise.

Das Telefon schellte, und Erik Henriksen fuhr zusammen. Hanne Wilhelmsen ließ es viermal klingeln, um erst einigermaßen zur Ruhe zu kommen.

»Wilhelmsen«, sagte sie kurz.

»Hanne Wilhelmsen?«

»Ja. Mit wem spreche ich?«

»Hier ist Maren Kalsvik. Aus dem Heim Frühlingssonne.«

»Ach.«

»Ich rufe an, weil ich mir um Terje Welby Sorgen mache. Sie wissen schon, unser stellvertretender Heimleiter. Der mit dem Rücken.«

»Warum machen Sie sich Sorgen?«

Hanne Wilhelmsen legte einen Finger an die Lippen, um Erik zur Ruhe anzuhalten, zeigte auf die Tür und winkte ihm, sie zu schließen. Er mißverstand und wollte schon gehen, als Hanne die Hand auf die Sprechmuschel legte und flüsterte: »Nein, nein, Erik, komm rein, und mach die Tür zu. Aber sei still.«

Dann drückte sie vorsichtig auf den Lautsprecherknopf ihres Telefons.

»Er ist doch noch halbtags krank geschrieben und hat heute früher Feierabend gemacht. Aber er hätte herkommen müssen, um eines von den Kindern zu einem Motorradkurs zu bringen, für den er verantwortlich ist. Vor zwei Stunden schon. Ich habe mehrere Male bei ihm angerufen. Dann bin ich zu ihm gegangen, er wohnt gleich hier um die Ecke, aber die Tür war abgeschlossen. Allerdings nur das normale Schloß. Das Sicherheitsschloß war nicht verschlossen, also ist er wohl zu Hause.«

Hanne Wilhelmsen war nicht in der Stimmung, sich um einen seit zwei Stunden vermißten Erwachsenen Sorgen zu machen.

»Er kann es doch vergessen haben«, sagte sie müde. »Er kann etwas anderes zu tun haben. Vielleicht ist er ja sogar beim Arzt. Zwei Stunden Verschwinden einer Person, die älter ist als drei, das ist einfach nicht genug.«

Am anderen Ende der Leitung war es still. Dann hörte

Hanne Geräusche, die anzudeuten schienen, daß die Frau weinte. Ganz leise.

»Bestimmt ist alles in Ordnung«, versuchte Hanne zu trösten, diesmal war ihr Tonfall weniger brüsk. »Er wird schon wieder auftauchen.«

»Aber verstehen Sie doch«, sagte die Frau und weinte erst recht los. Erst nach einer Weile konnte sie weitersprechen. »Das ist doch noch längst nicht alles«, sagte sie schließlich. »Ich kann das am Telefon nicht erklären, aber es gibt wirklich Grund zur Besorgnis. Er ... ich kann jetzt nicht darüber reden. Aber können Sie nicht *bitte* bei ihm nachsehen, ob alles in Ordnung ist? Bitte!«

Erik Henriksen war näher an Schreibtisch und Telefon herangerutscht, hatte die Ärmel hochgekrempelt und die Ellbogen auf den Tisch gestemmt. Hanne konnte seine Uhr sehen, eine billige Imitation einer Rolex Oyster.

»Ich bin in einer halben Stunde bei Ihnen«, sagte sie und legte auf.

Erik blickte sie fragend an, und sie nickte. Er konnte mitkommen.

»My God!« Hanne blieb stehen und blickte den Wachtmeister verzweifelt an. »Gerade putze ich dich herunter, weil sich niemand mehr für andere interessiert, und dann will ich eine abweisen, die genau das tut. Sich interessiert.«

Sie hatten Glück und erwischten nach nur zehn Minuten Warten einen Dienstwagen. Und das war so etwas wie ein Rekord.

Die Wohnungstür war abgeschlossen, genau wie Maren Kalsvik gesagt hatte. Im Spalt zwischen Türblatt und Rahmen konnten sie sehen, daß das Sicherheitsschloß nicht benutzt worden war, auch das stimmte mit Maren Kalsviks

Aussage überein. Hanne Wilhelmsen steckte die Hand in die Tasche, fischte ein Papiertaschentuch heraus und versuchte, auf die Klinke zu drücken, ohne sie allzusehr zu berühren. Erik Henriksen sah ihr erstaunt zu.

»Nur so zur Vorsicht«, beruhigte sie ihn.

Sie hatte eine verschlossene Tür und einen seit drei Stunden vermißten Erwachsenen. Das reichte bei weitem nicht für eine amtliche Erlaubnis, die Tür aufzubrechen. Wäre ihr treuer Kollege, Polizeiadjutant Håkon Sand nicht so verdammt modern gewesen, ein ganzes Jahr Erziehungsurlaub zu nehmen, dann hätten sie es hintricksen können. Jetzt hatte Hanne keine Ahnung, welcher Adjutant Dienst hatte. Und sie brauchte einen Juristen, um die Wohnung betreten zu können.

Betreten mußte sie sie. Was Maren Kalsvik ihr mit tränenerstickter Stimme im Laufe einer halben Stunde wild durcheinander erzählt hatte, war dermaßen aufsehenerregend, daß es für einen Haftbefehl fast schon ausreichte. Aber der Versuch, einem Juristen per Telefon zu erklären, daß ein phantastisches Motiv aufgetaucht war und daß ein möglicher Täter sich am Schauplatz von Agnes Vestaviks traurigem Dahinscheiden aufgehalten hatte, erschien ziemlich hoffnungslos. Andererseits: Vielleicht stand hier ein Leben auf dem Spiel.

Sie bat Erik, vor der Tür stehen zu bleiben, aber nichts anzufassen. Sie selbst ging zum Auto und hatte nach einigem Hin und Her den zuständigen Juristen an der Strippe. Sie hatte Glück. Er war alt, reichlich erschöpft und mit allen Wassern gewaschen. Er begriff, gab grünes Licht und reichte sie an die Kripo weiter. Die versprach, daß in einer halben Stunde Verstärkung eintreffen werde.

Die Verstärkung tauchte nach einer Dreiviertelstunde auf. Aber das Warten hatte sich gelohnt. Zwei schweigsame Männer, die wußten, was sie taten, und die sich ohne

Wenn und Aber mit einem soliden Rammbock auf einer schweren quadratischen Eisenplatte mit Griffen für vier Paar Hände vor der Tür aufstellten. Hanne und Erik stellten sich hinter sie.

»Und eins, und zwei, und DREI«, sagte der eine Polizist, während sie den Rammbock hin und her schwangen und ihn bei »drei« gegen die Tür wuchteten.

Das Holz hatte keine Chance. Die Tür knackte, ließ hilflos den Rahmen, der sie festhalten wollte, los und kippte in die Wohnung. Vor der nur anderthalb Meter entfernten gegenüberliegenden Wand blieb sie hängen. Hanne Wilhelmsen schob sich daran vorbei und betrat die Wohnung.

Der Flur war leer. Auch das Wohnzimmer war leer. Sie blieb einen Moment lang stehen und musterte die typische Junggesellenwohnung, die Möbel waren bunt zusammengewürfelt, vor einem Fenster fehlten die Vorhänge, und es war nicht einmal der Versuch gemacht worden, irgendeine Art von Gemütlichkeit zu erzeugen. Keine Bilder an der Wand, keine Topfblume. Das Spülbecken war voller benutzter Gläser.

»Hanne, komm her!« rief jemand vom Flur her.

Drei Männerrücken versperrten die Tür zum Badezimmer. Sie stupste den hintersten Rücken an, und die drei wichen langsam zur Seite.

Sie stieß einen leisen Pfiff aus.

Terje Welby saß auf dem Toilettendeckel. Genauer gesagt: Dort saßen seine sterblichen Überreste. Er hatte seine Schuhe noch an und trug ansonsten gürtellose Jeans und ein T-Shirt. Der Kopf war ihm auf die Brust gekippt, seine Arme hingen schlaff nach unten. Er erinnerte an einen Mann, der nach übermäßigem Trinken zusammengebrochen ist. Nur die riesige Blutlache um seine Füße und seine durchschnittenen Pulsadern paßten nicht zu diesem Bild.

Hanne trat langsam in das Badezimmer, in dem für zwei

Personen kaum Platz war. Ohne die Leiche oder sonst etwas zu berühren, beugte sie sich über die Hände des Toten und stellte fest, daß er nur links die Hauptschlagader getroffen hatte. Aber dort hatte er zum Ausgleich gründliche Arbeit geleistet. Eine zehn Zentimeter lange Wunde klaffte in seinem Unterarm, und mitten in all dem Blut ahnte sie weiße Sehnen und Knochen.

Im Waschbecken lag eine leere Whiskyflasche. Auf dem Boden lag ein großes Tapetenmesser mit blutbesudelter Klinge.

Vorsichtig berührte sie mit zwei Fingern seinen Hals. Der war schon ziemlich kalt. Kein Lebenszeichen war zu spüren.

»He's dead all right«, sagte sie leise und verließ rückwärts das Badezimmer. »Sagt bei der Technik Bescheid.«

Dieser Befehl galt den Jungs von der Verstärkung.

»Der Technik? Bei einem eindeutigen Selbstmord?«

Der Einspruch war berechtigt. Die Technik wurde schon seit Jahren bei Selbstmordfällen nicht mehr automatisch eingesetzt.

»Sagt ihnen Bescheid«, beharrte Hanne und hockte sich neben die Badezimmertür, ohne diesen hergelaufenen Kollegen einer näheren Erklärung zu würdigen.

Er seinerseits zuckte mit den Schultern, warf seinem Begleiter einen vielsagenden Blick zu und trottete davon, um den Befehl auszuführen. Hauptkommissarin blieb eben Hauptkommissarin.

Zuerst wurden Fotos gemacht. Hanne Wilhelmsen, die sich zurückziehen mußte, um der Technik Bewegungsfreiheit zu gewähren, war beeindruckt davon, wie geschickt der Kollege sich in dem kleinen Zimmer bewegte, ohne auch nur ein einziges Mal Blut, Leiche oder Wände zu berühren. Er verließ zweimal den Raum, um einen neuen Film einzulegen, sagte aber nichts. Als das Badezimmer gebührend verewigt worden war, fingen zwei Mann an, die Lage des Toten im Verhältnis zu Decke, Waschbecken und den vier Wänden genau auszumessen. Ab und zu tauschten sie leise Kommentare aus, einer notierte die Meßergebnisse auf einem Spiralblock. Hanne sah, daß die beiden millimetergenau arbeiteten.

Danach wurden Fingerabdrücke gesichert. Ihr fiel auf, daß sie schon lange bei keiner Tatortuntersuchung mehr zugegen gewesen war; statt das schwarze oder weiße Pulver zu benutzen, an das sie gewöhnt war, verwendeten die Männer an einzelnen Stellen eine Art Spray, das eine undefinierbare Farbe hinterließ.

Zwei Stunden später war diese Arbeit abgeschlossen. Vorsichtig wurde die Leiche auf eine Bahre gebettet und zum Krankenhaus gefahren, wo sie für kurze Zeit in einem gelben Zimmer auf einer Metallbank liegen und in ihre Bestandteile zerlegt werden würde.

»Klarer Selbstmord, wenn du mich fragst«, sagte der eine Techniker und packte seinen Koffer. »Sollen wir die Wohnung versiegeln?«

»Ja, aber dann müssen wir die Tür wieder anbringen«, antwortete Hanne.

Bald darauf war die Tür einigermaßen wieder an Ort und Stelle, und zwei Ösenschrauben wurden an Rahmen und Türblatt befestigt. Zwischen diesen Schrauben verlief ein dünner Metalldraht, dessen Enden in einer Bleiversiegelung steckten.

»Vielen Dank, Jungs«, sagte Hanne mit erschöpfter Stimme und schickte Erik mit den Technikern los.

»Ich muß nach Hause. Sagt Bescheid, daß ich den Wagen bis morgen früh behalte.«

Sie war unendlich traurig.

Erik Henriksen hatte glücklicherweise daran gedacht, einen Pastor zu rufen. Er selbst fühlte sich nicht gerade berufen dazu, einer Exfrau und zwei kleinen Jungen mitzuteilen, daß der Vater tot sei. Er hatte noch nichts gehört, der Pastor hatte aber versprochen, sich sofort um die Sache zu kümmern. Das war vor anderthalb Stunden gewesen, er hoffte also, daß es inzwischen überstanden war. Dann war ihm eingefallen, daß Maren Kalsvik erfahren sollte, daß ihre Angst berechtigt gewesen war. So was macht man nicht gern am Telefon, und deshalb schaute er auf dem Heimweg beim Kinderheim vorbei.

Es war Abendbrotzeit, und aus der Küche hörte er entsprechende Geräusche; Gläser klirrten, Besteck kratzte über Teller, junge und erwachsene Stimmen redeten durcheinander. Wieder öffnete Maren Kalsvik ihm die Tür. Sie erstarrte, als sie ihn sah.

»Was ist passiert?« fragte sie ängstlich. »Ist etwas passiert?«

»Könnten wir irgendwo unter vier Augen miteinander sprechen?« fragte der Wachtmeister unbeholfen und sah sie dabei nicht an.

Sie zog ihn in eine Art Besprechungsraum, der offenbar neben der Küche lag und von dem aus eine Tür in den Aufenthaltsraum führte. Sie ließ sich auf einen Bürostuhl fallen und fuhr sich durch die Haare.

»Was ist passiert?« fragte sie noch einmal.

»Sie hatten recht«, sagte er, und dann korrigierte er sich: »Ich meine, es bestand wirklich Grund zur Besorgnis. Er hatte ...«

Dann schaute er sich um und ging zur Tür, um sich davon zu überzeugen, daß sie wirklich geschlossen war.

»Er ist tot«, sagte er leise, nachdem er sich ihr gegenüber an den großen Konferenztisch gesetzt hatte.

»Tot? Wieso denn tot?«

»Tot eben«, sagte der Wachtmeister leicht gereizt. »Er hat

sich umgebracht. Ich möchte lieber nicht ins Detail gehen.«

»Großer Gott«, flüsterte Maren und wurde aschfahl.

Dann schloß sie die Augen und schwankte auf ihrem Stuhl hin und her. Blitzschnell stand Erik Henriksen neben ihr und konnte sie gerade noch auffangen. Sie kniff die Augen zusammen und stöhnte leise.

»Es ist meine Schuld«, sagte sie und brach in heftiges Schluchzen aus. »Alles ist allein meine Schuld.«

Dann lehnte sie sich an einen verdutzten Wachtmeister, der an solche Situationen nicht gerade gewöhnt war. Aber nun nahm er sie erst einmal in den Arm.

»O verdammt«, flüsterte Christian begeistert und taumelte aus dem neben dem Gemeinschaftsbüro gelegenen Archivraum. Erik Henriksen hatte Maren Kalsvik aus dem Besprechungszimmer in den ersten Stock geführt.

»Das wird ja richtig unheimlich. *Richtig unheimlich*!«

Er zog seine Kleider zurecht und rieb sich den Hals, wo sich, wie er aus Erfahrung wußte, ziemlich bald ein kleiner Knutschfleck zeigen würde.

Cathrine, die klapperdürre Erzieherin von Mitte Dreißig, taumelte hinterher. Sie hatten im Archivraum Zuflucht gesucht und geglaubt, alle anderen säßen beim Abendessen, und sie waren so miteinander beschäftigt gewesen, daß sie die Türglocke nicht gehört hatten. Als Maren und der Polizist das Nachbarzimmer betraten, saßen sie in der Falle.

Sie hatten alles gehört.

»Selbstmord! Herrgott!«

Cathrine war erschüttert, aber sie konnte sich doch zu einem Spiegel neben dem Fenster beugen und ihre

Schminke erneuern. Sie schnitt eine Grimasse, riß die Augen weit auf und ließ ihren Zeigefinger einmal unter jedem Auge entlangwandern.

»Bedeutet das, daß er Agnes abgemurkst hat, oder was?«

»Sicher«, sagte Christian mit immer noch wachsender Begeisterung und grinste breit.

»Du«, sagte sie tadelnd und fuhr ihm mit der Hand über den Mund. »Wisch dir dieses Grinsen ab. Das ist doch eine entsetzliche Geschichte.«

Er faßte sie am Handgelenk und drückte sie auf einen Stuhl. Er selbst setzte sich neben sie auf die Tischkante.

»Das hätte ich wirklich nicht gedacht«, sagte er.

»Was hättest du denn sonst gedacht?«

Er rutschte auf dem Tisch ein Stück nach hinten und stellte die Füße auf die Sitzfläche des Stuhls. Dann stützte er die Ellbogen auf die Knie und formte aus den Händen eine Schüssel, in die er sein Gesicht schmiegte. Sein Lächeln war verschwunden, er schien nachzudenken.

»Auf wen hättest du denn getippt?« fragte er.

Cathrine zuckte mit den Schultern und zierte sich ein wenig.

»Was heißt schon getippt? Ich hatte eigentlich keine besondere Theorie.«

»Aber irgendwer muß es doch gewesen sein«, beharrte Christian.

»Was ist mit Olav?«

»Ha!«

»Spiel dich nicht so auf, klar hätte er es sein können. Der ist doch nicht umsonst durchgebrannt.«

»Du hast das dem Jungen doch wohl nicht zugetraut? Er ist zwölf!«

»Aber was hast du denn gedacht?« fragte sie noch einmal.

»Ich dachte Maren.«

»Maren?«

Sie zwinkerte mit den Augen, und einen verwirrten Moment lang glaubte sie, sich verhört zu haben. Maren, die liebe, tüchtige, effektive Maren, die sich immer zurücknahm, sollte Agnes umgebracht haben? Christian war reizend, aber klar bei Verstand konnte er nicht sein.

»Was um Himmels willen hat dich denn auf diese Idee gebracht?«

»Hör zu«, sagte er eifrig und nahm ihre beiden Hände. »Wer profitiert von Agnes' Tod? Erstens...« – Er ließ ihre Hände los und berührte mit dem Zeigefinger kurz ihre Nase. – »...war Agnes immer dagegen, wenn Maren irgendeine Veränderung vorgeschlagen hat. Immer. Weißt du noch, wie sie die Kinder abends eine halbe Stunde länger aufbleiben lassen wollte? Kommt nicht in Frage, hat Agnes gesagt. Und als wir mit allen Kindern nach Spanien hätten fahren können, und es hätte nicht mehr gekostet als dieses blöde Ferienhaus in Südnorwegen – auch da war Agnes dagegen.«

Ehe Cathrine gegen die Vorstellung protestieren konnte, Schlafenszeiten und Spanienreisen könnten ein Mordmotiv darstellen, tippte er noch einmal ihre Nase an.

»Zweitens. Nach Agnes' Tod ist Maren hier die Chefin geworden. Du hast doch gesehen, wie sie sofort die Führung an sich gerissen hat. Terje ist nur ein Trottel mit feinen Papieren, das wissen doch alle.«

»War«, korrigierte Cathrine, und plötzlich war ihr ziemlich schlecht.

Die anfängliche Begeisterung über die aufregenden Neuigkeiten wich einer Art Trauer, weil Terje nicht mehr lebte.

»Außerdem war er kein Trottel«, fügte sie leise hinzu.

»Drittens...« sie konnte ihre Nase vor dem dritten Tippversuch retten – »...war Terje ein Waschlappen und ein Schwächling, der sich bestimmt nie im Leben zu einem Mord hätte aufraffen können.« Er hob die Arme über den Kopf, gähnte laut und unhöflich und sagte: »Aber ich habe mich geirrt, Schatz. Es muß Terje gewesen sein. Warum hätte er sich sonst umbringen sollen? Noch dazu so kurz nach dem Mord. Das macht die Sache doch klar.«

Er sprang vom Tisch, trat hinter Cathrines Stuhl, faßte sie um ihre knochige Taille und drückte zu.

»Warum muß das so verdammt geheim bleiben?« flüsterte er an ihrem Hals.

Sie wand sich aus seiner Umklammerung und antwortete gereizt: »Du bist neunzehn, Christian. Neunzehn.«

Kopfschüttelnd und für einen Moment verärgert ließ er sie los. Dann schüttelte er seine Verstimmung ab und verließ das Zimmer, um in Erfahrung zu bringen, ob die Nachricht schon die Runde gemacht hatte.

Cathrine blieb mit einem ganz und gar undefinierbaren Gefühl sitzen. Erst jetzt fiel ihr auf, daß das Fenster leicht angelehnt war. Die Vorhänge bewegten sich leise, und ein Windstoß ließ die Luft kälter wirken, als sie eigentlich war, es roch nach nasser Erde und schmutzigem Schnee und verfaulten Pflanzen. Sie stand auf, um das Fenster zu schließen, aber der Vorhang geriet dazwischen. Als sie das sperrige Fenster aufstieß, um den Vorhang zu retten, hatte sie das Gefühl, irgend etwas Wichtiges übersehen zu haben. So als sei ein Gedanke so schnell vorübergehuscht, daß sie ihn nicht gesehen, nicht richtig registriert hatte. Lange versuchte sie, diesen Gedanken zurückzuholen. Sie schloß sogar die Augen, um sich besser konzentrieren zu können. Hatte sie etwas gesehen? Gehört? Aufgeschnappt vielleicht?

»Cathrine, kannst du mir beim Haarewaschen helfen?«

Jeanette stand in der Türöffnung und zupfte an ihren dünnen Strähnen, die einigermaßen fettig aussahen.

Und damit war der Gedanke endgültig verschwunden. Cathrine hoffte zutiefst, er würde noch einmal zurückkommen. Sie strich den geblümten Vorhang glatt und ging mit der molligen Elfjährigen ins Badezimmer.

»Warst du mal in einen Jungen verliebt?« fragte Hanne Wilhelmsen in die Dunkelheit hinein, als Mitternacht näher rückte und sie im Bett lagen.

Cecilie lachte ein überraschtes, perlendes Lachen.

»Was in aller Welt ist das für eine Frage?« meinte sie und drehte sich um, um Hanne ansehen zu können. »Ich war doch immer nur in dich verliebt.«

»Du! Red keinen Quatsch! Du hast nur nichts daraus gemacht. Es ist doch klar, daß du in siebzehn Jahren mal ein bißchen verliebt gewesen sein mußt. Wenn ich da zum Beispiel an deine Professorin denke! Da war ich total eifersüchtig.«

Im Zwielicht konnte Cecilie sehen, wie Hannes Profil sich gegen die blaugestreifte Tapete abzeichnete, und sie ließ ihren Zeigefinger über Hannes Stirn und Nase wandern, bis er ihren Mund erreichte und einen Kuß bekam.

»Heißt das, daß *du* schon mal verliebt gewesen bist?«

»Jetzt reden wir über dich«, erklärte Hanne. »Warst du schon mal in einen Jungen verliebt? In einen Mann?«

Cecilie setzte sich auf und wickelte sich in ihre Decke.

»Was soll das hier eigentlich?«

»Ach, einfach so. Nur eine Frage. Also, warst du?«

»Nein. Ich war in meinem ganzen Leben noch nicht in einen Jungen verliebt. Ich hab mir das höchstens mal eingebildet, als Teenie, aber da war ich wohl eher in die Vorstellung verliebt. Denn die Alternative hat mir eine Höllenangst eingejagt.«

Hanne hatte die Decke halb weggeschoben und die Hände unter dem Kopf verschränkt. Ihr ganzer Oberkörper, ihre halbe Hüfte und ein Bein waren nackt. Ihre Brüste starrten ins Zimmer hinein, und direkt über ihrem Nabel konnte Cecilie eine Ader sehen, die ruhig und gleichmäßig pochte.

»Aber spürst du denn nie ein ganz besonderes ... eine Art Wohlbehagen, wenn du einen Mann triffst, den du magst? So ein gutes Gefühl, das dich dazu bringt, daß du immer mit ihm zusammensein und lustige Dinge machen willst, quatschen, spielen. Sachen, die so ähnlich sind wie das, wozu wir Lust haben, wenn wir verliebt sind?«

»Doch. Manchmal schon. Aber so kannst du Verliebtheit nicht beschreiben. Weißt du nicht mehr, wie das war, Hanne?« Sie legte vorsichtig ihre Hand auf die leise pulsierende Stelle auf dem Bauch ihrer Freundin.

»Dann hast du doch zu sehr viel mehr Lust!«

Hanne drehte sich um und betrachtete sie ernst. Die Scheinwerfer eines Autos zeichneten ein Muster an die Decke, und im huschenden Lichtschein sah Cecilie eine verzweifelte Miene, die sie nicht so recht zu deuten vermochte.

»Du darfst mich nie, nie verlassen!« Hanne schmiegte sich dicht an sie, lag fast schon auf ihr, und sagte es noch einmal: »Du darfst mich nie verlassen. Nie, nie, nie!«

»Nie in der ganzen Welt und dem Universum und der Ewigkeit«, flüsterte Cecilie in ihre Haare.

Es war ein altes Ritual. Aber sie hatten es schon seit Ewigkeiten nicht mehr vollzogen. Cecilie wußte, was dahinterstand.

Das Seltsame war, daß sie sich nicht im geringsten bedroht fühlte.

8

Obwohl es erst Billy T.s achter Arbeitstag in seinem neuen Dasein als Ermittler war, sah sein Büro bereits aus wie ein Schweinestall. Überall lag Papier herum; wichtige Dokumente, Kritzeleien, alte Zeitungen. Neben der Tür sammelten sich die leeren Colaflaschen, und jedesmal, wenn jemand die Tür öffnete, fielen mindestens drei davon um. Über der Tür hing ein winzig kleiner Basketballkorb, auf dem Boden lagen zwei orangefarbene Bälle aus Schaumgummi. Außerdem hatte er eine Pinnwand aufgehängt, genau gegenüber von seinem Schreibtisch. Daran hatte er Schnappschüsse seiner vier Söhne geheftet. Ansonsten fehlte es in diesem Zimmer an jeglichem Gegenstand, der auch nur einen Hauch von Gemütlichkeit hätte erzeugen können. Und die Fenster waren schmutzig. Aber daran war Billy T. nun wirklich nicht schuld.

»Ich kapiere nicht, was wir hier machen«, sagte er resigniert zu Hanne Wilhelmsen, die es wie durch ein Wunder schaffte, weder Flaschen umzustoßen noch irgend etwas anderes zu zertreten, ehe sie Platz nahm. »Ist der Fall jetzt aufgeklärt, oder was? Ziemlicher Schuß in den Ofen, würde ich sagen. Schlicht und einfach und öde. Geschiedener Mann in Geldnöten greift in die Kasse, wird erwischt, bringt seine Chefin um und schlitzt sich danach aus lauter Reue und Verzweiflung die Pulsadern auf.«

Genau das hätte auch Hanne sagen können. Schuß in den Ofen. Maren Kalsvik hatte an diesem Morgen alles erzählt. Schuldbewußt und unglücklich hatte sie von den Unterschlagungen ihres verstorbenen Kollegen erzählt. Sie selbst hatte das vor Weihnachten entdeckt und ihm unter der Bedingung Schweigen versprochen, daß er bis Ostern alles wieder in Ordnung brächte. Er sollte das Geld zurückerstatten. Agnes hatte es gewußt. Nein, Maren hatte mit der Heimleiterin nicht darüber gesprochen, sie hatte aus deren Verhalten schließen können, daß sie dahintergekommen war. Terje hatte zugegeben, daß er in Agnes' Büro gewesen war. Er habe nur bestimmte Papiere gesucht, hatte er behauptet. Aber er hatte sie schon längere Zeit so gründlich angelogen, daß sie keinen Grund mehr sah, ihm zu glauben. Und die Polizei sah auch keinen.

Trotzdem.

So einfach konnte es nicht sein.

»Mir fehlt ein Abschiedsbrief«, sagte Hanne nachdenklich und hob einen Schaumgummiball auf. Sie zielte auf den Korb über der Tür, warf den Ball in hohem Bogen und traf. Der Ball lag wie tot auf dem Boden. Sie streckte den Arm aus, hob ihn auf und machte noch einen Versuch. Noch zwei Punkte.

»Himmel, du bist ja richtig gut.«

»Hab schließlich in den USA gelebt.«

Billy T. hob den anderen Ball hoch und warf. Der Ball blieb für einen Moment auf dem Ring liegen, dann kippte er langsam auf die richtige Seite.

»Two points«, sagte Hanne und machte noch einen Versuch. »Bingo! Hennie Williamsen leads by four points.«

Billy T. grinste und stellte sich so weit wie möglich vom Korb entfernt auf. Einige Sekunden lang wippte er auf und ab, dann schwebte der orangefarbene Ball auf den Korb zu, knallte gegen die Wand und fiel auf den Boden, ohne den Ring auch nur berührt zu haben.

»I won«, sagte Hanne, schnappte sich beide Bälle und legte sie unter den Stuhlsitz, ehe Billy T. den Kampf fortsetzen konnte. »Mir fehlt wirklich ein Abschiedsbrief.«

»Warum denn? Meinst du wirklich...?«

»Nein, das meine ich nicht. Ich glaube nicht, daß es sich um einen Mord handelt. Aber wir müssen alle Möglichkeiten einbeziehen, oder?«

Sie tauschten einen Blick und prusteten los.

»Alles klar«, sagte Billy T. grinsend. »Aber es wäre verdammt angenehm, wenn wir uns damit zufriedengeben könnten, daß Terje Welby Agnes umgebracht hat. In einer guten Woche ein schwieriger Fall geklärt. Feine Feder für unseren Hut. Auf zu neuen Taten. Zu neuen, spannenden Taten.«

»Ich hab ja auch nicht gesagt, daß das nicht stimmt. Gut möglich, daß Welby es war. Wahrscheinlich war er es. Aber irgend etwas stimmt nicht. Nur so ein Gefühl im Bauch. Und wenn er Agnes Vestavik ermordet hat, dann will ich verdammt noch mal bessere Beweise, als daß er in die Kasse gelangt und sich anschließend umgebracht hat. Sein Nachruf fällt ziemlich trübe aus, wenn ihm auch noch ein Mord ins Grab geschoben wird, den er gar nicht begangen hat.«

Billy T. hatte gute Gründe, Hanne Wilhelmsens Gefühl im Bauch ernst zu nehmen. Vor allem, da er auch so ein Gefühl hatte.

»Aber wie machen wir jetzt weiter?« fragte er verzweifelt. »Genaugenommen stehen wir doch wieder am totalen Nullpunkt.«

»Nicht ganz. Wir haben immer noch allerlei Anhaltspunkte. Allerlei!«

Sie brauchten eine halbe Stunde für ihr Resümee. Zum einen konnten sie noch auf weitere Funde der Technik hoffen. Dann hatten sie den Ehemann. Sie hatten eine Art Liebhaber, der vielleicht abgewiesen worden war. Und sie hatten jemanden, der sich ausgiebig vom Bankkonto der Ermordeten bedient hatte; entweder hatte sie diesem Jemand das Geld gegeben, oder sie war bestohlen worden. Beides wäre gleichermaßen interessant. Dann standen noch ausführliche Verhöre mit einigen Heimangestellten aus. Tone-Marit und Erik hielten diese Angestellten zwar nicht für interessant, aber Billy T. wollte sie doch noch einmal genauer unter die Lupe nehmen. Vier hatten nicht einmal versucht, sich ein Alibi zu verschaffen. Cathrine, Christian, Synnøve Danielsen und Maren Kalsvik lebten allein und waren allein zu Hause gewesen. Und die Alibis der anderen waren noch nicht überprüft worden.

»Außerdem müssen wir uns Olavs Mutter noch genauer ansehen, Birgitte Håkonsen«, sagte Hanne schließlich und verspürte eine leise Unruhe, als sie diesen Namen nannte. »Es steht fest, daß sie Agnes gehaßt hat.«

»Woher weißt du das?«

Billy T. blätterte in den Kopien, die vor ihm lagen, und fand dort nichts über Olavs Mutter. Hanne winkte ab.

»Das erzähle ich dir später. Aber wir können sie keinesfalls ausschließen.«

»Klingt ziemlich an den Haaren herbeigezogen, finde ich«, murmelte Billy T., und machte sich aber auf einem Zettel, den er aus dem Chaos auf seinem Schreibtisch herausgefischt hatte, eine Notiz.

»Und dann noch etwas.« Hanne erhob sich und schnappte sich einen Schaumgummiball. Sie stellte sich an die Stelle, die vorher Billy T. eingenommen hatte, mit dem Rücken zum Fenster. Während sie die Entfernung zum Korb abschätzte, fragte sie: »Die Nummer von der Sozialschule der Diakonie. Die auf dem anderen gelben Zettel in Agnes' Büro stand. Hast du dich erkundigt, worum es da ging?«

Sie beschrieb mit dem rechten Arm von unten nach oben einen Bogen und ließ den Ball los, als ihr Arm fast ganz ausgestreckt war. Langsam schwebte der Ball durch die Luft, streifte kurz die Decke und fiel dann in den Korb.

»Können wir nicht mal ein richtiges Match machen?« fragte Billy T. hingerissen.

»Hast du die Nummer überprüft?«

»Nein, hab ich noch nicht geschafft.«

»Dann kannst du sie vergessen. Ich kümmere mich darum«, sagte Hanne und warf den Ball nach ihm. »Du kannst solange schon mal üben.«

Tone-Marit war sehr zufrieden mit sich, und dazu hatte sie auch allen Grund. In ihrem Eifer hatte sie das ganze Haus nach Hanne Wilhelmsen abgesucht, aber die war spurlos verschwunden. Sie wollte sich die Freude jedoch nicht verderben lassen, und deshalb ging sie zu Billy T. Obwohl sie in seiner Nähe immer ein bißchen nervös war.

»Was ist denn jetzt schon wieder los?« fragte Billy T. sauer und schaute aus dem Chaos auf seinem Schreibtisch auf.

»Ich weiß, wer die Schecks ausgestellt haben könnte«, sagte Tone-Marit und freute sich sehr, als der Mißmut ihres Kollegen Erwartung und Neugier weichen mußte.

»Ja verdammt«, sagte er laut und nachdrücklich. »War's der trauernde Ehemann? Laß mal sehen.«

Er schwenkte die Arme und schien der jungen Wachtmeisterin die Papiere aus der Hand reißen zu wollen. Doch die preßte sie an sich und setzte sich.

»Nein. Es war ein anderer Mann, und er heißt...«

Die Papiere fielen zu Boden, als sie sie dem Kollegen mit triumphierender Miene überreichen wollte. Ihr wurde heiß, aber sie hob sie sofort wieder auf.

»Eivind Hasle. So heißt er.«

»Eivind Hasle? Wissen wir irgendwas über ihn?«

»Nein, bisher nicht. Ich habe alle möglichen Register durchgesehen. Nicht vorbestraft, geboren 1953, wohnt in Furuset und arbeitet in einem Laden auf Grønland.«

»Auf Grønland!« Billy T. lachte laut. »Hol den Heini sofort her. Ruf ihn an und sag, es sei brandeilig. Schaff ihn her! Wann sind diese Schecks übrigens eingelöst worden?«

»Zwei Tage vor dem Mord.«

Jetzt lächelte auch Tone-Marit.

»Sieh an, sieh an. Dann wollen wir doch mal eine Runde mit Eivind Hasle plaudern, was, Tone-Marit-Baby?«

Sie brauchten nur eine halbe Stunde, um den etwas über vierzig Jahre alten Mann aus seinem Laden auf Grønland ins einige hundert Meter entfernt gelegene Polizeigebäude zu holen. Er hatte hilfsbereit, aber überrascht gewirkt, als Tone-Marit ihn anrief. Nun saß er in Billy T.s chaotischem Büro, und es war schwer zu sagen, ob er unsicher oder nur irritiert war.

»Worum geht es hier eigentlich?«

»Alles zu seiner Zeit, alles zu seiner Zeit«, sagte Billy T. und verlangte die Personalien.

»Als erstes wüßte ich gern«, sagte er dann in so neutralem Ton, wie er ihn überhaupt nur zustande brachte, »als erstes wüßte ich gern, in welcher Beziehung Sie zu Agnes Vestavik standen.«

Der Mann setzte sich anders hin, offensichtlich fühlte er sich unter dem scharfen Blick des Ermittlers alles andere als wohl.

»Agnes Vestavik? Ich kenne keine Agnes Vestavik.«

Aber dann schien ihm etwas einzufallen. Langsam liefen seine Ohren rot an. Am Ende waren seine Ohrläppchen, die ungewöhnlich groß und fleischig waren, fast so rot wie eine Ampel.

»Moment. Ist das nicht die Frau, die da oben im Kindergarten ermordet worden ist? Darüber habe ich in der Zeitung gelesen.«

»Kinderheim. Das ist ein Kinderheim. Und darüber hat nur sehr wenig in der Zeitung gestanden. Sind Sie ein eifriger Zeitungsleser?«

Der Mann gab keine Antwort.

»Sie sind ihr also nie begegnet?«

Jetzt schien der Mann sich regelrecht zu fürchten.

»Sagen Sie, was wollen Sie eigentlich von mir? Warum bin ich hier?«

Nun blieb Billy T. die Antwort schuldig. Er saß nur da, groß und breit, mit verschränkten Armen und stechendem Blick.

»Hören Sie«, sagte der Mann, und jetzt zitterte seine Stimme. »Ich weiß nichts über diese Frau, ich habe ihren Namen in der Zeitung gelesen, und ich habe ja wohl ein Recht zu erfahren, was Sie von mir wollen.«

»Ihren Führerschein.«

»Meinen Führerschein? Was wollen Sie damit?«

»Jetzt hören Sie endlich auf, mir dauernd mit Gegenfragen zu kommen.«

Billy T. sprang auf. Und das blieb auch diesmal nicht ohne Wirkung. Der Mann wand sich und zog eine elegante Brieftasche aus dunkelrotem Leder hervor. Er suchte und suchte.

»Nein, hier ist er nicht«, murmelte er schließlich. »Vielleicht liegt er noch im Wagen.«

»Jaja«, Billy T. grinste. »Sie haben also Ihren Führerschein verloren. Und das haben Sie gerade erst entdeckt, nehme ich an.«

»Den braucht man schließlich nicht jeden Tag. Ich weiß

nicht einmal mehr, wann ich ihn zuletzt gesehen habe. Sonst habe ich ihn immer in der Brieftasche.«

Als ob das irgendeinen Beweis darstellte, zog er noch einmal seine Brieftasche hervor, klappte sie auf fast obszöne Weise auseinander und zeigte auf ein Fach.

»Hier!«

Billy T. würdigte ihn keines Blickes.

Er setzte zu einem zweistündigen Verhör an, das so unangenehm wurde, daß Hasle schließlich mit Schmerzensgeld drohte.

»Ja, das ist eine gute Idee, Hasle. Verklagen Sie uns. Das ist ja schon richtig zum Volkssport geworden. Aber beeilen Sie sich, denn ehe Sie sich's versehen, wandern Sie bestimmt hinter schwedische Gardinen.«

Das war unprofessionell und blödsinnig. Billy T. hätte sich die Zunge abbeißen können. Aber in diesen zwei Stunden war er der Antwort auf die Frage, wer Agnes Vestavik umgebracht hatte, auch nicht einen Schritt näher gekommen.

Hasle wurde entlassen. In der ganzen westlichen Welt gab es keinen Juristen, der ihn auch nur für vierundzwanzig Stunden festgenommen hätte.

Dem Mann fehlte ein Führerschein. Er wußte nichts über Agnes und die Schecks. Er glaubte, die Unterschrift auf den Schecks zu erkennen, konnte aber auf zwei Unterschiede zwischen seiner und der seiner Ansicht nach gefälschten Signatur verweisen. Und darauf beharrte er. Also mußten sie ihn laufenlassen.

Als Billy T. das Haustelefon fast massakriert und Hanne Wilhelmsen dennoch nicht gefunden hatte, war der Tag restlos versaut für ihn.

Die Kapelle war mehr als nur halb voll, und die meisten Anwesenden saßen in andächtigem Schweigen da. Die meisten hatten sich sehr weit nach hinten gesetzt, so als wollten sie ein wenig auf Distanz zu den tragischen Umständen gehen, unter denen es zum Tod der Hauptperson gekommen war. In der ersten Reihe saßen Agnes Vestaviks Mann, ihre Kinder und vier weitere Personen. Hanne Wilhelmsen hielt sie für nahe Verwandte. Die beiden halbwüchsigen Söhne trugen neue Anzüge, die ihnen unbequem zu sein schienen. Die kleine Tochter fand das Stillsitzen schwierig und riß sich schließlich vom Schoß ihres Vaters los. Sie stand schon vor dem weißen, mit Blumen geschmückten Sarg, als ihr ältester Bruder sie packte; unter lautem Protest, der von den kahlen Wänden widerhallte, ließ sie sich von ihm auf die Bank zurückziehen.

Hinter der Bank der Angehörigen folgten fünf leere Reihen. Dahinter saßen vereinzelte Trauergäste mit gesenktem Kopf, und erst die hintersten Reihen waren fast voll besetzt. Ein Küster versuchte leise, einige zum Aufrücken zu überreden, wurde aber flüsternd und kopfschüttelnd abgewiesen.

Hanne Wilhelmsen blieb neben der Tür stehen, unter einer Art Empore, auf der sie die Orgel vermutete. Das längliche graue Gesicht des Küsters schien wie geschaffen für sein Amt. Er versuchte auch bei ihr sein Glück. Wortlos winkte sie ab.

Die Querwand hatte kein Altarbild, sondern eine riesige Montage, die so modern war, daß Hanne erst nach einer Weile deuten konnte, daß Jesu Auferstehung symbolisiert werden sollte. Ein kahles, schlichtes Kreuz stand vor dem riesigen Bild, ein mittelgroßer Tisch war mit einer weißen Decke und einer riesigen Kerze in einem Silberleuchter geschmückt. Hanne Wilhelmsen war seit Ewigkeiten nicht mehr in der Nähe eines Gotteshauses gewesen, und sie war sich über ihre Empfindungen nicht so recht im klaren. Das andächtige Schweigen, die mächtige Christusfigur, die sich ihrem himmlischen Vater entgegenstreckte, der Sarg mit den Blumen, die Kleine, die versuchte, sich aus der ganzen Situation loszureißen, und die eigentlich ein glückliches Kind war, die schwarz und grau gekleideten Menschen; das alles zeigte eine Art Ehrfurcht vor dem Tod.

Nun betrat die Pastorin weit vorn durch eine Seitentür die Kapelle. Hanne ging jedenfalls davon aus, daß es sich um eine Pastorin handelte, auch wenn sie einen weißen Talar und einen langen, breiten und farbenfrohen Schal trug, der ihr bis über die Knie reichte. Sie wußte wirklich nicht, wann sie zuletzt einen Geistlichen in voller Montur gesehen hatte. Es war sicher lange her, sie erinnerte sich jedenfalls vage an einen schwarz gekleideten alten Mann mit Halskrause.

Die meisten Angestellten des Kinderheims waren gekommen. Hanne erkannte einige, und sie sah, daß auch die älteren Kinder anwesend waren: Raymond, Glenn und Anita. Anita trug ein Kleid, immer wieder zupfte sie am Rocksaum und fühlte sich offenbar überhaupt nicht wohl in ihrer Haut. Glenn und Raymond tuschelten miteinander. Maren Kalsvik ermahnte sie, und sie setzten sich gerade hin.

Es gab keine normale Kanzel. Die Pastorin mit ihrem blonden, respektlosen Pferdeschwanz kehrte den Anwesenden den Rücken und richtete ihre Gebete an den im wahrsten Sinne des Wortes festgenagelten Christus. Hanne Wilhelmsen merkte, daß ihre Beine müde wurden, und deshalb schlich sie sich zur hintersten Bank und setzte sich gleich an den Mittelgang. Neben ihr saß eine ältere Dame in Heilsarmeeuniform, die ehrlich verzweifelt wirkte. Sie schluchzte und sang und brauchte gar kein Gesangbuch.

Auf der anderen Seite des Mittelganges saß der Liebhaber. Oder wie man ihn nun nennen sollte. Hanne staunte darüber, daß er gekommen war, und sie fragte sich einen Moment lang, ob sie ihn vielleicht verwechselte. Sie hatte ihn bei dem Verhör, das Billy T. geführt hatte, nur kurz gesehen. Aber er war es. Sie war sich fast sicher. Er hielt sichtlich Distanz zu den Umsitzenden. Hanne hatte ihn gerade erst entdeckt. Vielleicht hatte er sich eben erst hereingeschlichen. Es war schwer, einen genaueren Eindruck von ihm zu bekommen, ohne sich zu weit vor oder zur Seite zu beugen, und das hätte doch sehr unpassend gewirkt, zumal die Pastorin nun mit einer Predigt begonnen hatte, in der Agnes Vestavik als ein Zwischending zwischen Mutter Theresa und Florence Nightingale dargestellt wurde. Die Heilsarmistin nickte und schluchzte bei jedem Wort und stimmte der Pastorin offenbar darin zu, daß es Gottes Wille sei, das kleine rothaarige Mädchen, das gerade durch den Mittelgang lief, mutterlos aufwachsen zu lassen.

Endlich war die Pastorin fertig. Der eine Junge, sicher der ältere, erhob sich und trat mit gesenktem Blick neben den Sarg seiner Mutter. In der Hand hielt er eine Rose, die aus Wassermangel oder vielleicht auch aus Respekt vor der Toten bereits den Kopf hängen ließ. Er drehte sich am Mikrophonständer demonstrativ zur Trauergemeinde um und schaffte es auf wundersame Weise, sich durch seine Rede hindurchzustottern. Diese Rede war seltsam, ungereimt und voller Phrasen, die nicht in den Mund eines Neunzehnjährigen paßten. Aber es war der letzte Gruß eines Sohnes an seine Mutter, und deshalb war Hanne davon gerührt. Schließlich legte der Junge seine Rose auf den Sargdeckel, dann drehte er sich nach kurzem Schweigen wieder um und kehrte an seinen Platz zurück. Sein Vater umarmte ihn, ehe er sich wieder setzte.

Dann trat die ganze Familie neben die Tür. Der Vater

hatte Amanda auf dem Arm, und das Wissen, daß sie bald nach Hause gehen würden, schien die Kleine zu beruhigen. Einer nach dem anderen gingen die Trauergäste an ihnen vorbei. Warum sie wohl so verlegen waren? Lag es am Tod an sich, daß sie den Hinterbliebenen nicht in die Augen schauen mochten, oder lag es daran, daß es sich für eine Mutter mit kleinen Kindern einfach nicht gehört, ermordet zu werden? Hanne fühlte sich elend, und sie versuchte, zu der guten Stimmung zurückzufinden, in der sie gewesen war, bevor die Pastorin mit ihrem Unsinn angefangen hatte, bevor alle zu Nahkontakt mit dem gezwungen worden waren, dem sie auf den hinteren Bänken der Kapelle so elegant ausgewichen waren.

Fast alle hatten die Kapelle inzwischen verlassen, nur Maren Kalsvik und die anderen aus dem Kinderheim standen noch am Ausgang. Hanne ging zu ihnen hinüber und legte Maren Kalsvik eine Hand auf die Schulter. Sie fuhr dermaßen zusammen, daß Hannes Hand regelrecht weggeschleudert wurde. Maren fuhr herum, mit der Hand auf dem Herzen und aufgerissenem Mund.

»Herrgott, haben Sie mich erschreckt«, sagte sie ein wenig zu laut und wand sich dann vor Verlegenheit, weil sie im Haus des Herrn Sein Zweites Gebot verletzt hatte.

»Tut mir leid«, murmelte Hanne. »Können Sie draußen auf mich warten? Ich würde gern kurz mit Ihnen sprechen.«

Maren Kalsvik wirkte nicht sehr begeistert, aber sie nickte kurz, legte den Arm um Anita und ging zur trauernden Familie hinaus. Sie drückte den Witwer lange und herzlich an sich und küßte Amanda auf die Wange. Die beiden Jungen wichen zurück, und das respektierte sie und reichte ihnen nur die Hand.

Als Hanne auf die Treppe trat, sah sie, daß der Liebhaber gerade in einen silbergrauen Mercedes mit grünen Nummernschildern stieg. Er sah sich nicht weiter um, sondern ließ den leisen Motor an und huckelte über den holprigen Weg zum einige hundert Meter entfernten Tor.

Der arme Mann, dachte Hanne und blickte zum Himmel hinauf.

Es war klares kaltes Wetter. Die Sonne schien blaß und halbherzig auf den Boden und hatte nur wenig Wärme zu bieten. Von den umherstehenden Menschengruppen waren leise Gespräche zu hören. Hanne Wilhelmsen ging zum Witwer hinüber.

»Ach, Sie sind hier«, sagte der mit dünner, tonloser Stimme.

»Ja, wie Sie sehen.«

Sie lächelte vorsichtig. Die Jungen waren bereits zum Parkplatz gegangen, und Amanda durfte hinterherrennen. Er ließ seine Tochter nicht aus den Augen, bis sie ihre Brüder erreicht hatte. Dann wandte er sich der Hauptkommissarin zu.

»Gehen Sie immer zu den Beisetzungen von Mordopfern?«

Seine Stimme klang ein wenig anklagend und ziemlich kalt.

»Nein, aber das war ja auch kein normaler Mord.«

»Nicht? Und was ist daran anders?«

Sein Gesicht zeigte, daß er von ihrer Antwort nicht viel erwartete. Er zupfte diskret an seinem Ärmel, und sie konnte sehen, daß seine Uhr nicht billig gewesen war.

»Wir brauchen hier nicht darüber zu reden«, sagte Hanne und wollte zu Maren Kalsvik hinübergehen, die fünfzehn Meter von ihnen entfernt stand und sie ungeduldig ansah.

»Halt!«

Er streckte die Hand aus und erwischte gerade noch Hannes Arm. Als sie stehenblieb, ließ er sie sofort los.

»Ich wollte Sie anrufen, aber, Sie wissen schon … es gab so viel zu erledigen. Praktisches. Die Jungen. Amanda.«

Er richtete sich auf und holte tief Luft. Die Sonne schien ihm ins Gesicht. Der ganze Mann hatte etwas unendlich Trauriges mit seinem perfekten Anzug und den frischgeschnittenen Haaren, die mit Haarspray gebändigt worden waren, so als sei ein korrektes Äußeres das einzige, was ihm Halt geben könnte.

»Dieses Messer«, sagte er endlich. »Mit dem Agnes ermordet worden ist. War das ein normales Küchenmesser? So ein … Tranchiermesser, heißt das nicht so?«

»Ja«, antwortete Hanne leicht verwundert. »Oder wohl eher ein großes Fleischermesser. Warum?«

»Vielleicht war es eins von unseren.«

»Was?«

»Es kann unser Messer gewesen sein. An dem Abend, an dem Agnes … an dem sie gestorben ist, hatte sie vier Messer mit ins Kinderheim genommen.«

»Wie bitte?«

Hanne vergaß, daß sie auf einer Beerdigung war, und wurde laut.

»Bitte regen Sie sich nicht auf!«

Er hob die Hände und bewegte sie mehrere Male auf und ab, um Hanne zu beruhigen.

»Im Kinderheim gibt es eine sehr gute elektrische Schleifmaschine. Deshalb hat sie ihre eigenen … unsere Messer mitgenommen, ab und zu, um sie zu schleifen eben. An diesem Morgen hat sie vier oder vielleicht fünf eingepackt. Das weiß ich noch, weil sie sie vorher gespült und sich an einem geschnitten hat. Ich mußte ihr ein Pflaster holen.«

»Aber warum erzählen Sie mir das erst jetzt?«

»Ich hab nicht weiter darüber nachgedacht! Ich war so sicher, daß sie sie nachmittags wieder mit nach Hause gebracht hatte, sie ließ sie ja nicht im Heim herumliegen. Und…«

Er verstummte und bemerkte, daß die anderen Trauergäste ebenfalls schwiegen. Aller Aufmerksamkeit richtete sich auf ihn und Hanne. Er zog sie näher an die Kapelle heran.

»Um ganz ehrlich zu sein, seit Agnes' Tod hat meine Schwiegermutter den Haushalt übernommen. Sie ist sofort gekommen. Erst gestern abend, als sie sich beklagt hat, weil wir kaum Küchenmesser hätten, ist mir das alles wieder eingefallen. Ich glaube, es waren vier Messer. Oder vielleicht fünf, wie gesagt.«

»Von IKEA?«

»Ach, da habe ich wirklich keine Ahnung. Ich weiß nicht, wo meine Frau Messer kauft ... gekauft hat.«

»Aber ich nehme an, Sie würden das Messer wiedererkennen?«

Er war zu erschöpft, um ihren spöttischen Tonfall zu registrieren.

»Das nehme ich an.«

»Dann gehe ich davon aus, daß Sie morgen um neun Uhr zu uns kommen. Um Punkt neun. Sie haben mein tiefstes Mitgefühl.«

Sie drehte sich auf dem Absatz um. Es gab nur einen Grund, warum sie den Mann nicht sofort mitgenommen hatte. Nicht daß er gerade seine Frau bestattet hatte, sondern daß drei Kinder ihre Mutter begraben hatten.

Maren Kalsviks Lippen waren blau, sie klapperte mit den Zähnen. Sie hatte die Kinder zum Auto geschickt, einem großen blauen Kastenwagen.

»Was wollen Sie?« fragte sie mit klappernden Zähnen.

»Das hat Zeit bis morgen«, sagte Hanne. »Aber wir müssen morgen mit Ihnen sprechen. Um zwölf, geht das?«

»So wenig wie zu jedem anderen Zeitpunkt auch«, sagte Maren und zuckte mit den Schultern. »In Ihrem Büro?«

Hanne Wilhelmsen nickte und zog sich die Kapuze ihres Dufflecoats über den Kopf. Dann lief sie zu ihrem Dienstwagen und fluchte wie ein Bierkutscher.

Billy T. war nirgends zu finden. Irgendwer glaubte, ihn vor einer halben Stunde gesehen zu haben, war sich jedoch nicht sicher. Andere konnten erzählen, daß er sie gesucht hatte. Die Vorzimmerdame breitete resigniert die Hände aus, verdrehte die Augen und beklagte, daß niemand die Weisheit der Anordnung, daß jeder sich abzumelden habe, einsehen mochte.

»Und wir werden dafür angepöbelt«, sagte sie bedauernd und von Hauptkommissarin Wilhelmsen ein wenig Mitleid erwartend.

Aber die Hauptkommissarin war in ihre eigenen Gedanken versunken. Zuerst schaute sie in Billy T.s Büro vorbei, um die Telefonnummer zu suchen, die an Agnes Vestaviks Telefonregister geklebt hatte. Die Suche in diesem Chaos war aussichtslos. Nach vier oder fünf Minuten gab sie auf und tröstete sich damit, daß er ja schließlich deutlich gesagt hatte, es handle sich um die Nummer der Sozialschule der Diakonie.

Sie ging in ihr eigenes Büro und schnappte sich das Telefonbuch, ehe sie sich setzte. »Diakonisches Heim, norwegisches«, war alles, was sie fand. Aber dort standen zum Ausgleich jede Menge Nummern. Es gab eine Schwesternhelferinnenschule, ein Krankenhaus, ein sogenanntes Internationales Zentrum und eine Stiftung mit eigener Telefonnummer. Und dann war noch das »Diakonische Hochschulzentrum« aufgeführt. Sie wählte die Nummer, ohne zu wissen, wonach sie fragen sollte.

Erst nach einer Ewigkeit meldete sich jemand. Eine

tonlose, fast mechanische Stimme sagte: »Hochschulzentrum, ja bitte.« Hanne fragte sich einen Moment, ob sie vielleicht an einen Anrufbeantworter geraten sei. Sie verlangte das Vorzimmer des Rektors, weil ihr nichts Besseres einfiel. Dort meldete sich eine Sekretärin mit Sonne und Lachen in der Stimme, also etwas ganz anderes als in der Telefonzentrale.

Hanne stellte sich vor und versuchte, ihr Anliegen anzubringen, ohne zuviel zu verraten. Die Sekretärin war schnell von Begriff, wie ihre Stimme es verheißen hatte, und konnte sofort bestätigten, ja, daß Agnes Vestavik, die arme, arme Frau, in der letzten Woche mehrmals angerufen hatte. Vielleicht auch in der vorletzten. Auf jeden Fall wußte sie, daß Agnes angerufen hatte, sie alle waren zutiefst schockiert gewesen, als sie von dem Mord erfahren hatten. Wie es denn der Familie gehe?

Hanne konnte sie in dieser Hinsicht beruhigen und fragte, was Agnes gewollt habe. Da konnte ihr die Sekretärin leider nicht helfen, aber einmal hatte es sich wohl um die Prüfungsstelle gehandelt. Und weil sie keine eigene hatten, hatte sie sich den Rektor geben lassen. Das sei beim ersten Anruf gewesen, meinte die Sekretärin. Aber worüber sie gesprochen hatten, nein, da konnte sie leider nicht weiterhelfen. Vielleicht hatte auch der Rektor Agnes weitergereicht. Das wußte sie wirklich nicht.

Hanne hätte gern den Rektor gesprochen, aber der weilte in Dänemark auf einem Seminar. Er würde am Freitag zurücksein.

Hanne Wilhelmsen versuchte, ihren Ärger darüber nicht zu zeigen, die Sekretärin war schließlich sehr hilfsbereit gewesen. Sie lehnte das Angebot, den Aufenthaltsort des Rektors in Dänemark ausfindig zu machen, ab und beendete das Gespräch. Ehe sie auflegte, bat sie die Sekretärin jedoch, so schnell wie möglich herauszufinden, ob Agnes

Vestavik jemals an der Sozialschule der Diakonie gearbeitet habe. Die Sekretärin versprach das, lachte, zwitscherte einen Abschiedsgruß und notierte sich Hanne Wilhelmsens Namen und Telefonnummer.

Hanne hing noch immer die Stimme der fröhlichen Sekretärin im Ohr, als sie den Hörer auflegte. Die Stimmung besserte sich, wenn man mit solchen Menschen sprach. Wenn auch nur für einige Sekunden.

Sie mußte Billy T. finden.

Olav war wieder von Unruhe erfüllt. Er verhielt sich zwar ruhig, wenn er aß und schlief, und das tat er oft, aber zwischen den Mahlzeiten hatte er immer größere Probleme. Sie hatte ihm einige Comics gekauft, aber auch die konnten ihn nicht länger als wenige Minuten fesseln. Die erste lähmende Angst hatte sich offenbar verloren, und er hörte nicht mehr auf sie.

»Wenn du rausgehst, finden sie dich. Du bist doch als vermißt gemeldet worden. Im Fernsehen, im Radio und in den Zeitungen.«

Er lächelte sein seltsames Lächeln.

»Genau wie im Film. Gibt es eine Belohnung?«

»Nein, Olav. Es gibt keine Belohnung. Du hast schließlich kein Verbrechen begangen. Du sollst nur ins Kinderheim zurück.«

Sein Gesicht verdüsterte sich.

»Verdammt noch mal«, sagte er voller Überzeugung. »Ich will lieber sterben als in dieses Loch zurückgehen.«

Sie konnte ihr Lächeln nicht unterdrücken. Es war ein müdes, erschöpftes Lächeln. Er sah es und war außer sich.

»Du grinst, du, du blöde Kuh. Aber ich sag dir eins, jawohl: *Ich geh da nicht wieder hin! Kapiert*?«

Verzweifelt gestikulierte sie und zeigte auf die Wand zur Nachbarwohnung, um ihn zum Schweigen zu bringen. Er ließ sich davon überhaupt nicht beeindrucken. Aber dann wußte er nicht mehr, was er noch sagen sollte. Er ging in die Küche und öffnete alle Schubladen. Er zog sie ganz heraus, kippte ihren Inhalt auf den Boden und heulte bei jeder Schublade von neuem auf.

Sie wußte, daß das vorübergehen würde. Sie konnte nur ganz still dasitzen, die Augen schließen und abwarten. Tränen strömten ihr über die Wangen. Das war zu erwarten gewesen. *Es geht vorbei. Bald wird es vorbei sein. Stillsitzen. Nichts sagen. Nichts tun. Und ihn auf keinen Fall anfassen. Bald, bald wird es vorbei sein.*

Er brauchte seine Zeit, um alle Schubladen zu leeren. Sie konnte ihn nicht sehen, hörte aber, daß er die Küchengeräte mit Fußtritten traktierte. Es machte einen Höllenlärm, das mußten die Nachbarn mitkriegen. Sie zerbrach sich gerade den Kopf über eine mögliche Erklärung, als die Türglocke ging.

Sofort hielt der Junge inne. Plötzlich stand er in der Türöffnung, und nun sah er wieder verängstigt aus. Er starrte sie an, nicht um Hilfe bittend, sondern mit dem Befehl, erst dann zu öffnen, wenn er sich versteckt hatte. Wortlos verschwand er in ihrem Schlafzimmer. Sie schlich hinterher, schloß die Tür hinter ihm und wischte sich auf dem Weg zur Wohnungstür die Augen.

Vor ihr stand die Frau aus der Wohnung unter ihrer, eine ältere Dame, die so ziemlich alles wußte, was im Block vor sich ging. Und das war kein Wunder, denn sie saß fast immer am Küchenfenster und behielt alle im Auge, die kamen und gingen; sie beschwerte sich überall über Krach, über Musik, darüber, daß die Leute die Wäscheordnung nicht einhielten oder nicht termingerecht die Treppe putzten.

»Das war ja vielleicht ein Krach«, sagte sie mißtrauisch. »Ist Ihr Sohn wieder zu Hause?«

Sie reckte ihren dünnen Hals, um in die Wohnung zu spähen. Birgitte Håkonsen machte sich so groß und breit, wie sie nur konnte.

»Nein, ist er nicht. Mir ist etwas auf den Boden gefallen. Tut mir leid.«

»Eine halbe Stunde lang ist Ihnen etwas auf den Boden gefallen?« fragte die Alte spöttisch. »Ja, das glaube ich Ihnen gern. Haben Sie Besuch?«

Sie reckte den Hals noch mehr, und weil sie größer war als Olavs Mutter, konnte sie das weiße Rechteck hinten im dunklen Flur sehen. Aber daraus konnte sie nichts ableiten.

»Nein, ich habe keinen Besuch. Ich bin allein. Und das mit dem Lärm tut mir leid. Es soll nicht wieder vorkommen.«

Sie wollte der Nachbarin schon die Tür vor der Nase zuschlagen, da hörte sie, wie diese drohend etwas von Polizei murmelte. Einen Moment lang zögerte sie, und so blieb die Tür einen Spaltbreit offen. Dann entschied sie sich und knallte sie zu. Sie legte sogar die Sicherheitskette vor.

Olav saß im Lotussitz auf ihrem Bett. Für seine Fülle war er bemerkenswert gelenkig. Mehr denn je ähnelte er einem Buddha. Sie blieb stehen und sah ihn an. Beide schwiegen. Dann stöhnte er, es war fast ein leises Heulen; er streckte die Arme aus, schaute zur Decke und fragte in die Luft hinein: »Was soll ich machen?«

Sie gab keine Antwort, denn er hatte nicht sie gefragt. Sie drehte sich um und stapfte in die Küche, um aufzuräumen. So leise wie überhaupt nur möglich.

Niemand wollte auf mich hören, wenn ich diese MCD zur Sprache brachte. Ich versuchte es zuerst im Kindergarten, aber die lächelten nur und sagten, das würde sich schon alles auswachsen. Wieder spielte ich mit dem Gedanken ans Jugendamt, aber ein drittes Mal würde ich denen sicher nicht entkommen.

Dann kam er in die Schule. Das konnte ja nicht gutgehen. Schon am allerersten Tag, vor allen Eltern, stand er mitten in der ersten Stunde auf und verließ das Klassenzimmer. Die Lehrerin machte ein seltsames Gesicht und sah mich an, so als erwartete sie, daß ich etwas unternahm. Ich wußte, daß die Hölle los sein würde, wenn jemand versuchte, ihn aufzuhalten. Also sagte ich, er müsse aufs Klo und erfand eine Harnleiterentzündung. Dann schlich ich mich hinaus, um ihn zu suchen. Er war nirgends zu finden. Später stellte sich dann heraus, daß er sich in eine andere Klasse geschlichen hatte. Er erklärte, er wollte lieber in diese Klasse gehen.

Er war natürlich nicht dumm. Im Gegenteil, gerade Rechnen fiel ihm leicht. Und später Englisch. Er war unglaublich gut in Englisch, allerdings nur mündlich. Sie sagten, er säße eben zuviel vor dem Fernseher. Das war typisch, wenn er etwas gut machte, etwas beherrschte, dann wurde das auch negativ ausgelegt, dann sollte auch das mein Fehler sein.

Noch vor dem Ende des ersten Schuljahres war er der Sündenbock der ganzen Schule. Die anderen Kinder gingen ihm aus dem Weg, die größeren hänselten ihn und stifteten ihn zu den unglaublichsten Streichen an. Am Nationalfeiertag holte er die Flagge am Fahnenmast der Schule herunter, während alle sich die Rede einer süßen Kleinen aus der fünften Klasse anhörten, die von Krieg und Freiheit und Verfassung erzählte, bis sie plötzlich verstummte und auf die riesige Flagge zeigte, die jetzt auf Halbmast hing. Sie war in lange Streifen zerschnitten, die munter im Wind wehten. Neben dem Fahnenmast stand Olav, jubelte, schwenkte seine Schere und schaute immer wieder triumphierend zu einigen Jungen aus der Siebten hinüber, die vor Lachen auf dem Boden lagen. Ich konnte einfach nicht mehr. Ich ging. Er hatte mit den großen Jungen gewettet, erzählte er mir dann. Als ich versuchte, ihm zu erklären, daß ich ihm doch Geld geben könnte, blickte er mich überrascht an und lächelte dieses seltsame Lächeln, das ich nie deuten kann.

Anfangs wurde er zu Geburtstagsfesten eingeladen. Auf jeden Fall im ersten Jahr. Er war immer munter und zufrieden, wenn er nach Hause kam, aber ich habe nie erfahren, wie diese Feste abliefen. Dann war damit Schluß, und ich litt wirklich sehr, wenn ich zusehen mußte, wie die anderen Kinder aus der Nachbarschaft im Sonntagsstaat und mit Geschenken unter dem Arm zu neuen Festen loszogen. Die ersten Male saß er am Fenster, aber wenn ich dann vorschlug, daß wir zusammen etwas Nettes unternehmen könnten, schob er mich weg und setzte sich vor den Fernseher.

Das war im Grunde das einzige, das nicht zu den üblichen MCD-Symptomen paßte. Er konnte stundenlang vor dem Bildschirm sitzen. Und er sah sich alles an. Es war unglaublich, was er alles mitbekam. Als kleiner Junge hatte er keinerlei Interesse für die Kinderprogramme aufgebracht, wenn ich ihn vor den Fernseher gesetzt hatte. Als er in die zweite Klasse kam, sah er sich bereits alles an. Er schien Trickfilme für die ganz Kleinen, Nachrichten und Actionfilme gleichermaßen zu genießen. Ich wußte ja, daß diese Filme nicht gut für ihn waren, aber er schien sich nie zu fürchten. Mit einer Ausnahme. Ich wollte ins Bett, aber er sah einen Film und wollte auf keinen Fall schon schlafen. Ich versuchte, ihn mit einer Belohnung zu ködern, am nächsten Tag mußte er ja schließlich in die Schule, aber er ließ nicht mit sich reden. Der Film hieß »Alien«, und soviel ich sehen konnte, spielte eine Frau die Hauptrolle. Also dachte ich, so schlimm könne er ja wohl nicht sein. Ich ging ins Bett.

Mitten in der Nacht weckte er mich. Er weinte nicht, aber er hatte ganz klar Angst. Er wollte zu mir ins Bett, und das hatte er zuletzt als kleines Kind gemacht. Ich ließ ihn unter meine

Decke und nahm ihn in den Arm. Er schob meine Arme weg, wollte sich aber an mich schmiegen. Er schlief fast die ganze Nacht durch.

Am nächsten Tag hatte er alles vergessen. Ich fragte, was denn so unheimlich gewesen sei, aber er lächelte nur.

In der Schule wurde er fünfzehn Stunden die Woche betreut. In der ersten und auch noch zu Beginn der zweiten Klasse war er in den meisten Fächern gut mitgekommen, aber er war so unruhig, daß er sehr viel überhörte. Der Betreuer sollte ihn vor allem zum Stillsitzen bringen, aber sie hatten auch ein paar Stunden zur freien Verfügung.

Olav mochte den Betreuer. Auch ich kam gut mit dem jungen Mann aus. Anfangs hatte ich ein bißchen Angst vor ihm, aber er lachte viel, und ich hatte zumindest den Eindruck, daß auch er meinen Jungen mochte. Manchmal kam er mit Olav nach Hause, und dann war Olav fast nicht wiederzuerkennen. Auf mich hörte er zwar auch nicht mehr als sonst, aber dem Betreuer gehorchte er ohne Widerworte.

Der junge Betreuer rief mich eines Abends spät an. Olav war schon im Bett. Er hatte Fieber und war müde. Ich glaube, er war gerade in die fünfte Klasse gekommen. Der Betreuer fragte, ob ich es schwer fände, meinem Sohn Grenzen zu setzen. Er hatte den Eindruck, daß ich mit Olav »nicht richtig umging«, wie er sagte. Wenn ich wollte, könnte er mich besuchen und mit mir darüber sprechen, wenn er keine Stunden mit Olav hatte und ich ohnehin allein zu Hause war. Er hatte Kontakt zum Jugendamt aufgenommen, wie er zugab, und er versuchte, sich ganz locker zu geben, als er von der Möglichkeit sprach, als eine Art Heimbetreuer bei uns einzusteigen.

Jugendamt. Heimbetreuer. Diese Wörter bohrten sich wie Messer in mein Herz. Der Betreuer, der in meiner Wohnung gewesen war, der hier gegessen hatte, mit meinem Jungen herumgetollt hatte und den ich so sympathisch gefunden hatte. Er hatte mit dem Jugendamt gesprochen.

Ich legte wortlos auf.

Zwei Tage später standen die Leute vom Jugendamt vor der Tür.

Vor Billy T. stand im beschlagenen Glas ein großes Bier mit einer prachtvoll gewölbten Schaumkrone. Hanne hatte sich mit einem alkoholfreien Bier begnügt. Es sah abgestanden und schal aus, die dünne weiße Schicht oben konnte absolut nicht als Schaumkrone bezeichnet werden.

»Das nenne ich wirklich Vorenthalten von wichtigen Auskünften«, sagte Hanne leise, um am Nachbartisch nicht gehört zu werden.

Sie saßen auf einer Art Zwischenboden im hinteren Teil der Kneipe. Ein Wirt mit Schickimickiambitionen hätte zweifellos von Mezzanin gesprochen. Aber hier lief dieser Teil des Lokals unter der Bezeichnung Hängeboden.

»Und diese Auskunft ist gelinde gesagt ziemlich entscheidend«, sagte Billy T. zustimmend und nahm einen Schluck aus seinem Glas. »War ein Patzer von mir, ihn beim Verhör nicht danach zu fragen.«

Hanne kommentierte dieses Versäumnis nicht weiter, sondern sagte: »Das bedeutet aller Wahrscheinlichkeit nach, daß der Mörder nicht vorhatte, Agnes umzubringen. Die Sache mit dem Messer hat mir wirklich Kopfzerbrechen bereitet. Blödsinnige Mordwaffe. Unsicher. Atypisch.«

»Na ja, hierzulande geschieht schon der eine oder andere Mord mit dem Messer«, wandte Billy T. ein.

»Ja, aber doch nicht vorsätzlich! Wenn du vorhast, einen Menschen aufzusuchen, um ihn umzubringen, dann nimmst du dazu doch kein Messer mit. Messer gehören in die ... Innenstadt, Samstag nacht, Prügeleien unter Besoffenen, Kneipenfeste, feuchte Ferienausflüge, bei denen

Streit ausbricht. Außerdem gehören dazu: viele Stichwunden. Und häufig auch ein verletzter Täter.«

»Du meinst also, der Betreffende hatte etwas ganz anderes vor, und dann hat die Situation sich zugespitzt, und er hat gewissermaßen aus einem Impuls heraus zum Messer gegriffen? Weil er nichts Besseres zur Hand hatte sozusagen?«

»Genau. Genau das meine ich.«

Das Essen wurde gebracht. Hanne hatte einen Geflügelsalat bestellt, die Arche Noah war das einzige Lokal in der Stadt, wo das Hähnchenfleisch im Geflügelsalat warm serviert wurde. Billy T. machte sich über ein doppeltes Kebab her.

Einige Minuten lang aßen sie schweigend, dann grinste Hanne und legte Messer und Gabel beiseite. Sie schaute ihren Kollegen schräg von unten her an und fragte: »Wie läuft es denn mit deiner Bekannten von den Kanarischen Inseln?«

Er gab keine Antwort, sondern aß mit unvermindertem Enthusiasmus weiter.

»Deine Bräune verblaßt langsam ein bißchen. Trifft das auch für die Liebe zu?«

Er piekste sie mit der Gabel zwischen die Rippen und sagte mit vollem Mund: »Jetzt sei nicht so gemein und vulgär. Ich will nicht darüber reden.«

»Laß den Blödsinn, Billy T. Spuck's aus.«

Er aß auf, sie wartete geduldig, und endlich wischte er sich mit dem Unterarm den Schnurrbart ab, leerte sein Glas, winkte nach einem neuen und legte seine beiden Fäuste auf die Tischplatte.

»Das war doch nichts.«

»Sicher war das was! Noch vor einer Woche hast du doch geradezu auf Wolken geschwebt.«

»Das war damals, und heute ist heute.«

Sie dachte nach und wurde ernst.

»Was ist denn los, Billy T.?«

Er wirkte gereizt und steckte unnötig viel Energie in den Versuch, Kontakt zum Kellner aufzunehmen, der seine früheren Signale übersehen hatte.

»Wieso denn?«

»Was ist mit dir und den Frauen?«

Billy T. hatte vier Kinder. Und jedes Kind hatte seine eigene Mutter. Er hatte es mit keiner so lange ausgehalten, daß eine gemeinsame Wohnung jemals auch nur zur Sprache gekommen wäre. Aber seine Söhne liebte er.

»Mit mir und den Frauen? Dynamit, das kann ich dir sagen!«

Endlich wurde sein Bier gebracht. Billy T. malte Herzchen auf das beschlagene Glas.

»Ich kann Nervkram nicht ertragen«, fügte er hinzu.

»Nervkram?«

»Genau.«

»Was denn für Nervkram?«

»Frauennervkram. Die Kannst-du-nicht-ein-bißchen-Rücksicht-auf-mich-nehmen-Tour. Ich mache, wozu ich Lust habe. Wenn eine Frau mitmachen will, dann ist das spitze. Aber nach einer Weile wollen sie alle nicht mehr. Dann fängt der Nervkram an. Und das kann ich einfach nicht vertragen.«

»Sicher eine frühkindliche Verletzung.« Hanne lächelte.

»Sicher.«

»Aber du – warum …«

Sie verstummte und lächelte verlegen. Er sollte nie erfahren, was sie eigentlich hatte fragen wollen, denn nun kam ihm plötzlich eine Idee. Sein Blick ging ins Leere. Vielleicht um sich nicht weitere Erörterungen seines waidwunden Privatlebens anhören zu müssen, griff er noch einmal die letzten Auskünfte des Witwers auf.

»Was kann wohl aus den anderen Messern geworden sein?«

»Aus welchen …«

Sie verstummte, als ihr der Sinn dieser Frage aufging.

»Da haben angeblich noch drei oder vier andere frischgeschliffene Messer herumgelegen. Da hast du recht. Ob der Mörder die mitgenommen haben kann?«

»Das ist natürlich möglich. Aber warum in aller Welt hätte er das tun sollen?«

Hanne starrte ihre Bierflasche an, aber das half ihr auch nicht weiter. Dann drehte sie sich um, weil der Anfang einer lauten Streitigkeit zu hören war. Zwei ziemlich mitgenommene Männer aus dem Park wollten herein. Der dunkelhaarige Kellner versuchte, ihnen das mit einem Höchstmaß an Takt und Höflichkeit auszureden, und wurde zum Dank mit blöden rassistischen Sprüchen überhäuft. Daran war er gewohnt. Er konnte die Kunden nach draußen bugsieren.

»Ich glaube, ich weiß«, sagte Hanne plötzlich. »Wenn ich recht habe, dann können wir den Bereich, in dem wir suchen, wirklich eingrenzen.«

Sie klang eher nachdenklich als triumphierend. Sie schaute sich um und winkte noch einmal dem Kellner.

»Sagen Sie, meinen Sie, ich könnte mir kurz vier oder fünf Küchenmesser leihen? Nur für ein paar Minuten?«

Der Kellner machte ein überraschtes Gesicht, dann zuckte er mit den Schultern und brachte vier große, abgewetzte Messer.

Hanne stand auf und legte die Messer rechts von Billy T. auf den Tisch.

»Nehmen wir an, sie hätten hier gelegen. Im Prinzip ist das egal. Jetzt setz dich so hin, als müßtest du dich auf etwas auf dem Tisch konzentrieren.«

Billy T. vertiefte sich in die Essensreste. Hanne trat hinter ihn, griff nach dem größten Messer, schwang es in weitem Boden nach hinten und simulierte dann eine Stummfilmbewegung gegen den Rücken ihres Kollegen.

»AU!«

Er fuhr herum und versuchte, die getroffene Stelle mit der linken Hand zu erreichen. Davon tat ihm die Schulter weh. Im Lokal war es sehr viel stiller geworden, und neugierige Gäste an den anderen Tischen starrten die beiden entsetzt an.

»Hast du das gesehen?« fragte Hanne eifrig und legte das Messer wieder weg. »Hast du gemerkt, was passiert ist? Als ich nach dem Messer gegriffen habe?«

»Aber sicher«, sagte Billy T. »Verdammt, sicher habe ich das gemerkt. Hanne, du bist ein Genie!«

»Das weiß ich selbst«, sagte die Hauptkommissarin zufrieden. Aus purer Begeisterung bezahlte sie die ganze Rechnung, obwohl Billy T. mehr getrunken hatte.

»Aber hör mal, Hanne«, sagte Billy T., als sie die Kneipe verlassen hatten, und blieb stehen. »Wenn dein Trick von eben etwas für sich hat, dann können wir doch sowohl den Liebhaber als auch diesen Hasle mit dem Führerschein vergessen.«

»Billy T.«, sagte Hanne Wilhelmsen, »auch wenn wir jetzt eine verdammt gute Theorie haben, dürfen wir uns keiner Möglichkeit verschließen. Wir verfolgen alle Spuren weiter. Das ist doch selbstverständlich.«

»Ja, sicher, Sherlock.« Billy T. grinste.

Und dann mußte er ihr einfach einen Kuß auf den Mund geben.

»Igitt«, sagte Hanne und wischte sich demonstrativ die Lippen ab.

Aber sie lächelte breit.

In einer ziemlich tristen Wohnung in einem noch tristeren Stadtteil saß ein äußerst verängstigter Autohändler und trank Bier. Die Flaschen standen vor ihm auf dem Tisch wie stumme Zinnsoldaten. Er ordnete sie zu einem Muster, das er alle fünf Minuten änderte. Jetzt bildeten sie einen Kreis aus zwölf Flaschen. Daß er sie in andere Formationen bringen konnte, ohne eine umzuwerfen, machte ihm klar, daß ihm die nötige Bettschwere noch um einiges fehlte.

Mitten in diesem Kreis aus Flaschen lag ein Scheckbuch. Agnes Vestaviks Scheckbuch. Darin fehlten nur vier Schecks. Einer war schon eingelöst gewesen, als er das Buch gestohlen hatte; es war unbegreiflich einfach gewesen, es aus ihrer Tasche zu nehmen, als sie einmal auf der Toilette war. Er hatte überhaupt nicht darüber nachgedacht, seine Hände hatten ganz selbständig gehandelt. Das Scheckbuch steckte in ihrer Tasche, das wußte er, weil sie kurz zuvor das Essen bezahlt hatte. Ohne zu zögern, hatte er das Lederetui aus ihrer Tasche genommen und in seiner geräumigen Manteltasche verstaut. Als er bereute und es zurücklegen wollte, kam sie gerade lächelnd von der Toilette und fragte, ob sie gehen sollten.

Mit den drei anderen Schecks hatte er drei gleich hohe Summen abgehoben, in drei verschiedenen Banken, in drei verschiedenen Stadtteilen. Erst in Lillestrøm. Das war einfach gewesen, obwohl ihm der blöde falsche Schnurrbart fast abgefallen wäre, weil er schwitzte wie ein Schwein. Er hatte sich mit einem Führerschein ausgewiesen, den ein Kunde nach einer Probefahrt in einem Auto vergessen hatte. Alter und Gesichtsform stimmten so ungefähr, und die Kassiererin hatte nur kurz aufgeblickt, dann hatte sie die zehn Tausender hingeblättert und den nächsten Kunden herangewinkt. Er hatte fast nicht gewagt, das Geld an sich zu nehmen, aber die Frau hatte ihn irritiert angesehen und ihm die Geldscheine mit einer hastigen Handbewegung hingeschoben. Er hatte versucht, sein Zittern zu unterdrücken, hatte sich für die Hilfe bedankt und die Bank so langsam wie möglich verlassen. Seinen Wagen hatte er zwei Blocks weiter in Richtung Bahnhof abgestellt, auf einem großen Parkplatz, wo er in der Menge nicht weiter auffiel.

Doch, schon, er war Autohändler. Verkaufte sogar den einen oder anderen Gebrauchtwagen. Er hatte hier eine Runde getrickst und dort eine Runde geschwindelt, und manchmal war er sich fast schon wie ein Verbrecher vorgekommen. Aber er hatte noch nie eine direkt kriminelle Handlung begangen. Dabei war das verdammt einfach. Und ganz entsetzlich. Mit zehn knisternden Tausendern in der Brieftasche war er nach Sandvika gefahren, um den nächsten Scheck einzulösen. Das mußte er machen, ehe sie merkte, daß sie ihr Scheckbuch verloren hatte, und das Konto sperren ließ.

In der zweiten Bank ging wieder alles ziemlich gut. Er trocknete sich die Oberlippe sorgfältig ab und befestigte den Schnurrbart etwas besser. Diesmal parkte er in dem großen Einkaufszentrum, dann ging er zu Fuß die fünf Minuten zu einer Bank mitten im Ortskern. Die Kassiererin sah ihn ein wenig streng an, aber das lag vielleicht daran, daß er sich noch nicht ausgewiesen hatte. In seiner Verwirrung hätte er ihr fast seinen eigenen Führerschein vorgelegt, merkte das aber gerade noch rechtzeitig und konnte ihn wieder in die Tasche stecken. In seiner Verzweiflung, weil er nicht wußte, ob sie womöglich gemerkt hatte, daß er zwei Führerscheine besaß, trödelte er mit dem anderen dermaßen herum, daß es auch schon wieder verdächtig wirken mußte. Aber er bekam das Geld. Und beschloß, es dabei bewenden zu lassen.

Zwanzigtausend Kronen. Wieviel Geld hatte Agnes

eigentlich? Ob die Banken überprüft hatten, daß die Schecks gedeckt waren, ehe sie ihm die Geldscheine ausgehändigt hatten? Er versuchte, sich zu erinnern, aber er wußte es einfach nicht. Als nächstes steuerte er das Zentrum von Asker an. In der einen Minute wollte er bei seinem Entschluß bleiben und keine weiteren Schecks mehr einlösen, in der nächsten wollte er mehr. Nur einen noch. Sein Wagen hielt den Kurs und ließ sich vom inneren Chaos seines Fahrers nicht beeinflussen.

Als er die Bank betrat, fiel ihm ein, daß alle Bankfilialen per Video überwacht werden. Das hatte er vorher schon gewußt, und deshalb war es ja so praktisch, daß der Mann auf dem Führerscheinfoto einen Schnurrbart hatte. Außer dem Schnurrbart trug er noch eine Schirmmütze, die er in einem alten Karton auf dem Dachboden gefunden hatte.

Aber in der dritten Bank fürchtete er sich plötzlich, vor allem vielleicht, weil er der einzige Kunde war.

»Was kann ich für Sie tun?« fragte ein lächelnder junger Mann und winkte ihn zu sich.

Jetzt war es zu spät zur Umkehr. Er legte den dritten Scheck vor.

»Der Computer ist leider zusammengebrochen, ich muß anrufen«, sagte der junge Mann und lächelte noch herzlicher, dann musterte er den Scheck.

»Ich kann doch später noch mal wiederkommen«, stotterte er und streckte die Hand nach dem Scheck aus.

»Ach was«, protestierte der Kassierer dienstbeflissen. »Das dauert doch nur eine Minute.«

Und so war es. Eine Minute später hatte er mit weiteren zehn Tausendern und außerdem einem stechenden Schmerz in der Brust die Bank verlassen können.

Und nun trank er. Die dreizehnte Bierflasche war leer, und er ließ die Flaschen in einem neuen Muster aufmarschieren, einem Winkel oder einem Gänseflug in warme

Länder. Oder einer riesengroßen Pfeilspitze. Die allererste Flasche zeigte direkt auf ihn.

»Peng«, sagte er leise. »Du bist tot.«

Er öffnete die vierzehnte. Warum konnte er nicht endlich eine Flasche umwerfen?

Agnes hatte es entdeckt. Genauer gesagt, sie hatte gefragt, ob er zufällig ihr Scheckbuch gesehen hätte. Sie hatte einfach so gefragt, ohne irgendeinen Unterton. Was nur zeigte, daß sie ihn verdächtigte. Natürlich hatte er alles abgestritten. Natürlich hatte sie alles durchschaut. Sie sagte, sie habe die Bank gebeten, Nachforschungen über eventuell ausgestellte Schecks anzustellen. Am nächsten Tag würde sie die Auskunft erhalten.

O verdammt. Er war so sicher gewesen, daß niemand davon wußte. Er hatte ihr nie geschrieben, ganz einfach weil er nie etwas anderes schrieb als seinen Namen unter einen Kaufvertrag.

Wie lange es wohl noch dauerte, bis die Polizei die Schecks aufgespürt hatte?

Er sprang auf und warf dabei zwei Flaschen um. Eine fiel auf den Boden, zerbrach aber nicht.

Jetzt konnte er versuchen, ein wenig zu schlafen. Er schwankte ins Schlafzimmer und fiel angezogen aufs Bett. Erst nach langer Zeit nickte er schließlich ein.

Das Scheckbuch lag noch immer zwischen zwölf stehenden und einer umgekippten Flasche auf dem Tisch.

9

Es war der erste wirklich schöne Tag seit langer Zeit. Die Temperatur war zwar immer noch nicht weit über den Nullpunkt geklettert, aber nun hing das vorsichtige Versprechen in der Luft, daß der Frühling nicht mehr so schrecklich weit weg war. Die großen Rasenflächen vor dem Tøyenbad waren schneefrei, und hier und da versuchte ein Grasbüschel, sich aufzurichten. Der Huflattich dagegen war noch immer gescheit genug, den Kopf einzuziehen. Der Himmel war strahlend blau, und obwohl die Sonne gerade eben mal über den Horizont lugte, bereute Hanne Wilhelmsen, keine Sonnenbrille aufgesetzt zu haben.

Auf der kleinen Anhöhe zwischen einer großen kräftigen Statue aus hellem Stein und der Finnmarksgate, im Schutz von einigen Büschen und so hoch über der Fahrbahn, daß die Autofahrer nicht so recht darauf achteten, was dort oben vor sich ging, standen einige Kollegen vom Verkehr und richteten eine Radarfalle ein. Wie gemein, dachte Hanne und lächelte. Die Straße hatte in jede Richtung zwei Fahrspuren, getrennt durch einen starken Zaun, es war fast eine kleine Autobahn. Jeder einigermaßen routinierte Fahrer ging automatisch davon aus, daß die Höchstgeschwindigkeit bei mindestens sechzig lag. Deshalb fuhren alle siebzig. Nur war ihnen nicht aufgefallen, daß es keine Schilder und Tempobegrenzungen gab, deshalb galten die üblichen fünfzig, wie in jedem dicht bebauten Gebiet. Die Finnmarksgate bildete eine der sichersten Einkommensquellen des Staates.

Sie nahm sich die Zeit zuzusehen, wie die ersten beiden Sünder aus dem Verkehr gezogen wurden. Dann schüttelte sie den Kopf und ging weiter. Um zwanzig nach sieben überquerte sie den Åkebergsvei, eine halbe Minute später stand sie im Polizeigebäude im Fahrstuhl. Dort traf sie ihren Abteilungsleiter. Er war groß, kompakt und muskulös, vor allem jedoch extrem maskulin. Seine Kleider saßen so unmodern eng, daß er ein wenig wie ein Bauerntrottel wirkte, aber die Intensität des breiten Gesichts unter der Halbglatze hatte doch etwas Anziehendes, das von seinem ungewöhnlich beherrschten und angenehmen Wesen noch verstärkt wurde. Normalerweise. Jetzt würdigte er sie keines Blickes.

»Morgenstund hat Gold im Mund«, murmelte er seinem Spiegelbild zu.

»Ja. Viel zu tun«, erwiderte Hauptkommissarin Hanne Wilhelmsen und strich sich im selben Spiegel die Haare glatt.

»Komm zu mir ins Büro«, befahl der Chef und schaute auf die Uhr.

Der Fahrstuhl machte pling, die Türen öffneten sich, und beide betraten die Galerie, die das riesige Foyer umkränzte.

»Jetzt gleich?«

»Ja. Und bring mir einen Kaffee mit.«

Sie hatte das unangenehme Gefühl, daß ihr etwas Unbehagliches bevorstand, als sie in ihr Büro lief, um die Tasse mit ihrem Sternbild zu holen. Es hatte noch niemand die Kaffeemaschine im Vorzimmer angeworfen, und sie ließ sich Zeit, als sie Wasser einfüllte und die acht gestrichenen Löffel abmaß. Die Vorzimmerdame erschien, als die Maschine bereits gurgelte.

»Taaaaausend Dank, Hanne«, keuchte sie so dankbar, daß Hanne einen Hauch von Ironie witterte. In diesem

Vorzimmer wurden so viele Tassen Kaffee gekocht, daß Hanne sich ab und zu fragte, ob sie deshalb mit der Arbeit immer im Rückstand waren.

Sie schenkte ihre Tasse und einen Pappbecher für den Chef mit Kaffee voll, dann klopfte sie an die Tür, die ebenfalls vom Vorzimmer abging. Sie hörte nichts und klopfte noch einmal. Als wieder keine Reaktion erfolgte – sie wußte ja, daß er dort drinnen war –, gestattete sie es sich, die Tür vorsichtig zu öffnen. Mit einer Tasse in jeder Hand war das nicht leicht, und es führte dazu, daß ihr der Pappbecher auf den Boden fiel. Der Kaffee spritzte an ihre Beine und verbrühte sie noch durch den dicken Jeansstoff hindurch.

Der Abteilungsleiter lachte laut.

»Da siehst du. Unhöflichkeit lohnt sich nicht«, sagte er und legte den Hörer auf die Gabel. »Astrid. ASTRID!«

Die Vorzimmerdame schaute herein.

»Mach das bitte weg.«

»Aber ich kann doch –«, begann Hanne, wurde jedoch unterbrochen.

»Setz dich.«

Sie warf der Sekretärin einen bedauernden Blick zu, während Astrid mit verkniffenem Mund und mit ruckartigen, wütenden Bewegungen eine halbe Rolle Küchenpapier aufbrauchte, ehe sie Hanne und den Chef allein lassen konnte. Beide hatten die ganze Zeit geschwiegen. Hanne fühlte sich durchaus nicht wohl in ihrer Haut.

»Wie gefällt dir das Dasein als Hauptkommissarin, Hanne?« fragte er und blickte ihr in die Augen.

Sie zuckte leicht mit den Schultern und wußte nicht, worauf er hinauswollte.

»Ganz gut. Ab und zu sehr gut, ab und zu weniger. Ist das denn nicht immer so?«

Sie versuchte ein Lächeln, er jedoch verzog keine Miene.

Er nahm einen Schluck aus der Kaffeetasse, die Astrid vor ihn hingestellt hatte, so hart, daß der Kaffee übergeschwappt war. Ein hellbrauner Kreis zeichnete sich auf der Schreibunterlage ab. Ein dicker Zeigefinger malte daraus ein Mickymausgesicht.

»Du warst eine hervorragende Ermittlerin, Hanne. Das wissen wir, du und ich und die meisten anderen hier im Haus.«

Zwischen ihnen hing ein riesengroßes zitterndes ABER in der Luft.

»Aber«, sagte er endlich. »Du darfst nicht vergessen, daß eine Hauptkommissarin andere Aufgaben hat. Du sollst leiten. Du sollst koordinieren. Und du mußt dich auf deine Leute verlassen. Darum geht es doch gerade. Jetzt ist Billy T. Chefermittler in dieser Kinderheimgeschichte, also ermittelt er. Es ist gut und lobenswert, daß du interessiert bist und dich auf dem laufenden halten läßt, aber du solltest deine Leute nicht vor den Kopf stoßen.«

»Er fühlt sich doch überhaupt nicht vor den Kopf gestoßen«, protestierte Hanne und wußte, daß sie recht hatte.

»Natürlich nicht«, sagte der Chef ziemlich müde und resigniert für diese frühe Uhrzeit. »Ihr seid befreundet. Er arbeitet gern mit dir zusammen. Himmel, der Mann hätte sich ohne dich doch nie im Leben versetzen lassen. Aber du hast noch andere Ermittler unter dir. Tüchtige Leute, auch wenn sie jung und unerfahren sind.«

»Hat sich jemand beschwert?«

Hanne wußte, daß sie sich möglicherweise wie eine beleidigte Leberwurst anhörte, hoffte aber, daß das nicht der Fall war.

»Nein, das nicht. Aber ich spüre doch, daß irgend etwas nicht stimmt. Und ich sehe, daß du dich zu sehr einmischst. Oft ist es unmöglich, dich zu erreichen. Du bist viel zu oft außer Haus.« Er gähnte ausgiebig und kratzte sich mit einem Kugelschreiber am Ohr. »Ich habe mich dafür eingesetzt, daß du diese Stelle bekommst. Nicht viele in deinem Alter sind schon so weit. Und der einzige Grund, warum das nicht größeren Unwillen hervorgerufen hat, ist der, daß alle wissen, wie tüchtig du bist. Sorg bitte dafür, daß dieser Unwille nicht unnötig aufflammt, ja? Ich glaube noch immer, nein, ich weiß, daß du als Hauptkommissarin ebenso gute Arbeit leisten kannst wie als Ermittlerin. Aber du mußt dem Job eine Chance geben. Benimm dich nicht wie eine Hauptkommissarin light oder wie eine Fahnderin de luxe. Okay?«

Aus dem Vorzimmer hörten sie laute Stimmen und Gelächter. Das große Haus füllte sich langsam. Mit Menschen, die Hanne Wilhelmsens Job sofort übernommen hätten. Einen Job, den sie im Moment am liebsten aus dem Fenster geworfen hätte. Sie war zutiefst niedergeschlagen, weniger, weil sie nur ungern getadelt wurde, sondern vielmehr, weil er recht hatte und sie das wußte. Sie hätte sich niemals bewerben dürfen. Dieser Trottel Håkon Sand hatte sie dazu überredet. Plötzlich und zu ihrer Überraschung hatte sie große Sehnsucht nach ihm. Billy T. war schon in Ordnung. Er war ihr ebenbürtig. Sie verstanden einander oft ohne ein einziges Wort. Håkon Sand, der Polizeiadjutant, mit dem sie so lange zusammengearbeitet hatte, unter anderem in zwei dramatischen und aufsehenerregenden Mordfällen, war eine Trantüte. Er stolperte durchs Dasein, in der Regel einen oder fünf Schritte hinter allen anderen. Aber er war klug. Er hörte zu. Sie ließ ihn immer wieder im Stich, aber er war stets freundlich, immer entgegekommend. Erst vor einer Woche hatte er angerufen und sie zum Essen eingeladen, er wollte ihr seinen inzwischen knapp drei Monate alten Sohn zeigen. Der Junge hieß sogar nach ihr, fast wenigstens. Er hieß Hans Wilhelm. Håkon hatte sie zur Patentante haben wollen, und sie hatte sich geschmeichelt gefühlt, dann aber abgelehnt, in einer Kirche wollte sie nicht lügen. Aber sie war vor zwei Wochen bei der Taufe gewesen, hatte allerdings früher gehen müssen. Håkon war enttäuscht gewesen, hatte aber gelächelt und sie gebeten, bald anzurufen. Das hatte sie vergessen. Bis er dann in der letzten Woche unverändert fröhlich angerufen hatte. An den Tagen, die er vorgeschlagen hatte, konnte sie sich jedoch nicht freimachen.

Er fehlte ihr. Sie würde ihn noch heute anrufen.

Aber zuerst mußte sie ihrem wenig zufriedenen Chef gut zureden. Sie hatte keine Ahnung, wo sie anfangen sollte.

»Ich werde mich bessern«, sagte sie. »Wenn dieser Fall gelöst ist, werde ich mich bessern.«

»Und wie lange dauert das noch, Hanne?«

Sie erhob sich, sah aber in seinen Augen ein irritiertes Funkeln und setzte sich wieder.

»Bestenfalls anderthalb Tage. Schlimmstenfalls eine Woche.«

»Was?«

Jetzt hatte sie ihn beeindruckt, und sie spürte, wie ihre Laune sich besserte.

»Wenn an einem kleinen Haken, den ich ausgeworfen habe, etwas anbeißt, dann müßte bis zum Wochenende das Ärgste geschafft sein.«

Jetzt gönnte der Chef ihr ein echtes Lächeln.

»Jaja«, sagte er. »Dann hast du immerhin bewiesen, was wir ohnehin schon wußten. Mit *Ermittlungsarbeiten* kennst du dich aus.«

Er teilte ihr durch eine Handbewegung mit, daß sie gehen konnte, und Hanne sprach ein stilles Gebet, ehe sie vorsichtig die Tür hinter sich schloß.

Wenn ich jetzt bloß den Schnabel nicht zu weit aufgerissen habe…

Eine Stunde später traf Agnes Vestaviks hinterbliebener Ehemann im Grønlandsleiret 44 ein, um Punkt Nullneun-null-null. Er war ebenso korrekt gekleidet wie bei seinem ersten Besuch, aber die vergangenen acht Tage hatten ihn zwei Kilo gekostet. Diesmal fand Billy T. den Mann schon sympathischer, was er sich mit einer gewissen Verärgerung eingestand.

Aber die Gestalt vor ihm hätte auch dem härtestgesottenen Zyniker einen Hauch von Sympathie eingeflößt. Die Hände des Mannes zitterten, seine Augen wiesen durchgehend einen rötlichen Schimmer auf, von der weichen Haut der Lider bis tief in den weißen Augapfel hinein. Seine Haut war fahl und feucht, und Billy T. bildete sich ein, daß die Poren in Vestaviks Gesicht bei ihrer ersten Begegnung noch nicht so deutlich zu sehen gewesen waren.

»Wie geht's denn, Vestavik?« fragte er so freundlich, daß sein Gegenüber ihn verdutzt anstarrte. »Ist es sehr schwer?«

»Ja. Und am schlimmsten sind die Nächte. Tagsüber ist so viel zu erledigen. Die Jungen sind noch zu Hause, der Älteste hat sich zwei Wochen freigeben lassen, um sich um Amanda zu kümmern. Meine Schwiegermutter hat zwar alles im Griff, aber leicht ist es ja trotzdem nicht... Sie wissen schon, Schwiegermütter...«

Billy T. hatte sich in seinem ganzen Leben noch nicht mit einer Schwiegermutter befassen müssen, aber trotzdem nickte er zustimmend. Wenn es Schwierigkeiten gab, waren sie vermutlich auch nicht besser als ihre Töchter.

»Und jetzt wünschten Sie, sie wäre schon wieder weg, was?«

Der Mann nickte, dankbar für so viel unerwartetes Verständnis.

»Na gut«, sagte Billy T. »Es dauert heute nicht lange.«

Er bückte sich nach links, öffnete eine Schublade und

fischte eine große durchsichtige Platiktüte heraus. In der Tüte steckte ein Küchenmesser mit Holzgriff. Er legte es vor Odd Vestavik auf den Tisch, und der wich unwillkürlich ein Stück zurück.

»Wir haben es saubergemacht. Daran klebt kein Blut mehr«, beruhigte Billy T. ihn.

Der andere streckte eine schmale Hand nach der Tüte aus, hielt aber mitten in der Bewegung inne und blickte Billy T. fragend an.

»Ist schon in Ordnung«, der Polizist nickte, »sehen Sie es sich nur an.«

Der Mann betrachtete das Messer lange. Irritierend lange. Billy T. schauderte es. Hier saß dieser arme Wicht und sollte ein Messer begutachten, das tief im Rücken seiner Frau gesteckt hatte. Und das vielleicht früher zahllose Butterbrote für die Familie geschnitten hatte, zu Hause, in einer gemütlichen Küche, bei einer kleinen, netten Kernfamilie.

»Ist das Ihres?«

»Das kann ich nicht beschwören«, sagte der Mann leise, ohne das Messer aus den Augen zu lassen. »Aber wir hatten ein ganz ähnliches. Ganz genau so eins, wenn ich mich richtig erinnere.«

»Versuchen Sie, sich an besondere Kennzeichen zu erinnern«, bat Billy T. »Am Griff zum Beispiel. Der ist aus Holz, also kann er irgendwelche Eigenheiten haben. Da sind zum Beispiel zwei Kerben.«

Um behilflich zu sein, beugte er sich vor und zeigte auf den unteren Teil des Griffes.

»Da zum Beispiel. Das sieht aus, als ob jemand daran herumgeschnitzt hätte.«

Der Mann starrte die Kerbe eine Weile an. Dann schüttelte er langsam den Kopf. »Nein, daran kann ich mich nicht erinnern.« Jetzt sah er fast verlegen aus. »Aber ich habe die Küchenschubladen nicht so besonders oft aufgemacht. Wir waren ein bißchen ... altmodisch, in der Beziehung.«

»Ich koche auch nicht gern«, tröstete Billy T. ihn. »Ich tue es nur, wenn es unbedingt nötig ist. Aber auf jeden Fall hatten Sie so ein Messer?«

»Ja. Es wäre leichter, wenn ich die anderen Messer auch sehen könnte. Dann wäre ich vielleicht ganz sicher.«

Er blickte den Polizisten fragend an. Billy T. nutzte die Gelegenheit, um seinen Blick festzuhalten.

»Die anderen Messer sind verschwunden«, sagte er langsam.

Der Mann hob nur mit ganz leicht überraschtem Gesichtsausdruck eine Augenbraue.

»Wir haben den Verdacht, daß der Mörder sie mitgenommen hat.«

»Sie mitgenommen hat?« Jetzt war die Überraschung schon deutlicher. »Was in aller Welt kann er damit gewollt haben?«

»Das muß ein Geheimnis zwischen dem Mörder und der Polizei bleiben. Bis auf weiteres, jedenfalls.«

Billy T. steckte die Plastiktüte mit dem Messer wieder in die Schublade und erhob sich.

»Es tut mir wirklich leid, daß wir Sie herbemühen mußten«, sagte er und reichte dem Mann die Hand. »Ich hoffe, wir haben Sie damit zum letztenmal belästigt.«

»Ach, das war doch nicht der Rede wert«, sagte Vestavik und erhob sich ebenfalls.

Er sah steif und entsetzlich viel älter aus als fünfzig. Mit resignierter Miene nahm er Billy T.s ausgestreckte Hand.

»Werden Sie denn irgend etwas herausfinden?« fragte er pessimistisch.

»Ja, darauf können Sie sich immerhin verlassen. Weitgehend verlassen.«

Als Billy T. Vestaviks Rücken im Treppenhaus verschwinden sah, erlebte er einen der großartigen Augenblicke, in denen er es wunderbar fand, bei der Polizei zu sein. Ganz wunderbar. Bei ihrer nächsten Begegnung würde er dem Mann erzählen, wer seine Frau umgebracht hatte. Da war er sich hundertprozentig sicher.

»Auf jeden Fall neunundneunzig«, korrigierte er sich murmelnd.

Hanne Wilhelmsen hatte die milde Zurechtweisung vom Morgen noch nicht ganz verdaut, versuchte aber, Tone-Marit und Erik nicht darunter leiden zu lassen. Alle drei beugten sich über das Geländer und schauten hinunter ins Foyer. Ein Fernsehteam mit gewaltiger Ausrüstung drängte sich durch die schweren Metalltüren. Ein Mann stritt sich mit einem der Aufsichtsleute, und Hanne nahm an, daß es die übliche Auseinandersetzung darüber war, ob die Presse die Behindertenparkplätze besetzen durfte oder sich weiter entfernt einen freien Parkplatz suchen mußte. Der Polizist trug natürlich den Sieg davon, und der Fernsehmann verschwand kopfschüttelnd, um seinen Wagen wegzufahren.

»Die Jungs von der Aufsicht glauben, daß ihnen die ganze Gegend gehört«, murmelte Hanne.

Tone-Marit schien die Kollegen in Schutz nehmen zu wollen, hielt dann aber den Mund.

»Leute«, sagte Hanne jetzt mit aufgesetzter Munterkeit. »Wir haben alle Hände voll zu tun. Erik, du krallst dir noch einmal sämtliche Angestellten. Sie müssen verhört werden. Am wichtigsten ist dieser Eirik Soundso, der die Leiche gefunden hat. Den knöpf dir bitte sofort vor. Er ist noch immer krank geschrieben, das kannst du also sicher heute erledigen.«

»Willst du selbst mit ihm sprechen?«

Sie hätte beinahe ja gesagt, überlegte es sich dann aber anders und lächelte den rothaarigen Wachtmeister an.

»Nein, das machst du. Aber ich werde dir ein paar Punkte notieren, in die wir unbedingt Klarheit bringen müssen. Ich verlasse mich darauf, daß du das alles erledigst.«

Tone-Marit sollte die anderen vorladen, alle Verhöre mußten vor dem Wochenende unter Dach und Fach sein. Sie hatten also noch anderthalb Arbeitstage. Die beiden Jüngeren tauschten vielsagende Blicke, doch ehe sie protestieren konnten, fügte Hanne hinzu: »Das schafft ihr schon. Wenn es zuviel wird, dann holt euch zwei Leute aus den Kursen, aber ihr schafft das, da bin ich mir sicher.«

Billy T. kam über die Galerie gestapft.

»Hallo! Hanne!«

Sie drehte sich zu ihm um.

»Maren Kalsvik wollte dich sprechen. Sie sagt, ihr hättet für zwölf Uhr eine Verabredung. Stimmt das?«

»Ja.«

»Im Kinderheim geht es im Moment ziemlich chaotisch zu. Sie möchte lieber morgen kommen. Geht das?«

Nein, das ging nicht. Aber natürlich war es kein Wunder, daß die neue Chefin von ihrer Arbeit in Anspruch genommen war, schließlich starben um sie herum die Leute wie Fliegen.

»Na gut, aber dann mußt du mit ihr sprechen. Ich habe morgen früh etwas anderes zu erledigen.«

Er dachte kurz nach, dann nickte er zustimmend.

»Ich ruf sie an und mache eine neue Verabredung«, bot er dienstbeflissen an.

Dann gingen beide wieder an ihre Arbeit.

Eirik Vassbunn war nicht leicht zu erreichen. Er lag zu Hause und schlief. Er ließ das Telefon zwölfmal klingeln, dann murmelte er mit schwacher Stimme »hallo«. Da er unter Beruhigungsmitteln stand, hatte der Wachtmeister durchgesetzt, daß ihm ein Taxi zum Grønlandsleiret 44 spendiert wurde.

Jetzt fragte Erik Henriksen sich, ob sein Gegenüber ein Verhör überhaupt durchstehen würde. Er hatte seit Tagen kein Rasiermesser mehr aus der Nähe gesehen, und sein Gesicht war schmutzig und müde. Er roch nicht gut, und Erik Henriksen hatte in dem kleinen Raum sofort das Bedürfnis, ein Fenster zu öffnen.

»Ich sehe entsetzlich aus«, bestätigte der Mann mit leisem Nuscheln. »Und ich stinke. Aber Sie haben ja gesagt, es sei dringend.«

Er streckte die Hand nach einem Pappbecher voll Wasser aus, den der Wachtmeister vor ihn hingestellt hatte.

»Diese Medikamente trocknen den Hals so richtig aus«, murmelte er und leerte den Becher auf einen Zug.

Der Wachtmeister goß nach.

»Geht es Ihnen gut? Ich meine, können Sie mit mir sprechen?«

Der Mann hob den Arm zu einer Kraulbewegung. Dann senkte er den Kopf.

»Na los. Dann haben wir es doch wenigstens hinter uns.«

Eirik Vassbunn arbeitete seit einem guten Jahr im Heim Frühlingssonne. Er hatte vier Jahre im Erste-Linie-Dienst verbracht, aber was das bedeutete, konnte der Wachtmeister nicht einmal ahnen. Immerhin gab er es mit zitternden Fingern in den PC ein, ohne sein Unwissen zu verraten. Vassbunn war Sozialwissenschaftler, ledig und hatte aus einer früheren Beziehung eine siebenjährige Tochter. Er war nicht vorbestraft, glaubte aber, sich an ein weit zurückliegendes Bußgeld wegen Geschwindigkeitsüberschreitung erinnern zu können. Er war 1966 geboren und hatte sein Leben lang in Oslo gewohnt. Von früher her kannte er keinen der anderen Frühlingssonne-Angestellten. Abgesehen von Maren Kalsvik, die hatte er immerhin vom Sehen gekannt, da sie dieselbe Schule besucht hatten. Er hatte vor ihr Examen gemacht, sie hatten unterschiedliche Kurse besucht und deshalb nicht viel miteinander zu tun gehabt.

Dann gingen sie vorsichtig den Abend durch, an dem Agnes Vestavik ermordet worden war.

»Hatten Sie allein Dienst?«

»Ja, es gibt immer nur eine Nachtwache. Die schläft. Wir müssen natürlich im Haus sein, aber wir haben ein eigenes Schlafzimmer für das Personal.«

»Wann sind die Kinder schlafen gegangen?«

»Die jüngsten, das heißt, die Zwillinge und Kenneth, sollen um halb neun im Bett liegen. Jeanette und Glenn so gegen zehn, Anita und Raymond sollen im Prinzip vor elf schlafen, wenn sie am nächsten Tag in die Schule müssen, aber vor allem Raymond hat da ziemlich große Freiheit.«

»Und wie war es am fraglichen Abend?«

Der Mann dachte nach und trank noch einen Becher Wasser.

»Ich glaube, sie waren alle ziemlich früh im Bett. Sie waren müde, wir hatten doch die Feuerübung gemacht, und danach waren sie über alle Berge, weil sie schulfrei hatten. Raymond fühlte sich außerdem nicht ganz wohl, glaube ich. Sicher waren alle bis halb elf eingeschlafen. Bis zehn.«

»Wann sind sie in ihre Zimmer gegangen?«

»Na, die Kleinen werden ins Bett gebracht. Bei den Großen habe ich nicht nachgesehen.«

Er unterbrach sich, und ein fast verquälter Zug huschte über sein Gesicht.

»Agnes kam dann gegen zehn, glaube ich, und da hatte ich längst allen gute Nacht gesagt. Ob Raymond schon schlief, weiß ich allerdings nicht.«

»Er behauptet jedenfalls, nicht gehört zu haben, daß Agnes gekommen ist«, teilte der Wachtmeister mit. »Das ist also möglich. Daß er schon schlief, meine ich. Und haben Sie auch geschlafen?«

»Nein, ich saß vor dem Fernseher. Und ich habe in den Zeitungen geblättert und Patiencen gelegt, wenn ich mich richtig erinnere.«

»Wo haben Sie gesessen?«

Der Mann wirkte ein wenig verwirrt und runzelte die Stirn.

»Im Fernsehzimmer natürlich.«

»Und wo genau?«

»In einem Sessel. Einem Sessel.«

Erik Henriksen legte seinem Fast-Namensvetter ein Blatt Papier und einen Kugelschreiber hin.

»Zeichnen Sie das mal auf!«

Vassbunn hantierte mit dem Kugelschreiber herum und konnte schließlich eine wackelige Skizze des Fernsehzimmers mit halbwegs präzise eingezeichneten Türen und Fenstern liefern. Dann strichelte er Sessel, Sofa, Tisch und den Fernseher und verteilte auf dem Boden willkürlich einige Kreise.

»Die Sitzsäcke«, erklärte er. »Und da habe ich gesessen.«

Er kreuzte einen Sessel an, der mit der Rückenlehne zur Tür stand.

»Aha«, sagte der Wachtmeister und betrachtete die Skizze genauer. »Stand die Tür zum Wohnzimmer offen?«

»Zum Aufenthaltsraum«, korrigierte der andere und stolperte dabei über alle Konsonanten. »Wir nennen das Aufenthaltsraum. Ja. Die war offen.«

»Sind Sie sich ganz sicher?«

»Sie stand jedenfalls offen, als Agnes gekommen ist, und danach habe ich das Zimmer erst zu meiner Runde verlassen. Also war sie ganz bestimmt offen.«

Der Wachtmeister bedeutete ihm, es werde eine Pause geben, weil er sich einige Notizen machen müsse. Er brauchte eine halbe Stunde, um eine Dreiviertelseite in die Tastatur zu hauen. Als er fertig war, war der verhörte Zeuge eingeschlafen.

Das hatte Wachtmeister Henriksen noch nie erlebt. Er stutzte, und er fand es fast unhöflich, den Mann zu wecken. Andererseits mußten sie doch weiterkommen. Er blieb eine Weile unentschlossen sitzen und starrte Eirik Vassbunn an. Der schlief wirklich, mit auf die Brust gekipptem Kopf und halboffenem Mund. Der Wachtmeister hätte gern gewußt, welche Medikamente er genommen hatte.

Schließlich lehnte er sich über den Tisch und berührte den anderen am Arm.

»Vassbunn! Sie müssen aufwachen!«

Der Mann fuhr hoch und wischte sich ein wenig Speichel von der unrasierten Wange.

»Entschuldigung. Das kommt von diesen Medikamenten! Und nachts kann ich einfach nicht schlafen.«

»Ist schon gut«, beruhigte ihn der Wachtmeister, und dann fiel ihm etwas ein. »Was nehmen Sie denn eigentlich?«

»Nur Valium.«

»Warum?«

»Weil ich einen Schock erlitten habe, natürlich.« Jetzt wirkte er zum erstenmal gereizt und abweisend. »Sie haben ja keine Ahnung, wie das ausgesehen hat. Agnes mit einem riesigen Messer im Rücken, offene, starrende Augen, und ... es war entsetzlich.«

Erik Henriksen hätte dem Mann natürlich erzählen

können, daß er die Frau gesehen hatte, in ihrem Sessel und als sie in einen Sack mit der Aufschrift »Krankenhaus« gesteckt wurde, aber er verkniff sich diese Auskunft. Er suchte einen Aschenbecher und zeigte auf die Packung Tabak, die aus der Brusttasche seines Gegenübers hervorschaute.

»Sie dürfen gern eine rauchen.«

Vassbunns Hände zitterten, deshalb brauchte er einige Zeit, um sich eine Zigarette zu drehen, aber er schien dankbar zu sein.

»Nehmen Sie diese Medikamente nur jetzt, in Verbindung mit diesem Erlebnis?«

Volltreffer. Der Mann ließ Papier und Tabak fallen und zitterte noch mehr.

»Wie meinen Sie das?«

»Nun regen Sie sich doch nicht auf. Wir sagen doch niemandem etwas. Aber ich möchte wissen, ob Sie auch am fraglichen Abend Valium genommen hatten. Machen Sie das immer?«

Jetzt hatte Vassbunn sich so weit gefaßt, daß er wohl doch eine Zigarette zustande bringen würde. Er ließ sich mit der Antwort Zeit, dann zog er kräftig daran, hustete kurz und sagte: »Ich habe schon ein paar Nervenprobleme, wissen Sie. Bin ein wenig zittrig. Aber ich komme gut zurecht. Ich nehme eigentlich nur sehr wenig Medikamente.«

Das hörte sich nicht gerade überzeugend an. Erik Henriksen wartete auf die Antwort auf seine eigentliche Frage.

»Doch. Ich hatte an dem Abend wohl ein oder zwei Tabletten genommen. Hatte mich mit meiner Exfreundin gestritten. Mit der Mutter meiner Tochter. Die sollte in den Winterferien eigentlich zu mir kommen, aber dann ...«

»Eine oder zwei?« unterbrach der Wachtmeister ihn. »Hatten Sie eine oder zwei Tabletten genommen?«

»Zwei«, murmelte der Mann.

»Sie könnten also im Sessel eingeschlafen sein?«

»Ich war doch nicht müde, zum Henker! Ich mußte sogar Patiencen legen, um überhaupt schlafen zu können.«

»Aber kann das nicht daran liegen, daß Sie schon geschlafen hatten? Daß Sie ein wenig eingenickt waren? Ohne sich wirklich daran erinnern zu können?«

Der Mann gab keine Antwort. Dazu bestand auch kein Grund. Beide schwiegen, und der Wachtmeister schlug in der folgenden Viertelstunde erneut brutal auf die Tastatur ein. Diesmal konnte der Zeuge sich wach halten.

»Übrigens«, sagte Erik Henriksen so unvermittelt, daß Vassbunn zusammenzuckte. »Was haben Sie gemacht, nachdem Sie Agnes gefunden hatten?«

Der Zeuge hatte einen fast glasigen Blick, so als schaute er in sich hinein.

»Ich bin ganz einfach hysterisch geworden«, sagte er leise. »Komplett hysterisch.«

»Aber was haben Sie gemacht?«

»Können Sie Zigaretten drehen?«

Der Wachtmeister lächelte schief und zuckte mit den Schultern.

»Ein wenig bessere als die da auf jeden Fall«, sagte er und zeigte auf die mißratene Trompete, die im Aschenbecher ausgedrückt worden war.

»Würden Sie bitte eine für mich drehen?«

Vassbunn schob dem Polizisten den Tabak zu, und der hatte nach beeindruckend kurzer Zeit eine absolut akzeptable Zigarette fertig.

»Ich wußte einfach nicht, was ich tun sollte. Ich war ja schon völlig fertig, weil Olav verschwunden war, und dann saß Agnes da tot wie eine … tot eben. Und ich hatte das

Gefühl, an allem schuld zu sein, ich war vor Angst außer mir. Dann habe ich Maren angerufen.«

»Maren?«

Erik Henriksen blätterte überrascht in seinen Unterlagen und fand schnell, was er gesucht hatte. Er winkte ab, als der Zeuge weiterreden wollte, und las erst in Ruhe. Dann klappte er den Ordner zu und ließ den Mann fortfahren.

»Ja. Sie wohnt doch gleich in der Nähe und ist so viel mehr … so viel ruhiger und beherrschter als ich. Sie wollte mir auch gleich helfen. Sie kam schon nach wenigen Minuten. Sie war sauer, weil ich die Polizei noch nicht angerufen hatte. Und deshalb hat sie das gemacht.«

»Gut. Und dann?«

»Dann ist nicht mehr viel passiert. Ich habe mich unten hingesetzt, ich konnte einfach nicht im selben Zimmer sein wie Agnes. Maren hat sich um die Kinder und die Polizei und alles gekümmert. Ich bin nach Hause gefahren. – Darf ich jetzt bald gehen?« fügte er nach einer kleinen Pause noch hinzu. »Ich bin ziemlich kaputt.«

»Das kann ich gut verstehen. Aber wir müssen noch kurz über das sprechen, was früher an diesem Tag passiert ist. Schaffen Sie das noch? Möchten Sie einen Kaffee?«

Der Mann schüttelte den Kopf.

»Mehr Wasser vielleicht? Ich kann auch Cola holen, wenn Ihnen das lieber ist.«

»Wasser, bitte.«

Auch diesmal trank er alles auf einmal aus. Dann wartete er mit resignierter Miene und geschlossenen Augen auf die nächste Frage.

»Wann waren Sie im Heim?«

»Um neun. Nach dem Abendessen. Die Jüngsten waren schon im Bett.«

»Waren Sie an dem Tag schon mal im Heim gewesen?«

»Ja.«

Vassbunn öffnete die Augen. Es schien ihn zu überraschen, daß das mit der Sache etwas zu tun haben könnte.

»Wir hatten eine Besprechung. Die meisten waren da, glaube ich. Und dann wollte Agnes plötzlich noch mit jedem von uns unter vier Augen sprechen. So eine Art Mitarbeiterberatung oder so. Ich wußte nicht, was das sollte, und ich wurde auch nicht klüger, als ich dann an die Reihe kam. Terje war der erste, und bei ihm dauerte es wirklich eine Ewigkeit. Dann wäre eigentlich Maren drangewesen, aber sie mußte gehen, sie hatte einen Zahnarzttermin. Als nächste kam Cathrine, glaube ich, und dann ich. Es hat nicht lange gedauert…«

»Worüber haben Sie gesprochen?«

»Über alles und nichts. Wie ich die Lage so sähe, wie ich mit Olav zurechtkäme. Ob ich mich mit meiner Tochter gut verstünde. Meine Exfreundin und ich hatten doch Streit wegen…«

»Wissen Sie noch genau, wie lange dieses Gespräch gedauert hat?«

»Nein, nicht genau, eine halbe Stunde vielleicht. Eher weniger. Auf jeden Fall ging es viel schneller als bei Terje und Cathrine.«

Die Finger des Wachtmeisters hämmerten wieder auf der Tastatur herum. Inzwischen hatte der Zeuge verstanden, daß das eine Pause bedeutete.

»Haben Sie gesehen, ob irgendwo im Büro Messer lagen?« fragte er nach einem lauten Punkt, bei dem die Taste zwischen Komma und Bindestrich hängenblieb.

»Messer? Nein, natürlich lagen da keine Messer.«

»Wird das Büro manchmal abgeschlossen?«

Der Wachtmeister mühte sich mit der klemmenden Taste ab und versuchte, sie mit einem Kugelschreiber zu befreien.

»Wir setzen auf Vertrauen. Niemand darf ohne Agnes' Erlaubnis das Büro betreten. An einem Nagel über der Tür hängt zwar ein Schlüssel, aber ich habe nie erlebt, daß der benutzt worden wäre.«

Der Bildschirm vor Henriksens Augen füllte sich mit Punktreihen, die sich in einem entsetzlichen Tempo vermehrten. Ihm brach der Schweiß aus.

»Schalten Sie doch den Rechner mal aus«, schlug Vassbunn vor, und Henriksen hielt das für eine gute Idee. Endlich konnte er die Taste lospulen und den PC wieder einschalten. Den letzten Teil des Verhörs hatte er nicht gespeichert, deshalb schlug er sich ärgerlich vor den Kopf. Er brauchte einige Zeit, um diesen Patzer wiedergutzumachen.

»Aber dann ist es doch kein Problem, ins Büro zu gehen, wenn man das will«, sagte er endlich. »Unbemerkt, meine ich.«

»In einem Haus mit acht Kindern und vierzehn Angestellten? Nein, ich kann Ihnen sagen, das ist es wohl. Sie wissen nie, ob nicht in der nächsten Sekunde irgendwer auftaucht. Nur nachts ist es anders – falls Sie gerade Nachtdienst haben. Dann können Sie sich ziemlich sicher fühlen, obwohl natürlich immer wieder irgendein Kind aufwacht.«

»Haben alle mal Nachtdienst?«

»Nein, nur drei von uns. Und ab und zu Christian. Der ist eigentlich noch zu jung und verantwortungslos, wenn Sie mich fragen, aber manchmal ist ja jemand krank oder so.«

»Hat Terje Welby manchmal Nachtwachen gehalten?«

»Nein, jedenfalls nicht zu meiner Zeit.«

»Wie war er eigentlich?«

»Wer? Terje?«

»Ja.«

»Ach, was soll ich sagen? Er hatte ja die besten Empfehlungen. War Studienrat und überhaupt. Konnte vor allem mit den Jüngsten gut umgehen. Aber mit den Teenies ist er zu leicht aneinandergeraten.«

»Und Maren?«

»Maren ist die Tüchtigste von uns allen. Sie lebt für das Kinderheim. Sie hat einen unvorstellbaren Kontakt zu den Kindern. Agnes war ungeheuer begeistert von ihr. Das sind wir alle. Sie ist in gewisser Hinsicht ein bißchen altmodisch. Bei ihr wirkt die Arbeit wie eine Art ... Berufung.«

Er ließ sich dieses fremde Wort auf der Zunge zergehen.

»Kennen Sie sie auch privat?«

»Nein, eigentlich nicht. Ich kannte sie früher ja vom Sehen, aber wir haben nie etwas zusammen unternommen. Wissen Sie übrigens schon mehr über...« Er zog eine Grimasse und rieb sich den Nacken. »Ich habe grauenhafte Kopfschmerzen. Aber gibt es etwas Neues über Olav?«

»Tja ... wir wissen, daß er sich bis zum Wochenende in einem Wohnhaus in Grefsen versteckt hat. Der Junge ist offenbar ein Steher und kann für sich selbst sorgen. Aber natürlich haben wir Angst, ihm könnte etwas passiert sein. Wir suchen.«

»Er ist nicht ganz gescheit. Ich meine, ich habe im Laufe der Jahre allerlei gestörte Kinder kennengelernt, aber keins hätte es mit diesem Jungen aufnehmen können.«

»Nun gut. Das ist nicht unsere Aufgabe. Und unser Gespräch ist jetzt wohl auch beendet, Vassbunn.«

Der letzte Teil des Verhörs wurde ohne Punkt und Komma geschrieben. Es sah seltsam aus, mußte aber reichen. Eirik Vassbunn sah dermaßen erschöpft aus, daß der Wachtmeister schon mit dem Gedanken spielte, ihn persönlich nach Hause zu fahren. Aber dazu fehlte ihm die Zeit.

»Nehmen Sie sich ein Taxi, und schicken Sie uns die

Rechnung«, sagte er noch, als Vassbunn unsicher auf die Tür zuwankte. »Schicken Sie sie an mich. Gute Besserung!«

Erik Henriksen war sicher, daß Hanne Wilhelmsen mit dem Verhör sehr zufrieden sein würde. Trotz der fehlenden Interpunktion.

Es war verdammt öde, die ganze Zeit auf der Bude zu hocken. Vor allem natürlich vormittags, wenn es nichts im Fernsehen gab. Er war seit fast einer Woche nicht mehr draußen gewesen. Im Grunde fehlte ihm die Schule ein bißchen. Da hatte er immerhin etwas zu tun. Zu Hause passierte nichts. Seine Mutter war noch stiller als sonst. Sie war immer so verdammt still.

Vor der Besprechung mit dem Ausschuß, wo beschlossen worden war, daß er nicht mehr zu Hause wohnen dürfte, hatte er mit einer Frau gesprochen, die behauptet hatte, in dieser Angelegenheit so eine Art Richterin zu sein. Sie hätte auch die Wahrheit sagen können. Er wußte, daß sie die Ausschußvorsitzende war, seine Mutter hatte ihm schließlich alles genau erklärt. Er war sogar mit ihr beim Anwalt gewesen und hatte viele Papiere gelesen, die alle mit ihm zu tun hatten.

Die Besprechung hatte ziemlich lange gedauert. Sie hatte nicht im Büro der Ausschußvorsitzenden stattgefunden, sondern in einem großen Saal mit Tischen, bei denen nur auf einer Seite Stühle standen. Die Frau hatte gesagt, daß die Besprechung dort abgehalten werden sollte. Ihm war es ein wenig wie ein Gerichtssaal vorgekommen, und sie hatte nicht sonderlich überrascht gewirkt, als er das gesagt hatte. Sie sah nicht besonders norwegisch aus, sondern eher wie eine Indianerin, mit dunkler Haut und tiefschwarzen Haaren, aber sie hatte ganz normal gesprochen und einen norwegischen Namen gehabt.

Sie hatte ihn gefragt, wo er am liebsten wohnen würde, wenn er sich das selbst aussuchen könnte. Zu Hause, hatte er natürlich geantwortet. Doch dann hatte sie wissen wollen, warum. Und es war nicht gerade leicht zu erklären, warum man zu Hause wohnen will, deshalb hatte er nur gesagt, das sei eben so üblich und er wolle nicht umziehen. Die Frau hatte ihm ziemlich zugesetzt. Und sie hatte immer wieder dieselben Fragen gestellt. Was dieses Gespräch für einen Sinn haben sollte, hatte er nicht kapiert, am Ende wurde ja doch entschieden, daß er umziehen mußte. Schließlich hatte sie ihn noch gefragt, ob er seine Mutter liebhätte.

Was war denn das nun wieder für eine Frage? Alle hätten ja wohl ihre Mutter lieb, hatte er geantwortet. Er auch, klar doch.

Es war ihm gar nicht schwergefallen, das zu sagen. Es war doch die Wahrheit. Und er wußte, daß auch seine Mutter ihn liebte. Wir gehören zusammen, das sagte sie immer. Aber ihm kam das nicht immer so vor, wenn sie zusammen waren. Sie fürchtete sich vor allem möglichen, vor den Nachbarn, vor der Großmutter, vor seinen Lehrern. Und vor dem verdammten Jugendamt. Sie nervte ihn mit dem Jugendamt, soweit er zurückdenken konnte, vor allem, wenn jemand sich über ihn beklagt hatte.

Er wollte raus. Er mußte raus.

»Ich mach mal einen Spaziergang«, sagte er plötzlich und sprang vom Sofa auf.

Seine Mutter ließ langsam ihre Zeitung sinken.

»Das kannst du nicht, Olav. Das weißt du. Dann mußt du ins Kinderheim zurück.«

»Aber ich kann es hier nicht mehr aushalten«, jammerte er, ohne sich wieder zu setzen.

»Das verstehe ich ja. Aber wir müssen uns zuerst eine Lösung ausdenken.«

Er stemmte die Hände in die Seiten und spreizte die Beine. Das sah komisch aus, aber sie lachte nicht.

»Uns eine Lösung ausdenken? Wann denn? Wann willst du dir diese Lösung ausdenken, von der du schon die ganze Woche redest?«

Sie antwortete nicht, sondern umklammerte nur die Zeitung, die in ihren Händen zu einer Rolle geworden war.

»Du denkst dir keine Lösung aus, Mama. Du denkst dir nie eine Lösung aus.«

Er war nicht einmal wütend. Sein ovales, seltsames Gesicht sah fast traurig aus, und er streckte die Hand nach ihr aus, ließ sie dann aber sinken.

»Ich werde mir schon etwas einfallen lassen«, flüsterte sie. »Irgend etwas. Ich brauche nur noch ein bißchen Zeit.«

»Also echt, Mama.«

Mehr sagte er nicht, er drehte sich um und ging in die Diele hinaus. Seine Mutter sprang auf und lief hinter ihm her.

»Olav, mein Junge, du darfst nicht rausgehen!«

Sie hängte sich an seinen Arm. Olav Håkonsen war zwar erst zwölf Jahre alt, aber er wußte, daß seine Mutter Angst hatte. Außerdem wußte er, daß sie recht hatte, es wäre leichtsinnig, das Haus zu verlassen. Und er war sich sicher, daß sie entsetzliche Angst haben würde, solange er unterwegs war. Fast hätte er seine Absicht aufgegeben.

Aber er konnte nicht in der Wohnung bleiben. Sie war in diesem Moment ganz einfach zu klein. Er schüttelte seine Mutter ab und schnappte sich aus einer Schale, die auf der Kommode in der Diele stand, hundert Kronen. Er achtete nicht mehr auf das Weinen seiner Mutter und schloß die Tür hinter sich.

Als er die kühle Februarluft im Gesicht spürte, vergaß er seine Mutter und spürte fast so etwas wie Glück. Sicherheitshalber hatte er eine große Mütze aufgesetzt. Und es war schließlich schon dunkel, deshalb konnte ihn zumindest aus der Entfernung niemand erkennen. Außer dem gemopsten Hunderter hatte er noch fünfzig Kronen in der Tasche, sein unberührtes Taschengeld für zwei Wochen. Seine Mutter gab ihm weiter Taschengeld, obwohl er offiziell im Kinderheim wohnte. Er hatte sie früher an diesem Tag darum gebeten und es auch bekommen, obwohl sie dabei ein seltsames Gesicht gemacht hatte.

Am liebsten wäre er ins Einkaufszentrum gegangen. Er hatte Geld, um sich etwas Leckeres zu kaufen oder vielleicht an den Automaten zu spielen. Er konnte auch beides tun. Aber natürlich konnte er nicht hingehen. Da konnte er zu leicht erkannt werden. Was er tun konnte, war, mit dem Bus in ein anderes Einkaufszentrum fahren, in einen ganz anderen Stadtteil. Er war einige Male in Storo gewesen. Seine Mutter kannte dort von früher her eine Friseuse, die ihnen beiden ziemlich billig die Haare schnitt. Ihr verdankte er auch die Punkfrisur, die jetzt langsam verschwand, die eine Hälfte seines Kopfes war nicht mehr ganz kahl. Er hatte seine Frisur fetzig gefunden, seine Mutter dagegen hatte ein müdes, trauriges Gesicht gemacht, als sie ihn damit gesehen hatte.

Er wollte nach Storo. Auch wenn er nicht mehr wußte, ob er dort Spielautomaten gesehen hatte.

Auf den Bus brauchte er nur wenige Minuten zu warten. Er reichte dem Fahrer wortlos den Fünfziger und steckte das Wechselgeld in die Tasche, dann setzte er sich in dem fast leeren Bus nach ganz hinten. Es war später Nachmittag, fast schon Abend, aber es war Donnerstag, und deshalb würde im Einkaufszentrum noch einiges los sein. So war es im Grunde am besten, fand er.

Die Fahrt dauerte nicht sehr lange. Er fing an, mit seinem Taschenmesser den Bussitz zu zerschneiden, aber dann setzte sich ein Mann neben ihn, und er mußte damit aufhören.

Olav verknackste sich den Fuß, als er aus dem Bus sprang, und er jammerte ein wenig. Der Schmerz erinnerte ihn an seine Mutter, und damit war seine gute Laune verschwunden.

Es gab auch keine richtigen Spielautomaten, sondern nur eine bescheuerte Lotteriemaschine, an der er garantiert nie etwas gewinnen würde, und eine Art Einarmigen Banditen, der auch nicht weiter witzig war. Aber es gab zwei Cafés, und er hatte Hunger. Das eine war eine Art feinerer Imbiß, wo warmes Essen und Bier serviert wurden. Das andere war eher eine Konditorei. Dorthin ging er. Es gab mehrere freie Tische, und er kaufte sich eine große Cola und zwei Stück Kuchen.

Das Einkaufszentrum von Storo kam ihm viel altmodischer vor als das bei ihm zu Hause, und es war auch um einiges kleiner. Aber gemütlich war es trotzdem. Am Nachbartisch saß ein unglaublich alter Mann und führte Selbstgespräche. Olav mußte über die vielen komischen Dinge lachen, die der Alte sagte. Er verschüttete die ganze Zeit seinen Kaffee, und die Kellnerin war ziemlich sauer, als sie zum drittenmal einen Lappen bringen mußte. Als der Mann merkte, daß Olav seinen Monolog verfolgte, zog er seinen Stuhl zu Olavs Tisch hinüber und brabbelte weiter über den Krieg und das Meer und seine Frau, die schon lange tot war. Olav fand das alles wunderbar und bestellte für sich noch eine Cola und für den Alten noch einen Kaffee; der Alte lächelte und bedankte sich wirklich überschwenglich.

Er war so lustig, daß Olav nicht rechtzeitig reagierte. Zwei uniformierte Polizisten kamen auf das Café zu.

Der Junge blieb ganz still sitzen. Nicht, weil das das einzig Vernünftige war, sondern aus purer Panik. Die Möglichkeit, der Polizei zu begegnen, war ihm so unendlich fern vorgekommen.

Die Kellnerin winkte den Polizisten zu.

»Jetzt sitzt er schon seit vier Stunden hier und trinkt nur Kaffee. Er kleckert und stört die anderen Gäste«, beklagte sie sich und zeigte auf den alten Mann.

Der hielt zum erstenmal, seit Olav hier war, den Mund und versuchte, sich hinter seiner Kaffeetasse zu verstecken. Er rückte näher an Olav heran, so als habe der Junge ihm irgendeinen Schutz zu bieten. Als der Junge langsam aufstand, den Polizisten den Rücken kehrte und verschwinden wollte, packte der Alte ihn am Arm und flüsterte verzweifelt: »Nicht weggehen, Junge. Nicht von mir weggehen!«

Dafür, daß er so klein und mager war, hatte er starke Hände, auch wenn sie zitterten. Olav spürte die Finger durch den Ärmel und mußte den Arm wild schütteln, um sich davon zu befreien. Das dauerte einige Sekunden, und in der Zwischenzeit hatten die Polizisten ihren Tisch erreicht.

»Seid ihr zusammen hier?« fragte der eine.

Olav starrte auf den Boden und zog sich die Mütze noch weiter über die Ohren.

»Nein, ich kenne ihn überhaupt nicht«, sagte er und ging auf den Ausgang zu.

Er hatte den Blumenladen bei den automatischen Türen beinahe erreicht, als er den einen Polizisten rufen hörte. Da hier die ganze Zeit Leute ein und aus gingen, spürte er bereits den kalten Luftzug der Freiheit dort draußen.

»He, du! Warte mal!«

Er blieb stehen, sah sich aber nicht um. Die Mütze juckte an seiner Stirn, doch er wagte nicht, sie höher zu schieben. Er hatte etwas im Schuh, etwas, das riesengroß geworden war und ihm die Fußsohle zerschnitt, so daß sein Bein fast gelähmt war. Irgend etwas hatte seine Lunge gepackt, und er konnte kaum atmen. Er sah die vielen Menschen, die kamen und gingen, Männer mit Frau und kleinen Rotzgören in Kinderwagen, alle mit Mündern, die lächelten und sich bewegten. Und doch konnte er nur das heftige Hämmern seines eigenen Herzens hören. Ihm war schlecht. Entsetzlich schlecht.

Und dann rannte er los. Er hatte es perfekt berechnet, die Türen standen weit offen, wollten sich gerade schließen. Alle Menschen, die das Einkaufszentrum betreten oder verlassen wollten, blieben stehen und starrten dem Jungen hinterher, der wie eine riesige Kanonenkugel auf dem Parkplatz verschwand. Sie standen den beiden Polizisten im Weg, die nun die Verfolgung aufgenommen hatten, und die Türen konnten einander noch berühren, ehe sie viel zu langsam wieder auseinanderglitten und die beiden fluchenden Polizisten endlich freiließen. Als sie vor dem Einkaufszentrum standen, konnten sie den Jungen nirgends mehr sehen. Sie liefen in unterschiedliche Richtungen. Der eine verlor seine Mütze und mußte noch mit ansehen, wie sie von einem Auto überfahren wurde, dann lief er weiter.

Der andere hatte mehr Glück. Als er das Parkhaus erreichte, sah er jemanden die außen angebrachte Treppe hochjagen. Mütze und Steppjacke, die er über dem Geländer gerade noch erkennen konnte, stimmten. Er überlegte kurz, ob er seinen Kollegen verständigen sollte, ehe er die Verfolgung fortsetzte, erkannte aber rasch, daß das Parkhaus so viele Ausgänge hatte, daß ihm einfach die Zeit fehlte. Er stürmte hinter dem Jungen her die Treppen hoch.

Sein Kollege, der auf eine einige hundert Meter entfernt

gelegene Tankstelle zuhielt, begriff trotzdem, was vor sich ging und steuerte die Autorampen vor dem Parkhaus an, um dem Jungen dort den Weg abzuschneiden. Nur wenige Sekunden nach seinem Kollegen erreichte er die oberste Parkhausebene. Der Junge war nirgends zu sehen. Der ältere Kollege machte mit der Hand eine Zickzackbewegung, wie das Bild eines jagenden Hais. Dann suchten sie das gesamte Geschoß ab. Sie sahen bei allen Autos nach. Sie suchten vor, hinter und zwischen den Wagen. Sie untersuchten sogar jedes einzelne Auto, obwohl sie beide nicht glaubten, daß ein zwölfjähriger Fettwanst unter einen normalen Personenwagen paßte. Schließlich mußten sie der für zwei durchtrainierte Polizisten im besten Alter doch sehr peinlichen Tatsache in die Augen sehen, daß Olav Håkonsen, der vermißte Junge, abermals spurlos verschwunden war.

Ohne große Begeisterung oder Hoffnung setzten sie die Suche im Einkaufszentrum und in dessen Umgebung noch eine halbe Stunde fort. Dann saßen sie betreten in ihrem Streifenwagen und erstatteten Bericht: Der Junge war gesehen und verfolgt worden, hatte jedoch entkommen können. Da seine bisher letzten Spuren aus Grefsen stammten, konnte die Polizei zu dem falschen Schluß kommen, er habe sich die ganze Zeit in dieser Gegend aufgehalten. Das befreite sie von dem Verdacht, er habe sich bei seiner Mutter versteckt, einem Verdacht, der sich noch verstärkt hatte, als mehrere Nachbarn, natürlich anonym, ihre Überzeugung vorgetragen hatten, daß Olav Håkonsen in seiner eigenen Wohnung in Deckung gegangen sei.

Aber immerhin, der Junge war am Leben. Das war doch auch ein Trost.

Zwei Tage nach dem Anruf des Betreuers war das Jugendamt zur Stelle. Olav war gerade elf geworden. Ich hatte sie nicht erwartet. Ich war davon ausgegangen, daß sie mich zu sich bestellen würden. Ich hatte schon im Branchenfernsprechbuch nach einem Anwalt gesucht. Darauf hatte ich Anspruch, die Kosten würden übernommen werden, das wußte ich. Aber im Telefonbuch stand so wenig darüber, was die einzelnen Anwälte machten, und viele schienen sich ganz unterschiedlich spezialisiert zu haben.

Da standen sie also vor der Tür. Zwei, eine Frau und ein Mann. Ich war keinem von ihnen je begegnet, aber ich hatte auch schon jahrelang nichts mehr mit dem Jugendamt zu tun gehabt. Sie waren recht freundlich, nehme ich an, ich kann mich nicht mehr so genau erinnern. Sie wollten eine Untersuchung in die Wege leiten, teilten sie mir mit. Auf der Grundlage von etwas, das sie »Besorgnismomente« nannten.

Besorgnismomente! Ich machte mir seit über elf Jahren Sorgen um den Jungen, und jetzt erst kamen sie. Sie fragten, ob sie hereinkommen dürften, und sie sahen sich so um wie die Frau vom Sozialamt, damals, als Olav noch ein Baby gewesen war. Verstohlen irgendwie und doch ganz offensichtlich.

Es war ein Donnerstag, und ich hatte gerade in der ganzen Wohnung geputzt. In der Hinsicht konnten sie mir also keine Vorwürfe machen. Ich bot Kaffee und Kekse an, aber sie rührten nichts an. Ob sie wohl glaubten, ich wollte sie vergiften?

Dann erzählten sie mir all das, was ich ohnehin schon wußte. Daß Olav sich abweichend und aggressiv verhielt, daß er von den älteren Kindern immer wieder zu irgendwelchen dummen Streichen verleitet wurde. Daß er in der Schule nicht gut genug war und andere vom Lernen abhielt. Daß er zu dick war. Wie wir uns eigentlich ernährten? Ich war wütend, das weiß ich noch genau. Ich zog die Frau in die Küche und riß den Kühlschrank auf. Milch, Käse, Fischfrikadellen vom Vortag. Margarine und Zwiebeln und eine Tüte Äpfel.

Sie machte sich Notizen, und ich konnte sehen, daß sie »Voll-

milch« schrieb. Da gab ich auf. Mein Junge trank nun einmal weder fettarme noch Buttermilch. Hielten sie es denn für besser, ihm überhaupt keine Milch zu geben?

Sie blieben lange, und ich kann mich wie gesagt an vieles nicht mehr erinnern. Zum Glück war Olav nicht zu Hause – allerdings schauten sie immer wieder vielsagend auf die Uhr, als es dunkel wurde und er sich noch immer nicht blicken ließ. Sie wollten sich bei verschiedenen Instanzen erkundigen, sagten sie, daß könne einige Monate dauern. Dann wollten sie wissen, ob ich gegen eine fachliche Begutachtung etwas einzuwenden hätte. Ein Psychologe oder Psychiater würde mit uns beiden sprechen, danach würde das Jugendamt dann »besser beurteilen können, was wir brauchten«.

Etwas einzuwenden? Ich hatte über fünf Jahre lang versucht, den Kopf des Jungen untersuchen zu lassen, ohne irgendwo Hilfe zu finden. Natürlich hatte ich nichts dagegen einzuwenden. Ich wußte schließlich, daß irgend etwas nicht stimmte. Und das hätte längst ermittelt sein müssen. »Besser spät als nie«, sagte ich und registrierte, daß die beiden einen Blick wechselten. Aber warum ein Psychologe mit mir reden sollte, konnte ich nicht begreifen. Das zuzulassen, hätte doch ein Eingeständnis bedeutet, daß ich an allem schuld sei. Also weigerte ich mich.

Als die Sachverständige ihre Arbeit endlich aufnahm, erklärte ich mich doch damit einverstanden, daß sie Olav und mich zweimal in unserer Wohnung besuchte. »Kommunikationsbeobachtung« nannte sie das nachher in ihrem Bericht. Ich fand mich darin überhaupt nicht wieder. Alles wurde verzerrt und verdreht. Ich versuchte, meinem Anwalt klarzumachen, daß es nicht meine Schuld war, wenn Olav abends spät ins Bett ging. Ich konnte natürlich versuchen, ihn zu zwingen, aber dann hätte es nur Krach gegeben, und es war doch sicher besser, wenn wir uns gut verstanden und Ruhe herrschte, statt daß der Junge schlaflos im Bett lag. »Ernsthafte Grenzziehungsprobleme«, schrieb die Psychologin.

Wie ich vorausgesehen hatte, stellten sie fest, daß er an MCD leidet. Die Untersuchung ergab zwar »einen niedrigen Grad von MCD«, aber mein Anwalt versicherte mir, daß sie sich immer so ausdrückten.

Ich hatte es die ganze Zeit gewußt. Und niemand hatte auf mich hören wollen. Jetzt aber, da wissenschaftlich bewiesen war, daß meinem Jungen etwas fehlte, behauptete das Jugendamt, unter diesen Umständen könne ich mich nun wirklich nicht um ihn kümmern. So schwierig, wie er sei. Und sie waren trotz allem nicht davon überzeugt, daß er krank ist, denn die Symptome von MCD sind die gleichen wie die von normaler Vernachlässigung.

Sie wollten mir absolut Therapie und Betreuung in der Wohnung andienen. Ich sagte, daß ich wirklich alles tun wollte, um Olav zu helfen, daß ich selbst aber keine Hilfe brauchte. Ich war ja nicht krank. Mit mir stimmt schließlich alles.

Am Ende landete der Fall vor dem Bezirksausschuß. Sie wollten mir meinen Jungen wegnehmen.

Ich hatte nächtelang nicht mehr geschlafen. Als ich zu der Besprechung ging, merkte ich, daß ich nicht gut roch, obwohl ich doch morgens noch geduscht hatte. Meine Kleider kamen mir zu klein vor, und ich bereute, die blaue Kunstfaserbluse und nichts aus Baumwolle angezogen zu haben. Aber mein Anwalt hatte mir geraten, mich sorgfältig zu kleiden. Während der ersten Stunde konnte ich nur daran denken, daß mein Geruch immer schlimmer wurde und daß die Schweißringe unter meinen Armen immer deutlicher zu sehen waren. Mir war schwindlig. Eine große mollige Frau mit Pferdeschwanz und Brille und einer komischen Mischung von Akzenten ließ sich immer wieder darüber aus, was alles im Laufe der Jahre schiefgegangen sei. Sie war die Anwältin des Jugendamtes. Im Ausschuß saßen fünf Menschen, vier Frauen und ein Mann. Drei machten sich eifrig Notizen, der Mann ganz links jedoch schien immer wieder einzunicken. Die eine Frau, sie war sicher schon über sechzig, sah mich die ganze Zeit an, mit einem Blick, von dem mir nur noch schwindliger und unwohler wurde. Am Ende mußte ich um eine Pause bitten.

Mein Anwalt brauchte viel weniger Zeit als die Anwältin des Jugendamtes. Das war sicher ein schlechtes Zeichen, aber ich wagte nicht, ihn danach zu fragen. Außerdem ließ das Jugendamt eine ganze Armee von Zeugen aufmarschieren. Ich hatte keine. Der Anwalt hatte gesagt, das sei nicht nötig. Mir waren auch keine eingefallen, als er mich danach gefragt hatte.

Nach zwei Tagen fiel die Entscheidung. Die Ausschußvorsitzende, die die ganze Zeit freundlich gewesen war, fragte mich, ob ich das Gefühl hätte, daß wir zu einem wichtigen Ergebnis gekommen seien, und ob ich noch etwas hinzufügen wolle. In mir steckte ein riesiger Klumpen von Wörtern, die nicht gesagt worden waren. Ich wollte sie so gern dazu bringen, daß sie verstanden. Ich wollte mit ihnen in der Zeit zurückgehen und ihnen alles zeigen, was gut war, ihnen zeigen, wie sehr Olav und ich uns liebten. Ich wollte ihnen klarmachen, daß ich alles für meinen Jungen getan hatte, daß ich nie Alkohol getrunken oder andere Rauschmittel genommen hatte, daß ich ihn nie geschlagen hatte, daß ich immer, immer Angst gehabt habe, ihn zu verlieren.

Aber ich schüttelte nur den Kopf und starrte auf den Boden.

Zwölf Tage danach erfuhr ich, daß sie mir meinen Sohn weggenommen hatten.

Olav Håkonsen lag hinter dem Parkhaus beim Einkaufszentrum von Storo in einem Abfallcontainer und fragte sich, wie lange er hier wohl schon lag. Sein Kopf tat entsetzlich weh, und der Container stank wie die Pest. Er versuchte sich aufzurichten, sank aber zwischen den vielen Mülltüten wieder zurück. Es war jetzt ganz dunkel. Als er auf die Uhr schauen wollte, sah er, daß seine Swatch verschwunden war. Er konnte sich nicht erinnern, ob er sie vorhin noch getragen hatte. Beim nächsten Versuch, sich aufzurichten, wurde ihm schlecht, und er erbrach Kuchen und Cola. Das half ein bißchen.

Der Container war nur halb voll, aber der Müll war ungleichmäßig verteilt, und er lag so hoch oben, daß er die eiskalte Metallkante gerade noch erreichte. Auch seine Handschuhe waren verschwunden. Endlich konnte er sich hochziehen, geriet auf der schaukelnden Unterlage jedoch aus dem Gleichgewicht. Er versuchte, sich zu erinnern, was geschehen war.

Er war gesprungen. Sechs oder sieben Meter über sich sah er die Kante der obersten Parkebene. Es war die einzige Rettung gewesen, das wußte er noch. Mehr wußte er nicht.

Er vergrub sich immer tiefer zwischen den schwarzen stinkenden Müllsäcken und versank in einer gesegneten, traumlosen Finsternis.

Erik Henriksen hatte einen langen Arbeitstag hinter sich, und noch immer konnte von Feierabend keine Rede sein. Fünf Verhöre standen noch aus, und er nahm nicht an, daß sie die auf den nächsten Tag verlegen könnten. Jedenfalls nicht, wenn er und Tone-Marit sie allein durchziehen sollten.

Die Götter mochten wissen, womit Hanne und Billy T. eigentlich ihre Zeit verbrachten. Nicht, daß er sie der Drückebergerei bezichtigen wollte. Aber es wäre doch nett gewesen zu wissen, was sie so trieben. Im Büro ließen sie sich nicht gerade oft sehen, und Billy T., der doch eigentlich für die Verhöre zuständig war, war meistens nicht zu finden. Ab und zu hatte Erik Henriksen das Gefühl, gar nicht so richtig dazuzugehören. So, als hätten die anderen kein richtiges Vertrauen zu ihm. Und das war nicht gerade die große Inspiration. Ab und zu empfand er sogar eine leise bohrende Irritation, fast schon Wut, die sich gegen Hanne Wilhelmsen richtete. Das war eine ganz neue Regung, und er wußte nicht so recht, wie er damit umgehen sollte.

Er ließ den Kopf hin und her kippen und spürte, wie seine Nackenmuskulatur sich verspannte. Er war müde, schlecht aufgelegt und hatte alles satt. Und jetzt wollte er nach Hause.

Tone-Marit stand in der Tür. Sie sagte nichts, sie lächelte nur.

Sie war ganz normal. Ziemlich nett. Ihr Gesicht war kreisrund, obwohl sie doch schlank war. Ihre Augen waren schräg und schmal, wenn sie lächelte, verschwanden sie ganz. Ihre Haarfarbe änderte sich ab und zu; in dem Jahr, seit er sie kennengelernt hatte, war sie von Blond über Kupferrot zum jetzigen Dunkelbraun gewandert. Er wußte nicht, ob ihre Locken echt oder ebenfalls gekauft waren.

Sie redete zumeist nicht viel. Er wußte auch kaum etwas über sie. Aber nun stand sie hier, und es war später Nachmittag. Billy T. war über alle Berge. Hanne Wilhelmsen war ein aussichtsloser Fall. Tone-Marit stand in der Tür und lächelte.

»Wollen wir ins Kino gehen?« fragte er, ohne nachzudenken, und sie sah nicht einmal überrascht aus.

»Gern«, sagte sie. »In welchen Film denn?«

»Mir egal«, sagte er und fühlte sich schon weniger erschöpft.

Sie spazierten in die Innenstadt. Es war zu spät für die Vorstellung um sieben, und bis zu der um neun hatten sie noch jede Menge Zeit.

Tone-Marit hatte einen schönen Gang. Einen entschlossenen aufrechten Gang mit einem leisen femininen

Hüftschwung, der bei ihr nicht albern wirkte. Sie hielt den Kopf hocherhoben und war fast so groß wie er mit seinen eins zweiundachtzig. Sie trug eine kurze lederne Fliegerjacke über hautengen Jeans, unter denen ziemlich spitze Schnürstiefel hervorlugten. Auch jetzt sagte sie nicht viel, aber das machte nichts.

Nach einer halben Stunde hatten sie das Klingenberg-Kino erreicht. Inzwischen hatte er erfahren, wo sie wohnte und daß sie dort allein wohnte. Außerdem spielte sie Fußball in der Oberliga, ging fünfmal pro Woche zum Training und hatte schon sechs Länderspiele hinter sich. Er war ausgesprochen beeindruckt und überrascht, daß er von all dem nichts gewußt hatte.

Als sie die gläsernen Schaukästen im Kinofoyer umrundeten, erblickte er Hanne Wilhelmsen. Ihn überkam das alte Gefühl, daß sein Herz ein wenig schneller schlug, aber zum erstenmal mischte sich auch etwas Negatives, fast Deprimierendes darunter, die Wut, die er nicht ganz abschütteln konnte. Er ging langsamer, fuhr sich über sein sommersprossiges Gesicht und spielte mit dem Gedanken, lieber zum Saga-Kino zu wechseln. Aber sie hatten sich doch schon einen Film ausgesucht.

Hanne Wilhelmsen zupfte an ihrer Eintrittskarte herum und unterhielt sich mit drei anderen Frauen. Zwei hatten kurze Haare und sahen einander ziemlich ähnlich, die eine trug einen alten Anorak, die andere eine graubraune, formlose Jacke und Schaftstiefel. Beide hatten altmodische Intellektuellenbrillen. Die Dritte war ganz anders. Sie hatte halblange blonde Haare und war fast so groß wie Hanne. Unter einem offenen langen Mantel aus irgendeinem dünnen Stoff, der teuer aussah, trug sie ein tiefrotes durchgeknöpftes Kleid. Die beiden obersten Knöpfe waren offen, den Kragen hatte sie hochgeklappt. Jetzt legte sie den Kopf in den Nacken und lachte über eine Bemerkung der einen Kurzgeschorenen. Hanne, die halb zu Erik und Tone-Marit gewandt dastand, stupste ihre Schulter an und lächelte auf eine Weise, wie er es bei ihr noch nie erlebt hatte. Ihr Gesicht war so offen, sie wirkte jünger, fröhlicher, irgendwie nicht so *kontrolliert*.

Plötzlich sah sie ihn.

Erik war hier. Und Tone-Marit. Das war ihr natürlich schon oft passiert. Auch Kollegen gehen eben aus. So groß ist Oslo nun auch wieder nicht. Sie hatte ihre Strategien. Ein leichtes Nicken, ein kurzes Winken, dann eilte sie davon, als habe sie ein wichtiges Ziel. Etwas, das eilig war und ein ausführliches Gespräch verhinderte. Das wirkte immer, auch wenn Cecilie dann sauer oder zumindest traurig war.

Aber hier, vor einem Kino, dessen nächste Vorstellung erst in zwanzig Minuten beginnen würde, zusammen mit allen anderen Wartenden, die mit ihren Eintrittskarten winkten, konnte sie das nicht machen. Und die Leute waren ihre eigenen Untergebenen. Menschen, mit denen sie eng zusammenarbeitete. Jeden Tag. Sie mußte mit ihnen sprechen.

Um den anderen zuvorzukommen, ließ sie ihre Freundinnen stehen und ging auf die Kollegen zu. Sie merkte zu spät, daß Cecilie ihr folgte. Karen und Miriam begriffen sofort und verschwanden im Kino-Inneren. Daß die beiden auf Teufel komm raus so lesbenhaft aussehen wollten, war unbegreiflich. Und ab und zu auch unangenehm.

Sie hatte keine Ahnung, was sie sagen sollte. Also sagte sie die Wahrheit.

»Das ist Cecilie.«

Drei Sekunden lang stand die Welt still, dann fügte Hanne hinzu: »Wir haben eine gemeinsame Wohnung. Wir wohnen zusammen.«

»Ach«, sagte Erik Henriksen und reichte Cecilie die Hand. »Erik. Wir arbeiten zusammen.«

Seine linke Hand beschrieb einen Bogen, der ihn, Hanne und Tone-Marit einschloß.

»Und du, bist du auch eine Kollegin?« fragte er zögernd und blickte Cecilie ins Gesicht.

»Nein, ganz und gar nicht.« Sie lachte. »Ich arbeite im Ullevål Krankenhaus. Und du bist also Erik. Von dir habe ich schon einiges gehört.«

Hanne sah, daß Erik mit seinem ewigen Erröten kämpfte, und dankte den höheren Mächten, weil so ihr eigenes weniger auffallen würde. Sie wagte nicht, Tone-Marit anzusehen.

»Habt ihr noch viel erledigen können?« fragte sie leichthin und machte einen unmerklichen Schritt zur Seite, um nicht zu dicht neben ihrer Freundin zu stehen.

»Fünf Verhöre stehen noch aus«, sagte Tone-Marit. »Die schaffen wir sicher morgen. Übrigens ist heute nachmittag der Junge gesehen worden.«

Hanne riß sich zusammen. »Gesehen? Von unseren Leuten?«

»Ja, im Einkaufszentrum von Storo. Aber er ist entwischt«, erzählte Erik. »Schon ein harter Brocken. Jetzt ist er vierzehn Tage unterwegs. Da oben wird jetzt alles abgesucht. Die Villa, in der er einige Tage verbracht hat, ist ja nicht so weit von Storo entfernt. Die Jungs glauben, daß er vielleicht einen neuen Schlupfwinkel gefunden hat, deshalb kämmen sie verlassene Höfe und so was durch. Und Abbruchhäuser.«

»Na«, sagte Hanne locker und versuchte, diese unerwünschte Begegnung hinter sich zu bringen. »Laß uns reingehen. Ich will die Werbung sehen.«

»Sie ist ein hoffnungsloser Fall«, Cecilie lächelte wie zur Entschuldigung. »Sie liebt Werbung.«

»Den Spruch hättest du dir wirklich sparen können«, fauchte Hanne, als sie außer Hörweite waren.

»Ich finde, du hast das gut gemacht, Hanne«, sagte Cecilie ruhig, nahm Hanne die Eintrittskarten ab und reichte sie dem Türsteher.

»Ich hatte ja keine Ahung, daß Hanne eine Mitbewohnerin hat«, murmelte Erik, als er und Tone-Marit ihre Plätze gefunden hatten. »Ziemlich tolle Frau übrigens.«

Tone-Marit machte sich an einem Trinkhalm zu schaffen, der einfach nicht in den Saftkarton hineinwollte.

»Ich glaube nicht gerade, daß sie nur zusammen wohnen«, sagte sie ruhig und bohrte endlich den widerspenstigen Trinkhalm durch das Loch.

Aber inzwischen hatte Erik sich schon in seine Tüte Schokobonbons vertieft und freute sich auf den Film.

10

Am Freitag morgen um zehn rief Maren Kalsvik wieder bei Billy T. an. Kenneth war krank. Er weinte und wollte sie nicht fortlassen. Normalerweise würde sie nicht darauf eingehen, erklärte sie, aber in letzter Zeit sei doch so viel passiert. Der Junge sei verzweifelt, habe Angst und neununddreißig Grad Fieber. Sie wisse, daß sie sehr viel verlange, aber da die anderen Heimangestellten ohnehin schon auf der Wache auf die Verhöre warteten, wolle sie doch darum bitten, daß er zu ihr komme. Ins Kinderheim.

Billy T. konnte Kenneth gut leiden. Und er kannte sich mit kranken Kindern aus.

Um zwanzig vor elf stellte er seinen Wagen vor dem Kinderheim Frühlingssonne ab. Er hatte Hanne nicht erreicht, und das beunruhigte ihn ein wenig. Er hätte sie fast zu Hause angerufen, nur um in Erfahrung zu bringen, ob sie dort war, hatte diesen Plan dann aber doch wieder aufgegeben.

Als er das Tor öffnete und zu dem großen Haus gehen wollte, kam eine magere Frau aus der Tür. Sie sah ihn, blieb stehen und wartete, bis er sie erreicht hatte.

»Sie sind von der Polizei«, sagte sie skeptisch und blickte ihn forschend an.

Er bestätigte ihre Vermutung, und sie starrte ihn weiterhin konzentriert an, so als ob sie versuchte, sich an etwas zu erinnern. Dann schüttelte sie rasch den Kopf. Wortlos hielt sie ihm die Tür auf und lief danach über den Kiesweg zum Tor.

Raymond kam die Treppe heruntergepoltert und wäre

fast mit Billy T. zusammengestoßen, als der Polizist einen Blick in den Aufenthaltsraum werfen wollte.

»Ach, bist du nicht in der Schule?« fragte Billy T.

»Hatte meine Turnklamotten vergessen. Maren ist im Besprechungszimmer«, rief der Siebzehnjährige und knallte mit der Tür, als wollte er die Toten aufwecken.

Kenneth aber, der im ersten Stock schlief, wurde davon zum Glück nicht wach.

»Endlich. Er hat letzte Nacht fast kein Auge zugetan«, sagte Maren Kalsvik erschöpft und bot ihm einen Stuhl an. »Sie offenbar auch nicht.«

Sie lächelte kurz, kniff die Augen zusammen und zuckte mit den Schultern.

»Das geht schon. Aber ich mache mir Sorgen. Die Kinder leiden unter der Situation, wissen Sie. Gerade unsere, die vor Unruhe geschützt werden sollten. Deshalb sind sie doch hier. Ha! Ein Mord und ein Selbstmord. In anderthalb Wochen!«

Sie schlug die Hände vors Gesicht und blieb einige Sekunden in dieser Haltung sitzen, dann sprang sie auf und schlug mit aufgesetzt fröhlicher Stimme vor, nun aber mit dem Verhör zu beginnen.

»Da wir das bei Ihnen machen«, sagte Billy T. und stellte ein Tonbandgerät mitten auf den Tisch, »benutze ich das hier. Okay?«

Sie gab keine Antwort, was er für Zustimmung hielt. Nach einigem Hin und Her funktionierte das Tonbandgerät schließlich, obwohl es mindestens fünfzehn Jahre alt war und tickte wie ein altes Uhrwerk. Es gehörte der Osloer Polizei, und aus irgendeinem Grund wurde das durch sechs verschiedene Aufkleber kundgetan. Neben das Tonbandgerät legte er sein Funktelefon. Es war sein privates und erst zwei Monate alt. Seine Söhne hatten es ihm zu Weihnachten geschenkt, und das mußte bedeuten, daß ihre Mütter sich auf irgendeine Weise abgesprochen hatten.

»Muß ich einschalten«, sagte er entschuldigend. »Ist zwar saublöd, aber wir stecken ja mitten in einer Ermittlung. Die anderen müssen mich erreichen können.«

Sie schwieg noch immer. Vermutlich konnte er auch dieses Schweigen als Zustimmung auslegen.

»Gehen wir zum Abend des Mordes zurück«, sagte er.

»Das mache ich jeden Abend«, sagte sie leise. »Wenn ich mich endlich hinsetzen und ein wenig entspannen kann. Dann ist es wieder da. Alles. Dieser entsetzliche Anblick.«

Eigentlich bewunderte er sie. So jung und so große Verantwortung. Liebe genug für eine ganze Kinderschar. »Wohnen Sie jetzt hier?« fragte er.

»Ja. Vorübergehend. Bis wieder Ruhe eingekehrt ist.«

Das Tonbandgerät hörte plötzlich auf zu ticken, und er machte sich wieder an den Knöpfen zu schaffen, die einfach nicht unten bleiben wollten. Nach einigem Drükken hier und da schien das Gerät endlich wieder zu funktionieren.

»Wissen Sie noch genau, wann Eirik Vassbunn Sie angerufen hat?«

»Das muß kurz vor eins gewesen sein. Nachts, meine ich.« Sie lächelte schwach.

»Wie kam er Ihnen vor?«

»Total hysterisch.«

»Hysterisch? Wie meinen Sie das?«

»Er weinte und stotterte und konnte überhaupt nichts erklären. War völlig aufgelöst.«

Ihr Gesicht hatte einen harten Zug angenommen. Sie zog das Gummi aus ihren Haaren, faßte die Haare neu zusammen und streifte das Gummi wieder darüber.

»Er sagt, Sie seien schon hier gewesen, noch ehe er die Polizei angerufen hat.«

Billy T. erhob sich und ging zum Fenster. Er verschränkte die Hände auf dem Rücken und fragte, ohne sie anzusehen: »Warum haben Sie das beim ersten Verhör nicht gesagt?«

Dann fuhr er herum und starrte sie an.

Aber in ihrem Gesicht las er nur aufrichtige Überraschung.

»Aber das habe ich doch ganz deutlich gesagt«, sagte sie. »Da bin ich mir hundertprozentig sicher.«

Billy T. ging zum Tisch und griff nach dem Protokoll des ersten Verhörs. Es war fünf Seiten lang und unterschrieben von Kalsvik und Tone-Marit Steen.

»Hier«, sagte er und las vor. »Die Zeugin sagt aus, Eirik Vassbunn habe sie gegen 01.00 Uhr angerufen. Es kann zehn Minuten vor oder nach gewesen sein. Sie glaubt nicht, daß sie mehr als eine Viertelstunde gebraucht hat, um den Tatort zu erreichen. Vassbunn war sehr aufgeregt, und die Polizei mußte ihn zum Notarzt bringen. Schluß aus. Kein Wort davon, daß die Polizei bei Ihrem Eintreffen noch nicht hier war.«

»Aber ich habe es ganz bestimmt gesagt«, beharrte sie. »Warum hätte ich es nicht sagen sollen?«

Billy T. rieb sich den Schädel. Er mußte sich rasieren. Es piekste und juckte auch ein bißchen. Er wußte, daß sie wahrscheinlich die Wahrheit sagte. Das Protokoll teilte zwar nicht mit, daß sie vor der Polizei hier gewesen war, es behauptete aber auch nicht das Gegenteil. Tone-Marit war gut, aber offenbar konnten ihr immer noch Fehler unterlaufen.

Das Telefon piepste. Beide fuhren zusammen.

»Billy T.«, kläffte er in die Sprechmuschel, er war wütend über die Störung. Er wurde noch wütender, als Tone-Marit sich meldete.

»Tut mir leid, Billy«, sagte sie. »Aber ich…«

»Billy T., Billy *T.* habe ich gesagt. Schon hundertmal!«

Er wandte sich ab, und Maren Kalsvik hob die Augenbrauen und zeigte auf die Tür. Er nickte leicht verlegen, aber sie schien sich über diese Pause zu freuen. Vorsichtig schloß sie die Tür hinter sich, und er war allein.

»Was ist los?«

»Wir wissen jetzt, wer der Scheckbetrüger ist.«

Er sagte nichts. Eine Wasserleitung rauschte, und er nahm an, daß Maren Kalsvik in der Küche nebenan Kaffee machte. Vielleicht stimmte ja auch mit seinen Ohren etwas nicht.

»Hallo? Hallo!«

»Ja, hier bin ich«, sagte er. »Und wer ist es?«

»Der Liebhaber. Die Videos zeigen das klar und deutlich, obwohl er sich einen Schnurrbart angeklebt hatte.«

Hannes Kneipentheorie zerkrümelte. Aber das war nicht weiter schlimm.

»Und noch etwas«, sagte Tone-Marit und war durch das Rauschen der Wasserleitung fast nicht mehr zu hören. »Hallo? Bist du noch da?«

»Ja«, rief er. »Hallo?«

»Der Liebhaber ist verschwunden. Er war seit zwei Tagen nicht mehr im Geschäft, hat aber auch keine Krankmeldung oder so geschickt. Und den Kumpel, mit dem er am Mordabend in Drøbak zusammengewesen sein will, können wir nicht finden.«

Das Rauschen wurde immer schlimmer. Jetzt wußte er wirklich nicht mehr, ob es aus der Wasserleitung, dem Telefon oder seinem eigenen Kopf kam.

»Hallo?«

»Ja, ich bin hier!« rief er gereizt. »Stellt fest, wo der Typ sich herumtreibt. Macht nichts anderes. Kapiert? Nichts! Stellt einfach nur fest, wo er ist. Ich bin in zwanzig Minuten bei euch.«

Er klappte das Telefon zusammen, streifte seine Jacke über und konnte sich kaum von Maren Kalsvik verabschieden, die mit einer Kaffeekanne in der einen und zwei Tassen in der anderen Hand auftauchte und ihm verdutzt nachschaute.

Das Tonbandgerät hatte Billy T. natürlich vergessen.

Hanne wußte schon gar nicht mehr, wann sie zuletzt so gut geschlafen hatte. Trotzdem war sie todmüde. Erst nach einigen Sekunden fiel ihr ein, welcher Tag es war. Sie weigerte sich, sich diesem Tag zu stellen. Sicherheitshalber überprüfte sie, ob sie nicht vielleicht Halsschmerzen hätte. Oder Magenschmerzen. Wenn sie sich das genau überlegte, dann war da doch irgendwo hinten im Kreuz ein leises Ziehen. Aber das kündigte nur die Menstruation an. Sie quälte sich unter der Decke hervor. Und fluchte los, als sie sah, daß es nach halb elf war.

Cecilie war schon gegangen. In der Küche war der Frühstückstisch gedeckt, mit Messer und Gabel, Serviette und dem schönsten Service. Auf dem Teller lag ein liebevoller Zettel, der einen guten Tag wünschte. Das machte die Sache immerhin ein bißchen besser.

Die Sozialschule der Diakonie lag logischerweise am Ende des Diakonvei, der beim Verteilerkreis von Volvat anfing und auf einem großen Parkplatz endete. Die Schule stand einzeln, auf einer kleinen Anhöhe, war jedoch ein architektonisches Flickwerk. Die Eingangspartie war in den Winkel zwischen einem zweistöckigen Anbau und einem großen gelben Klotz unbestimmbaren Alters gequetscht.

»Genauso unfreundlich wie das Polizeigebäude«, murmelte Hanne Wilhelmsen, als die dreißig Meter vom Parkplatz dorthin hinter ihr lagen und sie durch doppelte Glastüren die Schule betrat.

Ein schwarzes Brett auf der rechten Seite lud zum Volksmusikabend am Samstag ein, und Hanne schauderte es. Drei Studentinnen oder vielleicht auch Dozentinnen kamen eine kleine Betontreppe herunter. Gerade wollte Hanne die drei nach dem Weg zum Büro des Rektors fragen, da fiel ihr Blick auf einen Gebäudeplan, der besagte, daß sie die Treppe hoch, dann nach links und durch das Atrium gehen sollte. Zwei weitere schwarze Bretter luden sie unterwegs zur Morgenandacht ein und boten Fürbitten an.

Wäre vielleicht gar nicht so blöd, dachte sie. Aber wenn ich das richtig verstanden habe, dann gelten diese Fürbitten nicht für solche wie mich.

Im Sekretariat stellte sich heraus, daß Hanne mit einer Frau namens Ellen Marie Sørensen sprechen mußte. Diese Frau wußte offenbar genau, was sie wollte. Ihr Gesicht war spitz und energisch. Ihre Kleider waren nicht sonderlich teuer, nicht sonderlich geschmackvoll, aber korrekt. Sie paßten zur Gesamterscheinung. Ein grauer Faltenrock und eine Rüschenbluse unter einem etwas dunkleren grauen Jackett ließen sie älter aussehen, als sie vermutlich war. Ihre Haare hatten einen einfachen, aber sehr weiblichen Schnitt, leichte Strähnen zeugten noch von lange zurückliegenden Einfärbungen. Ellen Marie Sørensen war der Typ Frau, bei dem Hanne Wilhelmsen sich immer wie ein Trampel vorkam. Sie bereute, nichts Offizielleres als eine Samthose und einen Trachtenpullover angezogen zu haben. Diese Frau gab ihr das Gefühl, ihre komplette Uniform zu brauchen.

Frau Sørensen konnte bestätigen, noch vor kurzem mit Agnes Vestavik gesprochen zu haben. Das genaue Datum wußte sie nicht mehr, aber es konnte keinesfalls länger als drei Wochen her sein. Sie wußte es noch so genau, weil sie sich über Agnes Vestaviks Anliegen gewundert hatte. Anfangs hatte sie überhaupt keine Auskunft erteilen wollen.

»Man weiß ja nie«, sagte sie und spitzte vielsagend den Mund. »Hier kann doch jeder anrufen und sich als sonstwer ausgeben.«

Aber da der Direktor sie gebeten hatte, Agnes Vestavik, seiner alten Freundin, die gewünschte Auskunft zu geben, hatte sie sie zurückgerufen. Und ihre Fragen beantwortet.

»Und worum ging es dabei?« fragte Hanne und faltete die Hände.

Vielleicht lag es an diesem Ort. Gott war doch an einer christlichen Ausbildungsstätte sicher mehr anwesend als anderswo. Vielleicht lag es aber auch einfach daran, daß sie sich an jeden Strohhalm klammerte, um die Antwort auf die Frage zu erlangen, warum Agnes Vestavik eine Woche vor ihrer Ermordung in der Sozialschule der Diakonie angerufen hatte.

Lieber Gott, dachte sie und schaute ihre Fingerknöchel an, die vor Erwartung weiß geworden waren. Bitte, mach, daß die Antwort so ausfällt, wie ich glaube.

Er erhörte dieses Gebet. Sie bedankte sich nicht einmal. Sie hatte es viel zu eilig.

Es war hellichter Tag. Er kam sich fast vor wie tot. So mußte es jedenfalls sein, wenn man fast tot war. Arme und Beine waren wie betäubt. Sein Kopf war ein Feuerball. Ansonsten war er eiskalt. Veilleicht konnte er sich deshalb kaum bewegen. Um ihn herum brummten die Autos, oft konnte er auch Stimmen hören. Er mußte weg von hier.

Ihm wurde noch kälter, als er sich von den Müllsäcken befreit hatte, mit denen er zugedeckt gewesen war. Aber er konnte sich etwas besser bewegen. Zwei Möwen saßen auf der Containerkante und schauten auf ihn herab. Sie legten die Köpfe schräg und stießen lange, klagende Schreie aus. Vielleicht wohnten sie hier. Vielleicht hatte er ihr Haus besetzt. Er verjagte sie, aber sie wichen nur bis zum Parkhaus zurück. Außerdem starrten sie ihn weiter an und hörten auch nicht auf zu schreien.

Endlich konnte er aus dem Container klettern. Er mußte sich auf dem Bauch über die Kante ziehen und sich mehr oder weniger herauswälzen. Er schlug ziemlich hart auf den Boden auf, aber das war jetzt auch egal. Langsam wischte er sich den ärgsten Schmutz ab, als ein Mann sich plötzlich aus dem Erdgeschoß des Parkhauses herausbeugte und seine Hilfe anbot. Er schüttelte den Kopf und schleppte sich davon.

Er wußte nicht, wie viele Stunden er im Container gelegen hatte. Die meiste Zeit hatte er geschlafen. Oder zumindest gedöst. In seinen wenigen wachen Momenten hatte er einen Entschluß gefaßt.

Er brauchte Hilfe. Er kam nicht allein zurecht. Aber es gab nicht viele, die ihm bisher wirklich geholfen hatten. Der Betreuer vielleicht, ein wenig zumindest, aber dann hatte er sich mit dem Jugendamt verschworen. Hatte ihn hintergangen.

Und seine Mutter natürlich.

Der Gedanke an seine Mutter versetzte ihm einen Stich, und er spürte nur um so deutlicher, wie schlecht es ihm ging. Seine Haut prickelte, und seine Kopfschmerzen waren noch schlimmer geworden.

Aber zumindest hatte er keinen Hunger.

Am schönsten wäre es ja gewesen, wenn seine Mutter ihm hätte helfen können. Und am richtigsten. Sie hatte ja recht, wenn sie immer sagte: Wir gehören zusammen.

Aber sie kriegte doch nichts geregelt. Und das hier war

auf jeden Fall zuviel für sie. Er wußte nicht so recht, was zuviel für sie war, wenn er genauer darüber nachdachte, aber es mußte etwas geschehen. Und von seiner Mutter war nichts zu erwarten.

Da blieb nur noch eine. Maren. Sie hatte ihm wirklich geholfen. Sie hatte es ganz deutlich gesagt: Wenn er je Probleme hatte, dann sollte er zu ihr kommen.

Benebelt und erschöpft überlegte er sich, wie er zu Maren finden sollte.

Um ein Haar wären sie vor dem Personaleingang zusammengestoßen. Beide hatten ihre Autos ausgesprochen verboten und als klare Behinderung für die Dienstwagen hingestellt, die zu den Zapfsäulen der Osloer Polizei wollten.

»Wo zum Teufel hast du dich denn rumgetrieben?« fragte Billy T., aber Hanne Wilhelmsen sah ihm an, daß er eher gut gelaunt als wütend war.

»Ich weiß jetzt, wen wir suchen«, sagte Hanne.

»Ich auch«, sagte Billy T.

Sie blieben stehen.

»Warum habe ich das Gefühl, daß es sich nicht um dieselbe Person handelt?« fragte Hanne leise.

»Weil es vermutlich so ist«, sagte Billy T. ebenso leise.

Dann schwiegen sie, bis sie in Hannes Büro saßen.

»Du zuerst«, sagte Hanne und nahm einen Schluck aus einer alten Colaflasche.

Sie schnitt eine Grimasse und stellte die Flasche weg.

»Der Liebhaber«, sagte Billy T. vorsichtig und griff nach der Cola.

»Ich warne dich. Die ist uralt.« Sie zeigte auf die halbleere Flasche. »Wieso glaubst du, daß es der Liebhaber war?«

Als er es ihr erklärt hatte, verstummte sie. Dann steckte

sie sich eine Zigarette an. Sie brauchte sieben Minuten, um über diese neue Information nachzudenken. Billy T. ließ sie in Ruhe.

»Hol ihn so schnell wie möglich her«, sagte sie dann. »Sofort.«

»Yessss!« sagte er triumphierend und schlug mit der Faust auf den Tisch.

»Aber laß dir erst einen blauen Zettel ausschreiben. Wegen Betrugs. Und Scheckfälschung. Und Diebstahls.«

»Nicht wegen Mordes?«

Sie schüttelte fast unmerklich den Kopf.

»Aber verdammt, Hanne, weshalb nicht wegen Mordes?«

»Weil er es nicht war.«

Sie erhob sich und griff zu einem Gesetzbuch. Stehend blätterte sie bis zum Strafgesetz vor. Sie wußte nicht mehr genau, ob es sich beim Diebstahl eines Scheckbuches um groben oder einfachen Diebstahl handelte.

»Wer zum Teufel soll es denn sonst gewesen sein?« Jetzt brüllte er fast und breitete dabei die Arme aus. »Wen halten Ihre Hoheit Hanne Wilhelmsen also für den Sünder? Oder ist das ein Geheimnis, das Majestät für sich behalten wollen?«

»Maren Kalsvik«, sagte Hanne ruhig. »Es war Maren Kalsvik.«

Ehe sie ihre Behauptung begründen konnte, wurde an die Tür geklopft. Billy T. riß sie auf.

»Was ist denn jetzt schon wieder?« blaffte er Tone-Marit an.

»Weitere Neuigkeiten. Das hier.«

Sie schlüpfte unter Billy T.s Arm hindurch und ging zur Hauptkommissarin.

»Schau mal, Hanne«, sagte sie und reichte ihr ein Blatt Papier.

Es war die Kopie eines Ehevertrags. Unterzeichnet von Agnes und Odd Vestavik.

»Odd Vestavik hat nicht die ganze Wahrheit erzählt«, sagte Tone-Marit. »Dieser Vertrag ist zwei Tage vor dem Mord beim Notar hinterlegt worden. Er war allerdings noch nicht aktenkundig.«

»Und was bedeutet das?« fragte Billy T. ungeduldig und versuchte, das Papier an sich zu reißen. Hanne aber war noch nicht mit Lesen fertig und wollte es deshalb nicht hergeben.

»Das bedeutet, daß die Gütertrennung aufgehoben wird. Was in der Praxis heißt, daß er alles erbt und damit machen kann, was er will. Jetzt gehört alles ihm.«

»Himmel und Ozean«, sagte Hanne und schaute Tone-Marit an. »Wie habt ihr das bloß alles herausfinden können? Scheckfälschung, Papiere, Eheverträge und weiß Gott, was sonst noch alles ... jetzt versuchen wir seit zwei Wochen verzweifelt, Motive und Möglichkeiten zu finden, und dann fällt uns das alles an einem einzigen Tag in den Schoß.«

»Wir teilen uns unsere Zeit eben ein«, sagte Tone-Marit und schaute Hanne in die Augen. »Denn wir haben leider eine Hauptkommissarin, die sich nicht die Mühe macht, ihre Hilfstruppen richtig anzuleiten. Also tun wir unser Bestes, Erik und ich.«

Es war durchaus kein feindseliger Blick. Er war nicht einmal herausfordernd. Aber er war stark, und er wich nicht einen Fingerbreit zurück.

Billy T. war wie erstarrt. Er wagte nicht, etwas anderes zu bewegen als seine Augen, und er hatte den Eindruck, daß der Sekundenzeiger der Wanduhr aus purem Entsetzen stehengeblieben war.

»Touché«, sagte Hanne mit leisem Lächeln. »Und voll überholt, muß ich wohl zugeben.«

Billy T. atmete hörbar aus und grinste breit.

»Die Jugend von heute, Hanne. Hat keinen Respekt mehr.«

»Du hältst jedenfalls die Klappe.«

Ihr Zeigefinger bohrte sich in seine Brust.

»Von jetzt an wird geleitet. Schaff Erik her. Und zwar sofort!«

Der Haftbefehl gegen den Liebhaber war bald ausgestellt. Der Jurist, der auf ihren Fall angesetzt war, war zwar ziemlich träge und unerfahren und hatte an dem Mord an Agnes Vestavik bisher kaum Interesse gezeigt, aber er zuckte mit den Schultern und versorgte zwei angehende Wachtmeister mit den nötigen Papieren; dann instruierte Hanne Wilhelmsen die beiden mit leiser Stimme und schickte sie los. Sie wußten inzwischen, daß der Liebhaber nicht verschwunden war, sondern zu Hause saß und soff.

Hanne ging zurück in ihr Büro, wo Billy T. vier Cola neueren Datums herbeigeschafft hatte. Sie setzte sich auf ihren Platz und trank eine halbe Flasche. Danach ließ sie ihren Blick von Tone-Marit zu Erik und dann wieder zurück zu der jungen Kollegin wandern.

»Du hattest schon recht. Das war wirklich keine Höchstleistung von mir. Tut mir leid.«

Billy T. und Erik waren verlegen und winkten ab. Tone-Marit sah sie nur an.

»Es tut mir wirklich leid.«

Tone-Marit starrte sie noch immer an, aber in ihren schmalen Augen lag ein leises Lächeln auf der Lauer. Hanne lächelte auch und sagte: »Jetzt müssen wir aus diesem Wirrwarr von Mördern wieder herausfinden. Und von Mörderinnen.«

Sie hatte die grünen Umschläge in ihrem Ordner zu vier Stapeln sortiert. Die lagen in Reih und Glied vor ihr, und nun legte sie auf den einen eine schmale, flache Hand. Ihr Trauring funkelte zu den dreien auf der anderen Seite des Schreibtischs hinüber, und aus einem alten Reflex heraus wollte sie die Hand zurückziehen. Aber etwas hinderte sie daran.

»Das hier ist Maren Kalsvik«, sagte sie und klopfte auf den einen Stapel, dann kam der nächste an die Reihe. »Und das ist der Liebhaber, der seine Bekannte vor ihrem Tod noch ausgeplündert hat. Hier...« Die Hand klatschte auf den dritten Stapel. »Hier haben wir den Ehemann, der die Polizei anlügt, wenn es um das Erbe der toten Gattin geht.«

Der vierte grüne Umschlag wurde an die Tischkante geschoben.

»Das ist der Rest. Olav Håkonsen, seine Mutter, Terje Welby und...«

»Warum hast du eigentlich Terje Welby abgeschrieben?« fiel Tone-Marit ihr ins Wort. »Er ist doch trotz allem noch aktuell, oder was?«

»Das wäre zu einfach, Tone-Marit. Das wäre viel zu einfach und simpel. Und mir gefällt nicht, daß er keinen Abschiedsbrief hinterlassen hat. Die Leute von der Technik sind inzwischen ganz sicher, daß es Selbstmord war. Falls sie es überhaupt je bezweifelt haben. Terje Welby hat sich mit seinem eigenen Tapetenmesser umgebracht. Aus Reue und Depression, vermutlich. Weil er ein Schurke und Bandit war, der seinen Arbeitgeber bestohlen hat. Aber wir haben sonst keinen Grund zu der Annahme, er könnte Agnes umgebracht haben. Alle Erfahrung lehrt, daß er dann einen Brief hinterlassen hätte. Einen Brief, in dem er entweder seine Unschuld beteuert und um Verzeihung für seine sonstigen Vergehen bittet, oder einen, in dem er alles zugibt. Hier handelt es sich um einen in tiefster Verzweiflung begangenen Selbstmord. Eine Flucht und eine Buße. Und beides bliebe unvollendet, wenn er sich nicht mitgeteilt hätte. Wenn er nicht gesagt hätte, was er getan hat und was nicht.«

»Aber er hat nun mal keinen Brief geschrieben«, sagte Billy T. und rülpste laut und ausgiebig.

»Doch, ich glaube, er hat«, widersprach Hanne leise. »Ich bin ziemlich sicher, daß er einen solchen Brief geschrieben hat. Aber den hat jemand verschwinden lassen.«

Erik kippte sich Kaffee aufs Hemd. Tone-Marit kippte das Kinn nach unten. Billy T. stieß einen Pfiff aus.

»Maren Kalsvik«, sagte er, fast wie zu sich selbst.

»Aber es kann doch jeder gewesen sein«, protestierte Erik. »Warum gerade sie?«

»Weil wir glauben sollen, der Mörder sei tot. Weil für sie der Himmel einstürzen würde, wenn sie ihren Job aufgeben müßte. Einen Job, für den sie leibt und lebt, einen Job, den sie sich durch Urkundenfälschung und Lügen beschafft hat.«

Jetzt stieß Tone-Marit einen Pfiff aus. Einen leisen, gedehnten Pfiff.

»Maren Kalsvik hat die Sozialschule der Diakonie besucht«, erzählte Hanne und verschränkte die Hände hinter dem Kopf. »Das schon. Aber sie ist beim letzten Examen durchgefallen. Im Frühjahr 1990. Das ist nicht weiter schlimm, man versucht es im Herbst eben noch einmal. Das Problem ist nur, daß sie wieder durchgefallen ist. Und die blödeste Entscheidung ihres Lebens getroffen hat. Statt das letzte Schuljahr zu wiederholen und damit zwei neue Chancen zu bekommen, hat sie sich zum Nachexamen gemeldet. Und ist wieder durchgerasselt.«

»Spinnt die?« murmelte Billy T. »Die macht so einen intelligenten Eindruck.«

»Theorie und Praxis sind eben sehr weit voneinander entfernt. Daß sie immer wieder durchgefallen ist, kann tausend Ursachen haben. Entscheidend ist jetzt, daß man nach dem Nachholexamen keine weiteren Möglichkeiten mehr hat. Im ganzen Leben nicht mehr. Auf der Sozialschule der Diakonie hat niemals eine Maren Kalsvik Examen gemacht. Nicht 1990, nicht 1991. Und auch in keinem anderen Jahr. Sie muß aber bei ihrer Bewerbung Unterlagen gezeigt haben. Und die waren demnach gefälscht.«

»O verdammt«, sagte Billy T.

»Genau das hat sie sicher auch gedacht. Als sie durchgefallen ist, meine ich.«

»Aber wissen wir, daß Agnes Maren gesagt hat, daß sie durchschaut war?« fragte Tone-Marit.

»Nein, das wissen wir nicht.« Hanne schüttelte den Kopf. »Aber wenn sie es ihr gesagt hat, dann wußte Maren, daß sie vor Ruinen stand. Und das ist tausendmal schlimmer, als wegen des Diebstahls von dreißigtausend Kronen in den Knast zu wandern. Es ist schlimmer, als obdachlos und pleite zu sein. Und außerdem ist das noch nicht alles…«

Eine halbe Stunde später war die Cola getrunken, und die Temperatur im Büro der Hauptkommissarin rückte bedrohlich auf dreißig Grad zu. Erik war aufgeregt und verschwitzt, Billy T. zuckersüß, und Tone-Marit dachte bei sich ein weiteres Mal, daß Hanne Wilhelmsen die beste Ermittlerin war, die sie je erlebt hatte.

Es konnte keine Zweifel mehr geben. Der Liebhaber war ein Gauner und würde seine verdiente Strafe erhalten. Der Ehemann war ein armer Trottel, der sich nicht getraut hatte, eine Wahrheit einzugestehen, die für ihn nicht einmal irgendeine Gefahr bedeutet hatte.

Maren Kalsvik war eine Mörderin.

Aber wie sie die Sache auch drehten und wendeten, sie konnten es einfach nicht beweisen.

Cathrine Ruge stand am Gemüsetresen und fragte sich, ob sie noch Möhren hatte oder ob sie noch eine Packung kaufen sollte. Sie sahen jetzt, mitten im Winter, nicht gerade verlockend aus. Vielleicht wären gelbe Rüben doch vorzuziehen. Sie hielt gerade eine graugelbe, ovale Rübe in der Hand, als eine Bande von lärmenden Jugendlichen in roten Steppjacken, auf die sie hinten weiße Filzkatzen aufgenäht hatten, ins Geschäft stürmte.

Himmel, die Abiturfeiern fangen auch jedes Jahr früher an, dachte sie. Zu ihrer Zeit hatten sie noch bis Mitte Mai gebüffelt und höchstens mal samstags einen Bierabend eingelegt. Sie selbst hatte damals nur eine Studentenmütze gehabt, und die hatte sie auch nur einmal aufgesetzt, am Nationalfeiertag nämlich.

Die Jugendlichen nahmen alle Limonadenflaschen aus einem Kühlschrank und versorgten sich mit unglaublichen Mengen an Schokolade. Sie füllten große Tüten mit Süßigkeiten aus den verschiedenen Gläsern, und ein Junge mit strähnigen Haaren, der mehr Krach machte als alle anderen zusammen, wollte bei den beiden Mädchen aus der Clique dermaßen Eindruck schinden, daß er vor Überschwang den Süßigkeitenständer umwarf. Schokolade, Drops und Gummibärchen fielen zu Boden, und plötzlich senkte sich Totenstille über den Laden. Dann brüllten die Jugendlichen vor Lachen. Die junge Kassiererin machte ein verzweifeltes Gesicht, sie war vermutlich jünger als die Abiturienten und sicher noch nie so nahe an eine Studentenmütze herangekommen wie in diesem Moment, sie traute sich nicht einmal, die anderen zurechtzuweisen. Sie schloß die Kasse ab und holte Kehrblech und Handfeger. Ehe sie zurückkam, rafften die Jugendlichen alles, was sie an Cola und Schokolade tragen konnten, zusammen und stürzten davon.

Cathrine spielte einen Moment mit dem Gedanken, sie aufzuhalten, aber das laute, wüste Auftreten der Clique hatte sie fast ebenso erschreckt wie die junge Kassiererin. Die Bande quoll wie ein vielköpfiger Troll aus dem Laden, und vier erwachsene Menschen standen betreten da und mochten einander nicht ins Gesicht schauen, weil sie keinen Finger gerührt hatten, um das Ungeheuer aufzuhalten.

Aber Cathrine konnte der Kassiererin immerhin beim Aufräumen helfen. Zögernd hockte sie sich hin und klaubte Süßigkeiten auf. Zwischen die Bonbons waren Abfälle und winterlicher Schmutz geraten, sie konnten sie nur noch wegwerfen. Die Kassiererin hielt ihr dankbar einen großen Müllsack hin und flüsterte: »Die kommen oft her. Sie machen immer einen Höllenlärm, aber gestohlen haben sie bisher noch nie.«

»Herrgott, sie versucht auch noch, sie zu entschuldigen«, murmelte Cathrine und erhob sich. »Sie sollten diese Leute wirklich anzeigen.«

»Darum kümmert sich der Chef. Er wird bald hier sein.«

Die Kassiererin schien sich vor dem Chef noch mehr zu fürchten als vor den Jugendlichen, die den Laden verwüstet hatten. Cathrine erbot sich, zu warten und dem Chef zu erzählen, was sie beobachtet hatte.

»Nein, nein, um Himmels willen«, wehrte die Kassiererin ab. »Das würde alles nur noch schlimmer machen.«

Sie brauchten zehn Minuten zum Aufräumen. Der Müllsack war zu einem Viertel mit unbrauchbaren Süßigkeiten gefüllt.

»Wenn Sie in der Schule Bescheid sagen, dann kriegen

diese Kinder ganz schönen Ärger«, sagte Cathrine in einem erfolglosen Versuch, die Kassiererin, die jetzt wieder hinter ihrer Kasse saß, aufzumuntern. »Die Katze bedeutet, daß sie auf die Kathedralschule gehen. Ich kann doch ...«

»Nein, nein«, sagte die Kassiererin. »Vergessen Sie's einfach.«

Cathrine schüttelte den Kopf, bezahlte ihre Einkäufe und ging. Sie hatte die Rübe gekauft, obwohl die sich weich und wäßrig anfühlte. Sie war fast sicher, daß sie noch Möhren im Kühlschrank hatte.

Und dann fiel es ihr plötzlich ein. Was ihr so wichtig vorgekommen war, als Christian die Möglichkeit erwähnt hatte, Maren könne Agnes umgebracht haben. Große kalte Regentropfen schlugen ihr ins Gesicht, als sie stehenblieb und sich fragte, ob sie die Polizei informieren müßte. Sie stellte ihre Plastiktüte auf den Boden und fuhr sich durch ihr kaltes, nasses Gesicht.

Es hatte sicher nichts zu bedeuten. Denn bestimmt hatte doch Terje Agnes ermordet, auch wenn es verwirrend war, daß die Polizei das gesamte Personal noch einmal verhört hatte. Blöd, daß ihr das nicht schon gestern eingefallen war, als sie ihre zweite Aussage gemacht hatte. Dann hätte sie es ganz einfach erzählen können, und die Polizei hätte selbst entscheiden müssen, ob es wichtig war. Wenn sie jetzt dort anrief, um es zu erzählen, dann würde sie Maren damit in den Rücken fallen. Es würde doch bedeuten, daß sie einen Verdacht hegte. Und das war nun wirklich nicht der Fall. Kein bißchen. Vielleicht hatte sie es ja deshalb vergessen.

Sie hob ihre Tüte wieder auf und ging weiter. Die Rübe schlug ihr bei jedem zweiten Schritt gegen das Schienbein.

Sie mußte sich das alles noch einmal überlegen.

Er fror nicht mehr. Das war seltsam, seine Haut fühlte sich nämlich wie sonst an, wenn er fror, wie betäubt, fremd, Gänsehaut eben. Noch seltsamer war, daß er keinen Hunger hatte. Er hatte den ganzen Tag noch nichts gegessen, und die Kuchenstücke vom Vortag hatte er längst erbrochen. Statt des normalen Hungergefühls spürte er nur eine leise Übelkeit, längst nicht so stark wie in der vergangenen Nacht.

Sein Kopf quälte ihn am meisten. Er dröhnte und hämmerte, und hinter seiner einen Schläfe schien jemand mit einem Schraubenzieher am Werk zu sein. Ab und zu faßte er sich ans Ohr, denn es tat so weh, als säße dort nur noch ein großes Loch.

Außerdem hatte er Durst. Er hatte einen ganz entsetzlichen Durst. Jedesmal wenn er an einem Kiosk oder einer Tankstelle vorbeikam, spielte er mit dem Gedanken, sich eine Flasche Limo zu kaufen. Aber sicher war inzwischen die halbe Welt hinter ihm her. Überall standen Streifenwagen, er hatte noch nie so viele Streifenwagen gesehen wie an diesem Tag. Das hielt ihn ziemlich auf, und es strengte ihn nur noch mehr an, daß er sich immer wieder verstecken mußte. Sie hatten ihre Sirenen nicht eingeschaltet, deshalb mußte er die ganze Zeit auf der Hut sein. Einmal blieb ein Wagen ganz plötzlich stehen, höchstens hundert Meter von ihm entfernt. Ein Mann stieg aus, hielt sich die Hand an die Stirn und schaute in Olavs Richtung. Und Olav mußte wieder losrennen. Zum Glück fand er eine offene Kellertür, die in eine Autowerkstatt oder etwas ähnliches führte. Ehe er von einem übelgelaunten grauhaarigen Mann, der ihn mitten im Schmieröl entdeckt hatte, hinausgeworfen wurde, war der Streifenwagen zum Glück wieder verschwunden.

Aber es dauerte entsetzlich lange. Er mußte das Heim doch bis zum Abend erreicht haben. Vielleicht könnte er das letzte Stück ja mit dem Bus fahren. Vielleicht. Das würde sich finden. Er hatte sich noch nicht entschieden.

»Überall wird nach ihm gesucht. Zweimal ist er gesehen worden. Hier.«

Erik Henriksen zeigte mit einem auffällig abgenagten Zeigefingernagel auf einen Punkt auf dem ziemlich großen Stadtplan von Oslo, der auf Hanne Wilhelmsens Schreibtisch lag.

»Und hier.«

Die Hauptkommissarin machte sich an einer leeren Zigarettenschachtel zu schaffen und faltete aus dem Silberpapier einen Storch. Danach beugte sie sich über die Karte und zeichnete mit dem kleinen Finger vage Kreise, dann hatte sie gefunden, was sie gesucht hatte. Sie versuchte, den Storch an dieser Stelle auf dem Stadtplan zu befestigen.

»Das Kinderheim«, sagte sie.

Der Storch kippte um.

Mit einem zerbrochenen Bleistift als Zeigestock zeichnete sie den Weg von Storo zum Heim ein. Die Punkte, die Erik ihr gezeigt hatte, lagen ungefähr auf einer geraden Linie zwischen beiden Orten, allerdings näher bei Storo als beim Kinderheim.

»Was zum Teufel hat er denn da zu suchen?« fragte Erik Henriksen und versuchte, den Storch wieder zum Stehen zu bringen. »Er ist doch abgehauen!«

»Der muß unten ganz flach sein«, instruierte Hanne. »Mach ihm größere Füße.«

»Was will er wohl im Heim?« fragte Erik noch einmal, und nun stand der Papiervogel endlich.

Hanne gab keine Antwort. Sie hatte keine Ahnung, was

Olav Håkonsen im Heim wollte. Aber daß er dorthin wollte, gefiel ihr nicht. Eine bohrende Unruhe quälte sie irgendwo zwischen Bauchnabel und Zwerchfell, und sie wurde immer stärker. Dieses Gefühl hatte sie immer, wenn sie irgend etwas, das offenbar von Bedeutung war, nicht verstand. Etwas Unvorhersehbares, wofür sie keine passende Theorie entwickeln konnte. Es gefiel ihr überhaupt nicht.

»Ich hoffe nur, daß sie ihn vorher schon erwischen.«

»Das tun sie sicher«, sagte Erik beruhigend. »Da sind fünf Wagen unterwegs. So schwierig kann es nun auch wieder nicht sein, einen Zwölfjährigen aufzugreifen.«

Zwei Uhr nachmittags war schon vorbei, und langsam wurde es enger. Vor allem, wenn sie ihr optimistisches Versprechen einhalten und den Fall vor dem Wochenende noch lösen wollten. Hanne Wilhelmsen graute es jetzt schon – sie würde Cecilie anrufen und ihr sagen müssen, daß sie vermutlich erst spät nach Hause kommen würde. Sie erwarteten Gäste, und sie hatte geschworen, rechtzeitig dazusein.

»*Oh shit!*« sagte sie plötzlich, als ihr ihr Versprechen einfiel, im Gemüseladen auf Vaterland frischen Spargel und Auberginen zu besorgen.

Der Abteilungsleiter hob fragend die Augenbrauen.

»Nichts«, sagte Hanne rasch, »das ist nicht wichtig.«

Sie drehte sich zum Polizeirat um, der in seinem Sessel hing und mit seinem Ohr beschäftigt war. Zuerst versuchte er, den Finger hineinzustecken, offenbar um irgend etwas herauszuholen. Als ihm das nicht gelang, nahm er sich eine Büroklammer, bog sie zu einem kleinen Stift auseinander und schob ihn sich in sein Ohr.

Hanne wußte, daß sie ihn warnen sollte, ließ es aber bleiben.

»Du bist sicher, daß das für einen Haftbefehl nicht ausreicht?« fragte sie zum drittenmal.

»Ja«, antwortete der Polizeirat und zog den Stift wieder heraus.

Ein gelbbrauner Klumpen war darauf aufgespießt, und den betrachtete er nun voller Begeisterung. Hanne wandte sich ab.

Ihr Kollege schob die Büroklammer in seine Brusttasche und setzte sich gerade.

»Du hast doch nur einen Haufen feine Theorien. Nichts Greifbares. Sie hat ein Motiv, aber daran fehlt es uns bei diesem Fall nun wirklich nicht. An Menschen mit Motiven, meine ich. Außerdem weißt du nicht, ob Agnes Maren wirklich mit ihrem gefälschten Zeugnis konfrontiert hat. Wenn du dafür eine Bestätigung auftun kannst, werde ich mir die Sache noch einmal überlegen. Dann nähern wir uns immerhin einem Grund für einen Haftbefehl. Ich brauche mehr, Hanne. Sehr viel mehr.«

»Aber wir wissen doch, daß sie ihr Zeugnis gefälscht haben muß. Können wir das nicht verwenden?«

Der Polizeirat lächelte nachsichtig und zog seinen Ohrenstecher wieder hervor. Jetzt bohrte er sich damit im anderen Ohr herum.

»Dafür werden wir sie schon zur Verantwortung ziehen«, sagte er und legte den Kopf schräg. »Aber das geschieht still und ruhig und ohne Festnahme. Ganz undramatisch. AU!«

Er zog die mißhandelte Büroklammer aus dem Ohr und starrte sie unzufrieden an. Dann fuhr er mit Daumen und Zeigefinger daran entlang, wischte sich das Ohrenschmalz am Hosenbein ab und stand auf.

»Ich empfehle euch, sie zu einem weiteren Verhör zu

bitten. Nehmt sie in die Mangel, und drückt Däumchen, daß sie alles zugibt. Sie muß doch inzwischen ziemlich mürbe sein.«

Dann lächelte er und verschwand.

»Dreckskerl«, sagte Hanne halb laut, als sie die Tür hinter ihm schloß, und hoffte, daß er es gehört hatte.

Der Abteilungschef lächelte durchaus nicht, aber auch er verließ sie nun.

»Aber er hat recht«, sagte Billy T. trocken, als sich die Tür zum zweitenmal schloß.

»Ich finde es schrecklich, wenn solche Leute recht haben.«

»Du findest es schrecklich, wenn andere als du recht haben, das kann ich dir sagen.«

»Puh!«

Sie verpaßte ihm eine Kopfnuß.

»Aber was machen wir jetzt?«

»Wir könnten sie herbestellen und das damit begründen, daß unser Verhör heute morgen nicht zu Ende geführt werden konnte«, schlug er ohne erkennbare Begeisterung vor.

»Und dann bittet sie wieder darum, daß das Verhör im Heim stattfindet, und wir bestehen darauf, daß sie herkommt«, sagte Hanne in aufgesetzt monotonem Tonfall. »Und sie kapiert nicht, warum das nicht bis Montag Zeit hat, und wir werden noch strenger und zitieren sie auf der Stelle her, und damit riskieren wir, daß sie uns durchschaut. Und dann hat sie alle Zeit der Welt, um alle Beweise zu vernichten, die es gibt in diesem...« Sie explodierte. *»...verdammten Fall!«*

Der Stadtplan, der ziemlich neu und mehr als nützlich war, wurde innerhalb weniger Sekunden in einen Ball aus zusammengeknülltem Papier verwandelt. Den warf Hanne an die Wand, dann hob sie ihn leicht beschämt wieder auf und untersuchte vorsichtig, ob der Stadtplan noch zu retten war.

Dann hörten sie plötzlich Rufen, Johlen und lauten Jubel vom Flur her. Sie tauschten einen Blick und versuchten beide, überhaupt nicht neugierig zu sein. Sie brauchten nicht lange zu warten, denn gleich darauf wurde die Tür aufgerissen, und Oberwachtmeisterin Synnøve Lunde sprang ins Zimmer.

»Wir haben den Kerl! Den Doppelmörder von Smestad! Wir haben ihn erwischt, als er auf die Fähre nach Kopenhagen wollte.«

Dann sprang sie wieder hinaus.

Hanne Wilhelmsen und Billy T. wechselten düstere Blicke.

»Komm, wir holen uns Maren Kalsvik«, entschied Hanne.

Im Kinderheim Frühlingssonne war die Lage alles andere als befriedigend. Die Dienstpläne konnten wegen der Todesfälle und Krankschreibungen nicht eingehalten werden, und Maren Kalsvik hatte mit der Organisation alle Hände voll zu tun. Die Kinder nutzten die Situation natürlich aus. Sie lärmten mehr, stritten sich mehr und dehnten alle Grenzen aus, die sich nur ausdehnen ließen. Raymond machte so ziemlich, was er wollte, aber das war weniger besorgniserregend als die Tatsache, daß Glenn am Vormittag beim Ladendiebstahl erwischt worden war. Anita redete mit niemandem und wirkte stocksauer. Maren hatte den Verdacht, daß ihr Freund Schluß gemacht hatte. Die Zwillinge hatten es sich in den Kopf gesetzt, Jeanette zum Wahnsinn zu treiben, und am Vorabend hätten sie das fast geschafft, indem sie ihr ins Bett pißten. Jeanette hatte es erst gemerkt, als sie schon in der Lache lag. Kenneth hatte schlimmere Angst denn je und war davon überzeugt, daß im Keller ein Seeräuber hauste.

»Ich will, daß jetzt Ruhe herrscht!«

Sie heulte.

Ein Wutausbruch kam bei Maren Kalsvik so selten vor, daß alle ihr gehorchten. Und zwar sofort. Nach einigen Minuten fingen sie aufs neue an.

Es war drei Uhr, und erst vor einer Stunde waren die ersten Kinder aus der Schule gekommen. Ihre Kopfschmerzen hatten zwei Minuten nach Kenneths Eintreffen eingesetzt. Und seither waren sie immer schlimmer geworden.

Sie floh ins Fernsehzimmer und schloß die Tür. Sollte Christian doch sehen, wie er mit den Kindern fertig wurde. Er kam ziemlich gut mit ihnen zurecht, auch wenn er ihnen manchmal zu große Freiheiten ließ.

Luft. Sie brauchte Luft. Sie ging ans Fenster und riß es auf. Es tat gut, sie holte tief Luft. Ihre Nasenflügel bewegten sich im Takt ihres Atems, aus und ein, aus und ein. Sie schloß die Augen.

Und wünschte im Grunde, sie nie wieder öffnen zu müssen.

»Da! Da ist er wieder!«

Der junge Polizist klebte am Seitenfenster und versuchte, in die richtige Richtung zu zeigen, es wurde aber eher ein unbestimmtes Klopfen gegen die Fensterscheibe.

»Da ist er, da, im Garten!«

»Ruf den nächsten Streifenwagen und sag ihnen, sie sollen ihm auf der anderen Seite der Wohnsiedlung den Weg versperren. Und sag ihnen, sie sollen diese verdammte Sirene ausschalten.«

Einige Sekunden nachdem der Polizeianwärter diesen

Befehl ausgeführt hatte, hörten sie, wie in der Ferne die Sirene verstummte.

»Wenn wir den Knaben jetzt nicht fangen, dann laß ich mich pensionieren«, sagte der andere verbissen und fuhr einen vollständig unnötigen, verbotenen und höchst effektiven Schlenker, um den Wagen zu wenden.

Er hatte es geschafft. Wäre er nicht so müde gewesen, er wäre stolz auf sich gewesen. Maren würde auf jeden Fall stolz auf ihn sein. Zweimal hatte er es gewagt, nach dem Weg zu fragen. An einigen Stellen hatte er Gebäude erkannt. Jetzt war er da. Aber hier in der Gegend wimmelte es nur so von Polizei. Es waren immer mehr geworden, und am Ende war er durch Gärten und Sträucher gekrochen, um von der Straße her nicht gesehen zu werden.

Er hatte es geschafft. Aber wie sollte er ungesehen mit Maren sprechen?

Zögernd zog er sich unter die kahlen, überhängenden Zweige eines Baums zurück. Es war noch immer so hell, daß er auch von weitem gesehen werden konnte, und deshalb preßte er sich so dicht wie möglich an den Stamm. Ihn trennten nur noch eine Straße, ein Tor und ein Gartenweg von der Haustür des Heims Frühlingssonne.

Und etwa fünfzig Meter.

Endlich öffnete Maren Kalsvik die Augen wieder. Langsam, zögernd. Sie hielt sich die Hände vors Gesicht. Ihre Haut war kalt, aber sie fror nicht. Sie lehnte sich an die Fensterbank. Die Kante bohrte sich in ihre Hüfte, aber dieser Schmerz war in gewisser Hinsicht angenehm, er machte ihr klar, daß sie noch existierte. Ihr Kopf war leer und gleichzeitig vollgestopft mit Chaos. Ihr wurde schwindlig, und voller Erstaunen registrierte sie, daß sie sehr lange den Atem angehalten hatte. Keuchend schnappte sie nach Luft.

Es wurde langsam dunkel. Die Schatten waren nicht mehr so scharf, hier und dort verschmolzen sie fast mit dem schwarzen Boden. Irgendwer hatte das Tor offenstehen lassen. Das sollte doch immer geschlossen sein.

Unter den Bäumen auf der anderen Straßenseite bewegte sich etwas. Die Umrisse einer Gestalt begannen sich gerade abzuzeichnen, da versperrte ihr ein Lieferwagen mit dem Emblem einer Tischlerei für einen Moment die Sicht. Als der Wagen vorbeigefahren war, kniff sie die Augen zusammen, um festzustellen, ob sie richtig gesehen hatte.

Obwohl die Gestalt – denn es handelte sich einwandfrei um einen Menschen – sich noch dichter an den Baum preßte, dessen Zweige über den Bürgersteig hingen, war sie deutlich zu sehen. Sie war nicht besonders groß, wirkte aber breit und kräftig.

»Himmel, das ist ja Olav«, sagte sie laut.

Sie rannte zur Tür und wäre vor der Treppe fast über herumliegende Legosteine gefallen. Aber sie konnte das Gleichgewicht bewahren, und ohne Schuhe anzuziehen, stürmte sie die Treppe hinunter und hinaus auf den Kiesweg.

»Olav!« rief sie und streckte die Arme aus. »Olav!«

Als sie sah, daß er aus dem Schatten trat, fiel ihr auch das Auto auf. Sie sah nicht sofort, daß es sich um einen Streifenwagen handelte, sie sah nur, daß es viel zu schnell fuhr.

Der Junge hatte den Bürgersteig überquert und den ersten Fuß auf die Fahrbahn gesetzt. Sie hatte erst den halben Gartenweg hinter sich.

»Halt!« schrie sie und blieb selbst stehen in der Hoffnung, den Jungen damit zu beeinflussen.

Aber er ging weiter.

Jetzt sah sie sein Gesicht, nur fünfzehn Meter entfernt. Er lächelte, ein ganz anderes Lächeln, als sie bisher bei ihm gesehen hatte. Er sah glücklich aus.

Als er zwei Meter der Fahrbahn überquert hatte, schwankte er und hob eine Hand, vermutlich zum Gruß.

Der Mann fuhr viel zu schnell. Viel zu schnell für die Geschwindigkeitsbegrenzung von dreißig Stundenkilometern und viel zu schnell, um noch bremsen zu können, als plötzlich ein Zwölfjähriger über die Straße lief.

Die Bremsen kreischten auf. Maren Kalsvik schrie. Eine ältere Dame, die vier Häuser weiter wohnte und gerade im letzten Rest des Tageslichts ihren Pudel ausführte, brüllte wie besessen.

Die Vorderfront des Wagens traf den Jungen auf Kniehöhe und brach ihm fast augenblicklich beide Beine. Er wurde auf die Motorhaube geschleudert, und sein schwerer Körper zerschlug die Windschutzscheibe, ehe der Kopf aufs Dach aufprallte. Der Fahrer des Streifenwagens verlor Lenkrad und Straße aus dem Griff, der Wagen schlingerte seitwärts zehn Meter über den Asphalt und durchschlug dann einen meterhohen Drahtzaun, um schließlich vor einem Baumstumpf zum Halten zu kommen. Beide Türen waren eingebeult, und benommen rüttelten die beiden Polizisten an ihren Türgriffen.

Olav lag auf der Straße.

Maren Kalsvik erreichte den Jungen in dem Moment, als er die Augen öffnete. »Ganz still liegen bleiben, Olav, du mußt jetzt ganz still liegen bleiben.«

Wieder lächelte er, dieses fremde, echte Lächeln. Sie setzte sich neben ihn und hätte ihn am liebsten in die

Arme genommen. Aber er konnte sich doch das Genick gebrochen haben. Deshalb hielt sie ihr Gesicht ganz nahe an seins und streichelte behutsam mit den Fingerspitzen seine Wange.

»Das wird schon wieder gut, Olav. Bleib nur ganz still liegen, dann wird alles wieder gut.«

Er sabberte, und sie wischte ihm vorsichtig mit dem Jackenärmel den Speichel von der Wange.

»Ich habe dich gesehen, Maren«, flüsterte er, es war kaum zu verstehen. »Du bist gerannt. Durch den Garten. Hast du gehört...«

Er schnitt eine leichte Grimasse, und sie versuchte, ihn zum Schweigen zu bringen.

»Hast du nicht gehört, daß ich...«, stöhnte er trotzdem. »Du...«

Maren Kalsvik fror ganz entsetzlich. Die Kälte brach einfach über sie herein und hatte nichts mit der Tatsache zu tun, daß sie an einem Februarnachmittag auf Socken und ohne Mantel auf einer schmutzigen Osloer Straße hockte. Die Kälte kam von innen, aus einem Raum, den sie abgeschlossen und versiegelt und dessen Schlüssel sie weggeworfen hatte. Jetzt stand die Tür weit offen. Sie klapperte mit den Zähnen und versuchte noch einmal, den Jungen zum Schweigen zu bringen.

»Ganz still liegen, Olav. Du mußt ganz still liegen.« Verzweifelt richtete sie sich auf und rief: »Einen Krankenwagen, hat denn niemand einen Krankenwagen geholt?«

Die alte Dame saß auf dem Bürgersteig und weinte so heftig, daß der Pudel winselnd und kläffend um sie herumlief. Die Polizisten hatten sich noch immer nicht aus dem Autowrack befreien können. Nun bog ein anderes Auto um die Ecke und bremste, sowie der Fahrer die Lage erfaßt hatte.

»Holt einen Krankenwagen!« schrie Maren noch einmal, und diesmal war Christian gemeint, der wie eine Salzsäule auf der Treppe stand und die Türklinke umklammert hielt, während fünf Kinder von innen daran rüttelten.

»Du hast geweint«, flüsterte Olav so leise, daß sie das Ohr an seinen Mund halten mußte. »Du … ich habe dich laufen sehen, Maren.«

Dann lächelte er noch einmal und flüsterte ihr undeutlich etwas ins Ohr.

Als Hanne Wilhelmsen und Billy T. die fünfzehn Meter von ihrem Auto, das jetzt die Straße versperrte, hinter sich gebracht hatten, seufzte Olav Håkonsen leicht, fast unhörbar, und starb.

Hanne Wilhelmsen hatte Maren Kalsvik anderthalb Stunden lang verhört und nichts anderes erreicht, als Cecilie ernstlich in Rage zu bringen. Es hatte seine Zeit gedauert, im Kinderheim wieder Ordnung zu schaffen. Hanne starrte die jetzt fast schwarze Fensterfläche an und dachte resigniert, daß ihre Gäste jetzt wohl mit der Vorspeise fertig waren. Falls Cecilie etwas anderes hatte servieren können als den Spargel, der ja leider niemals bei ihr eingetroffen war.

Wenn nur Billy T. bald käme! Der hatte an diesem Wochenende seine Kinder bei sich, hatte aber versprochen, zu kommen, sobald die Jungs im Bett lagen. Seine Schwester würde babysitten. Hanne fuhr sich durch die Haare und massierte sich die Kopfhaut.

Sie kam einfach nicht weiter.

Maren Kalsvik hatte auf einen Anwalt verzichtet. Hanne Wilhelmsen hatte darauf hingewiesen, daß ihr Urkundenfälschung vorgeworfen, daß sie des Mordes an Agnes Vestavik vorerst aber nur verdächtigt wurde.

»Also kann sie noch nicht alle möglichen Rechte geltend machen«, hatte Billy T. ganz richtig festgestellt.

Aber auf einen Anwalt hatte sie trotzdem Anspruch. Und lehnte ab. Die Sache mit dem Zeugnis gab sie mit gleichgültiger Stimme zu, ohne eine Miene zu verziehen. Überhaupt saß sie während des gesamten Verhörs da wie eine Holzpuppe und antwortete so einsilbig wie möglich. Als Hanne, eher in einem Anfall von menschlichem Interesse und nicht, weil das für die Ermittlungen unbedingt nötig war, gefragt hatte, warum, war Maren Kalsviks Gesicht womöglich noch ausdrucksloser geworden. Diese Frage wollte sie nicht beantworten.

Zwei Dinge jedoch behauptete sie immer wieder, jedesmal wenn Hanne glaubte, sie in eine Ecke gedrängt zu haben. Agnes habe ihr nie gesagt, daß sie sie durchschaut hatte, und sie habe nichts mit dem Mord an der Heimleiterin zu tun.

»Ich hatte doch keine Ahnung, daß sie es wußte«, sagte sie. »Ich hatte einfach keinen Grund, Agnes umzubringen.«

Hanne Wilhelmsen steckte sich eine Zigarette an und legte die Beine auf den Tisch. Dann starrte sie eine Weile ins Leere und schloß schließlich die Augen. Doch nun sah sie Olavs schweren, toten Leib vor sich, und rasch riß sie sie wieder auf. Forschend blickte sie die andere Frau an.

»Irgendwie haben Sie den Jungen geliebt«, sagte sie leise.

Maren Kalsvik zuckte mit den Schultern, ließ sich aber nicht zu einem anderen Gesichtsausdruck verleiten.

»Das habe ich Ihnen angesehen. Sie haben ihn geliebt, nicht wahr?«

Sie hatte nicht geweint. Sie hatte den Jungen umklammert, aber als sie endlich begriffen hatte, daß er tot war, hatte sie ihn losgelassen, war aufgestanden und hatte ihr

Gesicht zu der erstarrten Maske gemacht, die sie seither nicht wieder abgelegt hatte. Und diese Maske ging Hanne inzwischen auf die Nerven.

»Also«, sagte sie, als Maren Kalsvik zwei Minuten lang Zeit für eine Antwort gehabt hatte, ohne diese Gelegenheit zu nutzen. »So kommen wir nicht weiter. Und es wird spät. Also werde ich Ihnen erzählen, was ich glaube. Danach können Sie sich in eine Zelle setzen und sich über Nacht alles noch einmal überlegen. Und sich fragen, ob es nicht besser wäre, das zu bestätigen, was wir ohnehin schon wissen.«

Das mit der Zelle war ein Trick. Aber er wirkte. Im einen Mundwinkel der Frau tauchte ein winziges, fast unsichtbares Zittern auf und blieb dort. Ziemlich lange sogar.

Hanne erhob sich und ging um den Schreibtisch herum. Sie setzte sich darauf und schlug die Beine übereinander. Maren Kalsvik saß einen Meter von ihr entfernt und starrte einen Punkt auf ihrem Bauch an.

»Sie hatten an dem Tag einen Zahnarzttermin. Agnes hat sich so lange mit Terje unterhalten, daß ihr Gespräch mit Ihnen ausfallen mußte. Sie mußten ja zum Zahnarzt. Ich kann mir vorstellen, daß das Agnes überhaupt nicht recht war. Sie war an diesem Tag sicher schlecht gelaunt. Was ja nur begreiflich ist. Ein Betrug nach dem anderen von Seiten des Personals.«

Maren starrte immer noch einen Punkt auf Hannes Pullover an, aber Hanne sah, daß das Zittern in ihrem Mundwinkel sich nicht gelegt hatte.

»Vielleicht wollte Agnes kein großes Geschrei machen. Vielleicht hatten Sie auch noch weitere Pläne für den Tag. Das weiß ich nicht. Aber ich glaube doch, daß sie Sie gebeten hat, noch einmal ins Heim zu kommen. Am späten Abend. Vorher wollte sie ihr eigenes Kind ins Bett bringen. Und im Kinderheim Ruhe einkehren lassen. Was weiß ich. Vielleicht ahnten Sie ja schon, daß Ihnen Unannehmlichkeiten bevorstanden. Vermutlich sogar, denn Agnes hat auf dieser Unterredung sicher bestanden. Auf jeden Fall...«

Sie stand auf und setzte sich wieder hinter den Schreibtisch. Dann zog sie aus einer Schublade ein Blatt Papier und faltete daraus ein Flugzeug.

»Auf jeden Fall sind Sie zurückgekommen. So gegen elf vielleicht. Sie waren ganz leise, denn Sie wissen genau, daß einige von den Kindern um diese Zeit gerade einschlafen. Vielleicht haben Sie auch bei Eirik Vassbunn hereingeschaut, um guten Abend zu sagen, aber er schlief, und Sie haben ihn nicht geweckt. Sicher aus purer Rücksichtnahme.«

Sie faltete und faltete.

»Aber es kann natürlich auch andere Gründe gehabt haben. Jedenfalls hat er Ihr Kommen nicht bemerkt.«

Das Flugzeug war fast fertig. Sie nahm sich noch ein Blatt und riß sorgfältig einen Streifen für das Heck ab.

»Dann haben Sie erfahren, worum es ging. Oder welche Beweise Agnes hatte. Oder es wurde Ihnen gekündigt. Irgend etwas hat Sie jedenfalls erschüttert.«

Hanne ließ ihren Blick vom Flugzeug zu der anderen Frau wandern. Deren Gesicht war noch immer ausdruckslos. Fast wie in Stein gehauen. Aber das störte Hanne nicht mehr. Jetzt war es ein gutes Zeichen. Ein verdammt gutes Zeichen.

»Sie waren bestimmt ziemlich leise. In den anderen Zimmern schliefen doch die Kinder. Wenn auch nicht im Nachbarzimmer. Aber um ganz ehrlich zu sein...«

Hanne Wilhelmsen unterbrach sich und schickte das Flugzeug in elegantem Bogen zur Decke. Es blieb einen Moment lang stehen, als es den höchsten Punkt des Bogens erreicht hatte, dann drehte es sich rasch und setzte zur Landung auf der Fensterbank an. Maren Kalsvik ließ sich nicht stören und würdigte den Flieger keines Blickes.

»Ich habe versucht, mir ein Bild von der Situation zu machen«, sagte Hanne freundlich. »Versucht, mir vorzustellen, was es für ein Gefühl ist, entlarvt zu werden. Wenn mein Chef zum Beispiel herausfindet, daß ich gar nicht auf der Polizeischule war. Wenn alle das erfahren. Wenn ich gefeuert werde und arbeitslos bin.«

Sie ließ ein wenig Kaffee in den überfüllten Aschenbecher tropfen und kippte dessen feuchten Inhalt in den Papierkorb. Dann griff sie in eine Schublade, zog vier Papiertaschentücher heraus und trocknete damit den Aschenbecher ab, ehe sie sich eine neue Zigarette ansteckte.

»Ich würde ganz einfach zusammenbrechen. Ich meine, nach so vielen Jahren, in denen ich wirklich gute Arbeit geleistet habe, soll eine Bagatelle wie ein Stück Papier mein ganzes Leben auf den Kopf stellen?«

Sie legte den Kopf schräg und schnalzte mit der Zunge.

»Das soll kein Witz sein, Maren«, sagte sie leise. »Ich meine das wirklich. Ich würde zusammenbrechen. Und obwohl meine Arbeit mir sehr viel bedeutet, glaube ich, daß Ihre Ihnen noch wichtiger ist. Das sehe ich daran, wie Sie die Kinder behandeln.«

Eine Kette von Rauchringen zog sich zur Decke hoch. Eine Weile herrschte tiefes Schweigen. Nur auf dem Flur waren noch Schritte zu hören. Das Haus leerte sich so kurz vor dem Wochenende.

»Sagen Sie es mir, wenn ich mich irre«, sagte Hanne plötzlich aufmunternd und fing endlich den Blick der anderen auf, die auf ihrem Stuhl herumrutschte, den Kopf schüttelte und etwas murmelte, das Hanne nicht verstehen konnte. Dann fiel sie wieder zurück in ihre Rolle einer Sphinx.

»Vielleicht haben Sie um Gnade gebeten. Das hätte ich gemacht«, fuhr Hanne unangefochten fort. »Aber Agnes… wissen Sie überhaupt, wofür Agnes steht? Für eine reine, jungfräuliche Person. Die heilige Agnes war tugendhaft, aber starrköpfig. Und das hat ihr den Tod gebracht. War unsere Agnes ebenso starrköpfig?«

Maren antwortete natürlich nicht, aber ihr Gesicht war jetzt fast durchsichtig bleich.

»Das war sie vermutlich«, fuhr Hanne fort, als keine verbale Bestätigung kam. »Und jetzt hätte ich gern ein paar Einzelheiten. Sehen Sie mich an!«

Sie schlug mit beiden Fäusten auf den Tisch, und Maren Kalsvik fuhr zusammen. Einen Moment lang hingen ihre Blicke aneinander, dann verloren sie sich wieder. Hanne schüttelte den Kopf.

»Auf dem Tisch lagen Messer. Agnes' frischgeschliffene Messer. Auf dem Schreibtisch oder vielleicht auch im Regal. Wo genau, ist nicht so wichtig. Sie sind jedenfalls durch das Zimmer gegangen und standen hinter Agnes, als Sie plötzlich ausgerastet sind. Das geht extrem schnell. Ehe man sich's versieht, ist es passiert. Sie griffen nach einem Messer und stießen es ihr in den Rücken. Sie waren wütend, Sie waren verzweifelt, Sie waren einfach außer sich. Ein Verteidiger kann daraus viel machen, Maren. Sehr viel. Vielleicht wird das Gericht sogar zu der Überzeugung gelangen, daß Sie im Augenblick der Tat nicht bei klarem Bewußtsein waren. Ein Anwalt wird Ihnen helfen können.«

Sie rollte mit ihrem Sessel zum Fenster, um es zu öffnen. Die Luft im Zimmer war grau vom Zigarettenrauch. Jetzt wurde es kalt.

»Soll ich einen Anwalt verständigen?«

»Nein.«

Maren Kalsvik saß schon so lange unbeweglich da, daß

ihre Stimmbänder wie gelähmt waren, ihre Antwort klang eher wie ein Räuspern. Hanne verfluchte Billy T., der sich noch immer nicht gemeldet hatte.

»Sind Sie sicher?«

»Ja.«

»Na gut. Dann mache ich weiter. Sie konnten vermutlich nicht fassen, was Sie da getan hatten. Morde, wissen Sie, werden fast immer im Affekt begangen. Sie hatten das alles nicht geplant. Und auch das wäre ein gefundenes Fressen für einen Verteidiger.«

Hanne schlug das Osloer Branchenfernsprechbuch auf und suchte die Seite mit den Anwälten. Dann legte sie das aufgeschlagene Buch vor Maren Kalsvik auf den Tisch.

»Ich würde Ihnen wirklich empfehlen, einen anzurufen.«

Die Frau gab keine Antwort, sie schüttelte nur leicht den Kopf.

»Jetzt sage ich es nicht noch mal«, sagte Hanne gereizt und zog das Buch wieder zurück. Mit einem Knall klappte sie es zu.

»Es ist schon möglich, daß Sie überlegt haben, ob Sie uns sofort verständigen sollten. Aber das haben Sie bald verworfen. Sie wußten, wo der Schreibtischschlüssel lag. Den holten Sie, um in den Schubladen nach kompromittierenden Unterlagen zu suchen. Ich habe keine Ahnung, ob Sie etwas über sich gefunden haben. Aber vermutlich war da etwas über Terje. Das ließen Sie liegen. In der Hoffnung, daß wir es finden würden.«

Hanne lachte, ein schroffes, kurzes Lachen.

»Es war kein Wunder, daß Sie wußten, daß Terje nach Ihnen dort gewesen war. Ich hätte mir mehr Gedanken über Ihr Erstaunen machen sollen, als der Schlüssel am Tag nach dem Mord nicht in seinem Versteck lag. Sie hatten ihn schließlich zurückgelegt. Als Terje nicht verhaftet wurde, wußten Sie, daß wir nichts gefunden hatten.«

Sie tippte sich mit dem linken Zeigefinger an die Stirn.

Maren Kalsvik saß noch immer wie ein Zombie da, reglos und den Blick auf etwas gerichtet, von dem Hanne Wilhelmsen keine Ahnung hatte. Vermutlich war es nicht von dieser Welt. Ihre Augen waren von blassem Stahlgrau, fast unmenschlich, eher wie die eines Hundes oder eines Wolfes. Hanne konnte sich nicht erinnern, ob sie früher von einem tieferen Blau gewesen waren. Andererseits kam ihr jetzt das ganze Büro grau vor. Schritte und Stimmen vom Flur, die ihren Monolog in immer größeren Abständen unterbrochen hatten, waren inzwischen ganz verstummt. Große Teile der Abteilung feierten jetzt bei ein paar Bier die Aufklärung des Doppelmordes. Zu Hause kochte Cecilie wohl gerade Kaffee und hatte alle Entschuldigungen für Hannes Fernbleiben aufgebraucht. Wo Billy T. steckte, war ein Rätsel. Erik und Tone-Marit hatte sie gegen sieben nach Hause geschickt, nachdem der Liebhaber weinend seine Scheckbetrügereien eingestanden hatte. Der endlich gefundene Kumpel jedoch hatte den Kaffeeklatsch am Abend des Mordes bestätigt, und das Cafépersonal hatte ihm zögernd, aber doch mit ausreichender Sicherheit zugestimmt. Sie hatten den Liebhaber laufenlassen. Er litt jetzt sicher ganz schrecklich.

Hanne Wilhelmsen fühlte sich auch nicht gerade obenauf.

Aber Maren Kalsvik ging es noch viel, viel schlechter. Sie saß ganz still da, sie sagte nichts, sie sah nichts, sie reagierte nicht auf das, was gesagt wurde. Nur auf diese Weise konnte sie an Leben und Wirklichkeit festhalten.

Irgend etwas in ihr zerbrach in Stücke. Sie hatte das Gefühl, daß ihre Innereien wild durcheinandergeschleudert worden waren. In ihrem Unterleib pochte und hämmerte es, als sei ihr Herz dort unten gelandet. Sie konnte nur mit dem allerobersten Teil ihrer Lunge atmen, er schien in ihren Hals gepreßt worden zu sein, wo für den Rest nicht genug Platz war. In ihrem Kopf gab es nicht einen einzigen Gedanken. Dafür jagten ihr die Gefühle durch den Bauch und wollten wieder nach oben. Beine und Arme waren gefühllos, sie hingen nur da, tot und taub, zu nichts anderem zu gebrauchen, als dazu, alles, was im Rumpf weh tat und preßte, festzuhalten.

Das einzige, was ihr noch klar bewußt war, war, daß sie überleben mußte. Und sie konnte nur überleben, wenn sie ganz still saß und hoffte, daß das alles vorüberging. Niemand auf der ganzen Welt konnte ihr helfen. Nur sie selbst. Indem sie den Mund hielt. Sie durfte nicht zusammenbrechen. Durfte nicht glauben, Gott habe sich von ihr abgewandt. Sie klammerte sich an einen roten Punkt irgendwo in ihrem Bauch, hielt sich fest, wollte nicht loslassen.

Zwei Tage nach dem Selbstmord hatte die Post ihr den Abschiedsbrief gebracht. Hastig hatte sie ihn aufgerissen und dabei mit Kaffee bekleckert. Es war ein Brief an sie gewesen. *»Ich habe Agnes nicht umgebracht«*, hatte dort gestanden. Er flehte sie an, ihm zu glauben. Doch da stand noch mehr: *»Sei vorsichtig, Maren. Agnes hat gewußt, daß du dein Zeugnis gefälscht hattest. Ich wußte es auch. Sei vorsichtig. Ich habe so viel falsch gemacht. Aber das hast du auch.«*

Sie hatte den Brief verbrannt. Er ging die Polizei nichts an. Er gehörte ihr.

»Herr Gott«, knurrte es irgendwo in ihrem Magen. »Vergib mir. Hilf mir!«

Hauptkommissarin Hanne Wilhelmsen hatte die Verdächtige lange ihren Gedanken überlassen. Sie wußte eigentlich nicht, worauf sie wartete. Sie war dabei, in Gleichgültigkeit zu versinken aufgrund der unerträglichen Tatsache, daß sie hier einer Mörderin gegenübersaß und keine Ahnung hatte, wie sie ihre Aufgabe erfüllen sollte:

dafür zu sorgen, daß diese Frau ihre wohlverdiente Strafe bekam. Zu beweisen, daß sie den Mord begangen hatte.

Sie verdrängte dieses Gefühl, wußte aber, daß es sich wieder einstellen würde, wenn nicht bald etwas passierte.

»Sie brauchten keine Angst vor Fingerabdrücken zu haben. Abgesehen von dem Messer natürlich, aber da waren sie ja leicht abzuwischen. Mit einem Handgriff. Alle anderen Fingerabdrücke gehörten doch dahin. Sie waren hundertmal in dem Büro gewesen. Und das hat uns erklärt, warum Sie die anderen Messer mitgenommen hatten.«

Maren Kalsvik bewegte sich nun zum erstenmal während des Verhörs. Steif und starr beugte sie sich zu ihrer Kaffeetasse, deren Inhalt dick und kalt und extrem stark war. Sie zwinkerte zweimal heftig, kniff die Augen zusammen, als sei ihr ein Staubkorn hineingeraten. Eine winzige Träne hing links an einer Wimper, dann löste sie sich und rollte ihr langsam über die Wange. Sie war so klein, daß sie verbraucht war, noch ehe sie den Mund erreicht hatte. Dann sank Maren in ihre pappfigurenhafte Haltung zurück.

»Und jetzt«, sagte Hanne und erhob sich, »werde ich Ihnen zeigen, was ich glaube. Ich werde Ihnen zeigen, warum wir schon sehr früh erkannt haben, daß der Mörder im Heim ein und aus gehen mußte und sich nicht vor Fingerabdrücken zu fürchten brauchte.«

Sie ging zur Tür und öffnete sie. Draußen war es menschenleer und ziemlich dunkel.

»Jetzt bin ich Sie, ja?« Sie zeigte abwechselnd auf sich und auf die andere. »Ich habe gerade einen Menschen umgebracht. Ich bin außer mir, ich bin verzweifelt, und das Allerwichtigste: Ich will nicht erwischt werden. Also muß ich machen, daß ich wegkomme. Aber dann fällt mir vielleicht wieder ein, was passiert ist, nachdem ich Agnes erstochen hatte.«

Maren Kalsvik sah Hanne nicht an. Sie saß weiterhin

still da und kehrte der Tür ihr Profil zu. Hanne seufzte, ging zu ihr und faßte ihr unter das Kinn. Das Gesicht war eiskalt, der Kopf schlaff, und die Hauptkommissarin konnte den Kontakt problemlos erzwingen.

»Wenn man ein Messer unter anderen Messern hervorzieht, dann muß man sehr geschickt sein, wenn man die anderen nicht berühren will. Das ist so gut wie unmöglich, wenn man nicht die Zeit hat, es vorsichtig herauszubugsieren. Schauen Sie!«

Sie zog vier längliche Gegenstände aus einer Schublade: Einen Brieföffner, ein schmales ledernes Federmäppchen, einen Filzstift und ein Funktelefon. Das alles legte sie auf die Tischplatte.

»Wenn ich etwas davon hochheben will, ohne genau zu wissen, was, dann passiert folgendes.«

Sie packte den Brieföffner, und nun war klar, was sie meinte. Sie hatte auch die anderen drei Gegenstände berührt. Wie sie das Billy in einer Kneipe in Grünerløkka vorgeführt hatte.

»Sie konnten sich keine Zeit lassen. Sie haben doch im Affekt gehandelt. Aus der Wut und Verzweiflung dieses Augenblicks heraus. Und Ihre Fingerabdrücke durften um keinen Preis auf den restlichen Messern gefunden werden. Sie hätten sie abwischen können. Aber das hätte seine Zeit gedauert.«

Sie ließ das Kinn der anderen los und ging zum Fenster.

»Natürlich hätte jeder sich gefürchtet, wenn seine Fingerabdrücke auf dem Messer gewesen wären. Aber, wissen Sie…«

Ihre Handflächen berührten das kalte Glas, und sie legte eine Pause ein, ehe sie sich umdrehte und hinzufügte: »Wenn ein Außenstehender den Mord begangen hätte, dann hätte er auch Angst haben müssen, daß seine Fingerabdrücke noch woanders sein könnten. Für diesen Fremden haben wir zwei Theorien: Entweder war er gekommen, um ein Verbrechen zu begehen. Dann hätte er Handschuhe getragen. Und keinen Grund gehabt, die Messer mitzunehmen. Oder er hatte den Mord nicht geplant. Und hat im Affekt gehandelt. Und dann wären die Messer das geringste Problem gewesen. Er hätte noch viele andere Stellen abwischen müssen. Die Türklinke. Die Tischplatte, vielleicht. Die Sessellehne. Was weiß ich. Man faßt immer irgend etwas an, wenn man ein Zimmer betritt. Daran ist es mir klargeworden.«

Maren Kalsvik bewegte sich noch immer nicht. Sie schien nicht einmal zu atmen.

»In dem ganzen großen Büro war keine einzige Fläche abgewischt worden. Überall Fingerabdrücke und Staub und allerlei kleiner Schmutz. Niemand hatte sich die Zeit zum Saubermachen genommen. *Wer immer Agnes umgebracht und die Messer mitgenommen hat, hatte wirklich nur Interesse an diesen Messern.* Diese Person gehörte ins Heim. Die Fingerabdrücke gehörten in Agnes' Büro. Nur eben nicht auf die Messer, die außer ihr eigentlich niemand berührt haben durfte.«

Wieder ging die Hauptkommissarin zur Tür, um weiter ihre Rolle als Mordverdächtige zu spielen.

»Vielleicht höre ich jemanden kommen. Vielleicht habe ich nur entsetzliche Angst. Auf jeden Fall muß ich das Haus schleunigst verlassen. Da ist es die einfachste Lösung, wenn ich die Messer mitnehme. Das haben Sie getan. Und dann sind Sie über die Feuerleiter nach unten geklettert. Zum Glück...«

Hanne lachte laut.

»Wirklich geistesgegenwärtig von Ihnen, die Leiter nach Ihrer Rückkehr wieder hochzuhieven. Ehe die Polizei eintraf. Das hat uns ziemliches Kopfzerbrechen bereitet. Aber egal.«

Langsam ging sie zu ihrem Schreibtischsessel zurück und strich der Verdächtigen leicht über den Rücken, als sie an ihr vorbeikam.

»So«, sagte sie mit Nachdruck und einem zufriedenen Lächeln, als sie wieder saß. »So ist das gewesen. Ungefähr so jedenfalls. Nicht wahr?«

Maren Kalsviks Augen hatten nun wieder einen blauen Farbton angenommen. Sie hob die Hand und starrte sie an, als fände sie es überraschend, daß die Hand sich noch heben ließ. Dann fuhr sie sich durch die Haare und starrte Hanne Wilhelmsen in die Augen.

»Und wie wollen Sie das alles beweisen?«

Hanne Wilhelmsen fragte sich, wo zum Teufel Billy T. blieb.

Billy T.s kleine Söhne schliefen fest nach allerlei Gequengel und drei Kapiteln aus »Mio, mein Mio«. Seine Schwester lächelte und scheuchte ihn aus der Wohnung, ehe sie es sich mit Pizza, Bier und Fernbedienung bequem machte.

Statt gleich zum Grønlandsleiret 44 zu fahren, schaute er beim Kinderheim Frühlingssonne vorbei. Die Vorzimmerdame hatte ihm eine Nachricht von Cathrine Ruge zugesteckt, ehe er losgefahren war, um seine Kinder abzuholen. Cathrine sei den ganzen Tag im Kinderheim anzutreffen, stand auf dem Zettel. Und da es kein großer Umweg war, konnte er sie auch persönlich aufsuchen.

Im Aufenthaltsraum war es still und friedlich. Raymond, Anita und Glenn waren ausgegangen, Jeanette wollte bei einer Klassenkameradin übernachten. Die Zwillinge saßen vor dem Fernseher, während Kenneth und Cathrine auf dem großen Arbeitstisch ein Puzzle legten. Kenneth war aufgekratzt und unruhig, und Cathrine konnte ihn nur mit Mühe zum Stillsitzen bewegen.

Billy T. beteiligte sich einige Minuten lang an dem Puzzle und mußte dann eine Dreiviertelstunde warten, bis Kenneth endlich eingeschlafen war. Cathrine stöhnte, als sie wieder nach unten kam.

»Im Moment geht es dem Jungen wirklich schlecht«, sagte sie. Zum Glück hat Christian sie alle im Haus halten können, bis Olavs ... ja, bis Olav weggebracht worden war.«

Sie war unbegreiflich dünn. Ihr Kopf sah aus wie ein mit Haut überzogener Totenschädel. Die Augen wirkten in dem schmalen Gesichtchen riesig groß, und Billy T. konnte auch eine Art Schönheit darin erkennen, nur wies die Frau nun einmal kein einziges Gramm Fett auf.

»Ich weiß wirklich nicht, ob das überhaupt wichtig ist«, sagte sie, wie um sich zu entschuldigen, und zog zwei Blatt Papier aus einem Ordner, den sie aus dem ersten Stock mitgebracht hatte. »Aber an dem Tag, an dem Agnes ermordet wurde...«

Billy T. drehte die beiden Blätter um.

»Ich war doch oben bei ihr. Gleich nach Terje. Maren hat übrigens auch mit ihr gesprochen, aber nur ein paar Minuten. Wir haben uns über Fragen unterhalten, die mit der Arbeit zu tun hatten. Das hat vielleicht eine halbe Stunde gedauert. Ein bißchen über Kenneth, ein bißchen über Olav. Ja, wir haben ernsthaft Probleme mit Kenneth. Er war schon in drei Pflegefamilien, der Arme. Seine Mutter...«

»Schon gut, schon gut«, sagte Billy T. und hob die Hände. »Kommen Sie zur Sache.«

»Ich wollte wirklich nicht herumschnüffeln. Aber auf Agnes' Schreibtisch lag ein Zeugnis. Von der Sozialschule der Diakonie. Ich habe es sofort erkannt, schließlich habe ich selbst da Examen gemacht. Aber nach einer Weile steckte Agnes das Zeugnis in die Schublade. So als habe sie es gerade erst bemerkt und als sollte ich es nicht sehen. Aber ich habe noch gesehen, daß es Marens Zeugnis war. Es war einfach ein bißchen seltsam, daß es da lag und daß Agnes so hektisch wirkte. In so einem Zeugnis stehen doch keine Geheimnisse. Es gibt auch keine Noten, es steht nur da, daß wir das Examen bestanden haben. Aber ich habe nicht weiter darüber nachgedacht. Ich hatte es sogar total vergessen. Bloß war dann ... ach, da war noch etwas, das mir erst heute wieder eingefallen ist.«

Cathrine stand auf und trat hinter Billy T. Sie beugte sich über ihn und zeigte auf die Zeugnisse.

»Sehen Sie den Unterschied?«

Den sah er durchaus. Oben auf dem einen Blatt stand in Fettdruck »Sozialschule der Diakonie«. Darunter stand »Zeugnis über das Examen als Sozialarbeiterin«. Das andere Zeugnis dagegen wies oben ein Symbol auf, einen Kreis, dessen obere Hälfte ein dicker Balken war, während die untere von den Worten »Sozialschule der Diakonie« gebildet wurde. In der Mitte des Kreises befand sich ein Kreuz, das an das Eiserne Kreuz der Nazis erinnerte.

»Dieses Nazikreuz ist wirklich scheußlich«, kam Cathrine ihm zuvor. »Und wie Sie sehen, steht da ›Ausbildung als Sozialarbeiterin‹, nicht ›Examen‹. Das erste Zeugnis stammt aus dem Jahr 1990 und gehört einer Freundin. Das andere ist von 1991, das ist meins.«

Ein knochiger Zeigefinger lenkte seine Aufmerksamkeit auf die Daten unten auf der Seite.

»Und das wirklich Seltsame ist«, sagte Cathrine, als sie wieder auf ihrem alten Platz saß, »daß Marens Zeugnis oben dieses Eiserne Kreuz hatte! Aber sie hat immer gesagt, sie hätte 1990 Examen gemacht. Ich habe heute früh sicherheitshalber Erik gefragt. Er war ein Jahr über ihr, und er war 1989 fertig. Ich habe ja wirklich keine Ahnung, aber...« Jetzt starrte sie ihre auf der Tischplatte gefalteten Hände an. »Ich will ja niemanden in Schwierigkeiten bringen, aber seltsam ist das doch, finden Sie nicht?«

Billy T. schwieg, nickte aber kurz. Ohne die beiden Zeugnisse aus den Augen zu lassen, fragte er: »Haben Sie Maren nach der Besprechung aus Agnes' Büro kommen sehen? Oder später?«

Der Totenkopf dachte nach.

»Doch, ich bin ihr kurz auf der Treppe begegnet. Sie sollte mich zu Agnes holen.«

»Was machte sie für einen Eindruck?«

»Ach, Eindruck ... sie war ein bißchen sauer, ich weiß noch, daß ich gedacht habe, sie hätte sich wieder mal mit Agnes gestritten. Sie haben sich gut verstanden, so war das nicht, aber sie waren oft unterschiedlicher Meinung. Wenn es um die Kinder ging, meine ich. Agnes war strenger, irgendwie altmodischer. Im letzten Jahr wollte Maren mit den Kindern nach Spanien, aber...«

»Cathrine!«

Eine verzweifelte und dünne Jungenstimme ertönte oben auf der Treppe. Billy T. erfuhr nicht mehr, was aus Maren Kalsviks Reiseplänen geworden war, denn Cathrine Ruge sprang auf und lief die Treppe hoch. Sie kam erst nach zwanzig Minuten zurück.

Agnes hatte Maren also mit ihrem Betrug konfrontiert. Es konnte kein Zufall sein, daß das Zeugnis auf dem Tisch gelegen hatte. Wenn dieses Skelett das gleich beim ersten Verhör gesagt hätte... Am Tag nach dem Mord, zum Henker! Am Tag danach! Wer weiß, vielleicht wäre Terje Welbys Leben zu retten gewesen. Und möglicherweise auch das von Olav. Billy T. rang mit seiner Wut. Und dann war das Skelett wieder da.

»Es geht ihm wirklich schlecht. Kenneth, meine ich.

Jetzt hat er sich eingeredet, daß im Keller ein Seeräuber wohnt. Und daß dieser Räuber jeden Abend nach oben kommt, um alle Kinder aufzufressen. Himmel…«

Ihre Stimme klang schrill, und Billy T. fiel ihr nur deshalb nicht ins Wort, weil er so wütend war, daß er lieber den Mund hielt.

Cathrine sagte: »Heute hat er vier riesige Messer angeschleppt. Anita war mit ihm zum Spielplatz gegangen, um ihn aus der ärgsten Unruhe hier herauszuhalten. Er hatte die Messer zwischen den Steinen gefunden und glaubte, der Seeräuber hätte sie dorthin gelegt, um irgendwann mit ihnen die Kinder zu zerschneiden. Du meine Güte. Es geht ihm wirklich nicht gut.«

Billy T. schüttelte blitzschnell den Kopf, und seine Wut verflog.

»Messer? Er hat Messer gefunden?«

»Ja, vier scheußliche große Messer. Ich habe sie weggeworfen.«

»Wohin?«

»Wohin?«

»Wohin haben Sie die Messer geworfen?«

»In den Müll natürlich.«

Billy T. sprang so plötzlich auf, daß sein Stuhl umkippte.

»In welchen Müll? Hier im Haus, oder irgendwo draußen?«

Cathrine Ruge blickte ihn verständnislos an.

»Ich habe sie gut eingewickelt, damit die Mülleute sich nicht daran schneiden, und dann habe ich sie in den Mülleimer gesteckt.«

Billy T. stürzte in die Küche und riß die Tür unter dem Spülbecken auf. Oben, zwischen Kartoffelschalen und zwei alten Wurstzipfeln, lag ein längliches, in Zeitungspapier gewickeltes Päckchen. Er hob es vorsichtig hoch und hielt es Cathrine hin, die mit in die Seiten gestemmten

Händen und saurer Miene in der Tür stand.

»Das hier?« fragte er, und sie nickte kurz.

Achtzehn Minuten später traf er im Polizeigebäude ein, wo eine erschöpfte und gereizte Kollegin sich nach ihrem Wochenende sehnte.

Es war zehn Uhr, bald würde sie aufhören müssen. Und sie würde Billy T. zusammenstauchen. Es war übel, den Freitagabend so zu vergeuden. Das war noch schlimmer als die Tatsache, daß Cecilie den ganzen nächsten Tag noch schmollen würde. Das Allerschlimmste war, daß sie Maren Kalsvik laufenlassen mußte.

»Es ist schon komisch, wissen Sie«, sagte sie leise zu der stummen Frau und seufzte fast unhörbar. »Es ist schon seltsam, wie sich im Menschenleben immer wieder Turbulenzen entwickeln. Das ist bei fast allen so.«

Sie hob die Arme und gähnte, dann zog sie eine Schere aus der Schreibtischschublade und schnitt aus einem vollgeschriebenen Schreibblock Pappfiguren aus.

»So bin ich eben«, sagte sie mehr zu sich selbst. »Muß meine Finger immer irgendwie beschäftigen. Deshalb schaffe ich es auch nicht, mit dem Rauchen aufzuhören.«

Sie blickte beschämt zu ihrem zweiten Zigarettenpäckchen an diesem Tag hinüber.

»Nehmen Sie einen ganz normalen Menschen. Eine Durchschnittsperson.«

Sie hatte eine Frau mit langen Röcken ausgeschnitten. Mit schräggelegtem Kopf und zufriedener Miene malte sie ihr nun ein Gesicht. Dann wurde das Kleid mit rosa Textmarker gefärbt. Als die Figur fertig war, lehnte sie sie an ihre Kaffeetasse. Da stand sie nun, schräg, steif und starr, mit breitem, blauem Lächeln.

»Agnes Vestavik, zum Beispiel«, sagte Hanne leichthin und zeigte auf die Pappfrau. »Wir stochern im Leben eines scheinbar langweiligen, normalen und braven Menschen herum. Und dann stellt es sich heraus, daß die Wirklichkeit ganz anders aussieht. Es gibt immer noch mehr. Nichts ist so, wie es auf den ersten Blick aussieht. Wir haben alle unsere Schattenseiten. Wenn ich ermordet würde, zum Beispiel…«

Sie unterbrach sich. Es war spät. Sie war todmüde. Die Frau vor ihr war eine Fremde. Sie sagte: »Wenn mich irgendwer ermordete, dann würden die Ermittler eine gewaltige Überraschung erleben.«

Sie lachte leise.

»Die Welt ist ein einziger großer Betrug. Ein Zerrbild. Sehen Sie sich doch bloß selbst an.«

Die Pappfrau kippte um, aber Maren Kalsvik achtete nicht darauf.

»Ich mag Sie, Maren. Ich halte Sie für einen guten Menschen. Sie leisten wichtige Arbeit. Arbeit, die etwas bedeutet. Und dann passieren Dinge, über die Sie keine Kontrolle haben, und plötzlich sitzen Sie hier. Sie haben einen Menschen getötet. Die Wege des Herrn sind unergründlich.«

Hanne Wilhelmsen hatte keine Ahnung, ob Maren Kalsvik ihr überhaupt noch zuhörte. Kurz darauf wurde an die Tür geklopft.

Es war Billy T.

Sie wollte ihn mit einem mörderischen Blick bedenken, doch das war vergessen, als sie sein Gesicht sah. Er brachte irgend etwas mit. Und dieses Etwas war keine Kleinigkeit.

»Kann ich dich draußen kurz sprechen, Hanne?« fragte er leise und freundlich.

»Aber klar, Billy T.«, sagte Hanne Wilhelmsen. »Aber klar.«

Sie blieben so lange draußen. Rote und weiße Punkte tanzten vor ihren geschlossenen Augen, und in ihren Ohren war ein leises Rauschen. Ansonsten herrschte Totenstille. Als sie vorsichtig ihren Hintern anhob, merkte sie, daß ihre Beine eingeschlafen waren. Sie spürte einen brennenden, stechenden Schmerz in sämtlichen Muskeln, steif richtete sie sich auf.

Die Geschichte mit dem gefälschten Zeugnis hatte sie während der vergangenen vier Jahre fast vergessen. Es war eine Katastrophe gewesen. Sie hatte schon in der Schule bei Prüfungen arge Probleme gehabt. Das Abitur war die Hölle gewesen. Gute Noten während des Schuljahrs, schlechte Examensresultate. Und es war immer nur noch schlimmer geworden.

Die Hausarbeit, für die sie eine Woche Zeit gehabt hatte, war ihr gut gelungen. Aber dann kamen die Prüfungen. Und irgend etwas passierte mit ihr, wenn sie auch nur einen Fuß in ein Examenszimmer setzte. Die weit auseinander stehenden Tische, die alten schwerhörigen Tanten, die sie am Schummeln hindern sollten, die Pausenbrote, Thermosflaschen, Federmäppchen, das hektische Geflüster, ehe die Aufgaben ausgeteilt wurden, die Nervosität, die sich bei vielen mit Erwartung zu einer Art kindischer Aufregung mischte. Nur bei ihr nicht. Maren Kalsvik war vor Angst wie gelähmt. Der letzte Zug für sie war abgefahren, als sie das Examen nachzuholen versuchte. Sie konnte ein weiteres Schuljahr einfach nicht finanzieren. Aber sie hätte es anhängen sollen. Als sie an einem Sommertag im Jahre 1991 erfuhr, daß sie keine Möglichkeit mehr hatte, je als Sozialarbeiterin zu arbeiten, empfand sie zunächst nur eine große graue Leere. Ungefähr so wie jetzt. Hundertvierzigtausend Kronen Studiendarlehen, aber kein Examen. Alle Wege waren versperrt. Es gab keine Chance mehr.

Und dann war alles so einfach gewesen. Ein gestohlenes Zeugnis, eine Flasche Tippex und ein Kopierer. Sie hatte sich nicht getraut, ein Original herzustellen, aber es war erschreckend einfach, eine Kopie anzufertigen und mit einem Stempel »beglaubigte Kopie« und einer unleserlichen Unterschrift zu versehen.

Es war ein Verbrechen. Aber es war ihre einzige Möglichkeit gewesen.

Später hatte sie das alles vergessen. Ein seltenes Mal – manchmal nachts oder kurz bevor sie ihre Tage bekam oder wenn beides zusammenkam – machte ihr das Bewußtsein, mit einer Lüge zu leben und zu arbeiten, zu schaffen. Aber dann konnte sie nur die Zähne zusammenbeißen, weiterarbeiten, ihre Tüchtigkeit unter Beweis stellen und Gott und sich selbst zeigen, daß sie das Zeugnis verdient hatte. Und dann vergaß sie es wieder. Oft für ganze Monate.

Bis zu diesem fatalen Tag.

Plötzlich kamen die beiden wieder herein; sie hörte sie, drehte sich aber nicht um. Der riesige Mann forderte sie auf, sich zu setzen. Auf der Fensterscheibe hatte sich eine unklare Fläche mit beschlagenem Rand abgezeichnet, dort hatte sie ihre Stirn gegen das kalte Glas gepreßt. Gehorsam kehrte sie zu ihrem Stuhl zurück und nahm wieder ihre starre, unbewegliche Haltung ein.

Der Mann, von dem sie nur den Vornamen kannte, setzte sich in den Sessel der Hauptkommissarin. Die Polizistin ging zum Fenster und berührte die beschlagene Stelle. Beide waren beängstigend schweigsam.

Dann fiel ihr Blick auf das Päckchen. Ein längliches, in Zeitungspapier gewickeltes Päckchen, ziemlich schmutzig und mit einem schwachen Geruch von … Müll? Der Polizist ließ es ungeöffnet auf dem Tisch liegen. Er starrte sie an. Und sie konnte einfach nicht wegschauen. Er fing sie ein, sie hatte noch nie dermaßen intensive Augen gesehen, erschreckend, faszinierend und ganz anders als bei ihrer letzten Begegnung. So ungefähr hatte sie sich als Kind, als sie noch glaubte, daß Er sie überall sehen könne, die Augen Gottes vorgestellt.

»Du hast gelogen, Maren Kalsvik«, sagte er mit einer leisen, tiefen Stimme, die sie noch mehr an Gott erinnerte. »Agnes hatte dich mit deinem Betrug konfrontiert. Das können wir beweisen.«

Ganz still sein, einfach den Mund halten, dröhnte es in ihrem Kopf, während sie verzweifelt merkte, wie ihr Gesicht heiß wurde.

Sie umklammerte krampfhaft die Armlehnen, und ihre Kiefer knackten. Aber sie schwieg.

»Wir wissen, daß das Zeugnis am Tag von Agnes' Ermordung auf ihrem Schreibtisch lag. Seither hat es niemand mehr gesehen. Punkt für uns. Minuspunkt für dich.«

Plötzlich veränderte er sich. Er lächelte, und seine Augen waren freundlich. Normal.

»Ich will dich nicht mit Einzelheiten belästigen. Dafür haben wir später noch Zeit genug. Ich möchte dich nur darauf aufmerksam machen, daß wir wissen, daß du lügst. Deshalb haben wir so oft Erfolg. Weil die Leute lügen. Und wenn sie eine Lüge vorbringen, dann wissen wir, daß auch noch andere Lügen möglich sind. So ist das Leben. Und nun haben wir eine kleine Überraschung für dich.«

Seine großen Hände machten sich vorsichtig an dem Zeitungspapier zu schaffen.

»Hatte keine Zeit, sie in eine Tüte zu stecken. Deshalb kannst du nur ganz kurz einen Blick darauf werfen. Nur so fürs erste.«

Das Ohrensausen steigerte sich. Sie schüttelte ein wenig den Kopf, aber das half nichts. Auch nicht gegen das Rotwerden. Sie zwang sich, wenigstens normal zu atmen.

Doch ihre Lunge wollte nicht mehr. Sie weitete sich gewaltig und fiel dann in sich zusammen. Sie rang nach Atem, und in ihrer Brust wütete ein brennender Schmerz.

»Vier Messer. Auf einem Spielplatz gefunden. Von einem Kind.«

Er schmunzelte. Die Hauptkommissarin drehte sich vom Fenster weg, und Maren sah sie an. Hanne Wilhelmsen schien das alles überhaupt nicht witzig zu finden.

»Du bist intelligent genug, um zu wissen, daß wir die Messer noch nicht auf Fingerabdrücke untersuchen konnten. Aber sie haben tief zwischen den Steinen gesteckt, also mußt du sie ausgiebig angefaßt haben. Vielleicht hattest du Handschuhe an. Vielleicht gibt es keinen einzigen Fingerabdruck. Aber wir sind jetzt sehr viel weiter als noch vor zwei Stunden. Vor allem, weil du gelogen hast. Jetzt sind wir so weit, daß wir das Wochenende angehen können.«

»So weit, daß wir Anklage erheben können, Maren. Sie wissen doch, was das bedeutet?«

Hanne Wilhelmsen hatte nichts vom triumphierenden Tonfall ihres Kollegen. Sie schien nur traurig zu sein. Maren Kalsvik wußte natürlich, was das bedeutete.

»Am Montag wirst du dem Untersuchungsrichter vorgeführt. Und bis dahin bleibst du hier.«

Vorsichtig wickelte er die Messer wieder ein.

»Und die U-Haft wird uns erlaubt, Maren. Mach dir das Wochenende nicht mit leeren Hoffnungen kaputt.«

Es war vorbei.

Das Ohrensausen legte sich. Der eiserne Reifen um die Lunge gab langsam nach. Wärme strömte durch ihren Körper, angenehm und fast berauschend. Ihr Körper fühlte sich leicht und zugleich bleischwer an. Ihre Schultern senkten sich, und plötzlich merkte sie, wie weh ihr Kiefer tat. Langsam öffnete sie den Mund und gähnte, mehrere Male. Es knackte.

Es war vorüber.

Sie war schuldig. Sie hatte sich ein sinnloses Leben erschwindelt. Olav war tot. Ein Junge von nur zwölf Jahren. Zwölf elenden, miserablen Jahren. Er war zu ihr gekommen und gestorben. Es war ihre Schuld gewesen.

Es spielte kaum noch eine Rolle, was diese Menschen sagten. Es spielte keine Rolle mehr, was aus ihr wurde. Von hier aus gab es nur einen Weg. Sie mußte bezahlen. Sie konnte mit ihrem eigenen Leben bezahlen.

»Ich möchte jetzt schlafen«, sagte sie leise. »Können wir nicht morgen weitersprechen?«

Hanne und Billy T. starrten einander an, dann schaute die Hauptkommissarin auf die Uhr.

»Sicher können wir das«, sagte sie. »Und Sie müssen mit einem Anwalt reden. Darauf bestehe ich jetzt.«

Maren Kalsvik lächelte, blaß und müde.

»Darum kümmern wir uns morgen früh«, sagte Hanne Wilhelmsen noch. »Jetzt können Sie schlafen.«

Es dauerte eine Weile, bis der diensttuende Adjutant die Formalitäten erledigt hatte. Und Hanne wollte sich noch davon überzeugen, daß ein Arzt sich um Maren Kalsvik kümmerte. Aus bitterer Erfahrung wußte sie, daß auf das Personal vom Arrest nicht immer Verlaß war, schon gar nicht an einem Freitagabend.

Übrigens war inzwischen schon Samstag.

»Kannst du mich nach Hause fahren, Billy T.?« fragte Hanne, als Maren im Hinterhaus untergebracht worden war. »Kannst du nicht mit mir nach Hause kommen, zu Cecilie?«

Das konnte er eigentlich nicht, aber nach einem raschen Anruf bei seiner Schwester legte er den Arm um Hanne und führte sie hinaus zu seinem Wagen, der auf dem Behindertenparkplatz stand, ohne daß jemand von der Wache zu mucksen gewagt hätte. Sie schwankte leicht und ließ sich müde auf den Sitz fallen. Erst als Billy T. den Wagen zwanzig Meter von Hannes Haus entfernt in die winzigste Parklücke aller Zeiten geschummelt hatte, sagte sie etwas. Hanne machte keinerlei Anstalten auszusteigen.

»Zwei Dinge wüßte ich gern«, sagte sie erschöpft.

»Was denn?«

»Erstens: Glaubst du, sie wird alles zugeben?«

»Aber sicher. Wir kriegen mindestens vier Wochen U-Haft. Und es war der Frau doch anzusehen. Die Erleichterung. Sie hatte doch sogar wieder ein bißchen Farbe im Gesicht. Noch zwei Verhöre, und dann kommt alles heraus. Maren Kalsvik ist nicht schlecht. Ganz im Gegenteil. Und sie glaubt an Gott. Ihre Seele brennt doch nach einem Geständnis. Und wir müssen versuchen, ihr dieses Geständnis so einfach wie möglich zu machen. Sie wird gestehen. Ganz bestimmt.«

»Und können wir mit einem Urteil rechnen, wenn sie nicht gesteht?«

»Wohl kaum. Das weißt du genau. Aber sie wird gestehen. Und das ist der beste Beweis der Welt. Ein Geständnis.«

Seine Finger trommelten auf dem Lenkrad herum. Dann sah er Hanne an.

»Und was möchtest du sonst noch wissen?«

»Ich möchte so verdammt gern wissen –«, sagte Hanne leise und hüstelte.

Dann klang ihre Stimme schon energischer. »Ich möchte wissen, wofür das T. in Billy T. steht.«

Er legte den Kopf in den Nacken und lachte auf.

»Das wissen nur meine Mutter und ich, verdammt noch mal.«

»Bitte, Billy T. Ich sag es auch nicht weiter. Niemandem.«

»Kommt nicht in Frage.«

»Bitte!«

Er zögerte noch immer, dann legte er den Mund an ihr Ohr. Sie lehnte sich an ihn. Sein Schnurrbart kitzelte sie im Ohr.

Dann lächelte sie. Wenn der Tag nicht so schrecklich lang gewesen wäre, hätte sie gelacht. Wenn nicht vor ihren Augen ein Kind ums Leben gekommen wäre, wenn sie nicht gewußt hätte, daß irgendwo eine Mutter saß, die ihr Kind verloren hatte und die sie eigentlich besuchen müßte, dann hätte sie schallend gelacht. Wenn nicht eine junge, tüchtige Kinderbetreuerin aufgrund von vielen unglücklichen Umständen in einer scheußlichen U-Haft-Zelle säße und dort auch bleiben würde, dann hätte sie vor Lachen gebrüllt. Aber so lächelte sie nur.

Das T. stand für Torvald.

Für den beliebtesten norwegischen Spitznamen für die Polizei.

Er hieß Billy Torvald!

Sie haben einen Pastor geschickt. Ich hatte noch nie mit einem Pastor zu tun gehabt. Aber ich wußte sofort, daß er einer war, obwohl er diesen komischen Kragen gar nicht trug. Er trug ein Jeanshemd. Mit offenem Hals, und dort lugte ein dunkler Haarwald hervor. Ich habe die ganze Zeit diese Haare angestarrt.

Er war noch nicht sehr alt, vielleicht um die Dreißig. Es war deutlich, daß er solche Besuche noch nicht oft gemacht hatte. Er stotterte und stammelte und blickte sich hilflos um. Am Ende mußte ich sagen, daß ich wußte, weshalb er gekommen war. Schließlich konnte es nur einen Grund geben, warum ein Pastor zu mir geschickt wurde: Olav ist tot.

Er wollte nicht gehen. Ich mußte ihn fast vor die Tür setzen. Er blickte mich an, als ob ich ihn enttäuscht oder sogar schockiert hätte, weil ich nicht weinte. Er fragte, ob ich jemanden hätte, mit dem ich reden könnte, oder ob er jemanden holen sollte. Ich antwortete ihm gar nicht mehr, er hörte mir ja doch nicht zu. Mir hat noch nie jemand zugehört. Ich war froh, als ich endlich die Tür hinter ihm zumachen konnte.

Auf irgendeine Weise habe ich es immer schon gewußt. Vielleicht habe ich vom ersten Tag auf der Wochenstation an damit gerechnet, als er sich so riesig und unnormal auf meinen Bauch wälzte. Er hat auf irgendeine Weise nie einen Sinn gehabt. Vielleicht habe ich deshalb in den ersten Monaten nichts für ihn empfunden. Ich wußte, daß ich ihn nicht würde behalten können.

Schon als ich gestern nachmittag seinen Rücken sah, wußte ich es. Ich beugte mich aus dem Fenster und hoffte, er würde mich sehen und zurückkommen. Ich konnte ihn nicht rufen. Das hätten die Nachbarn doch gehört. Als seine breite Gestalt hinter der Nr. 16 verschwand, habe ich es gespürt. Er war verschwunden.

Ich fing an, seine Sachen aufzuräumen. Das Spielzeug, größtenteils zerbrochen. Seine Kleider, so groß, so wenig kleidsam, nie konnte ich etwas Schönes finden, das ihm paßte. Seine Hefte, Schreibhefte mit großer, schiefer Handschrift, Rechenhefte. Jetzt liegt alles im Keller.

In seiner Schultasche steckte Flecki. Ein kleiner Hund mit langen Ohren, den hatte er zu seinem ersten Geburtstag von meiner Mutter bekommen. Das einzige Geburtstagsgeschenk, das er je von ihr bekommen hat. Er liebte den Hund und schämte sich, weil er ihn liebte. Aber er hatte ihn nicht im Kinderheim gelassen.

In der Schultasche steckten auch vier Messer. Ich weiß nicht, wie sie da hineingeraten sind, sicher hatte er sie aus dem Kinderheim. Er hat immer einen seltsamen Hang zu Messern gehabt. Es waren nicht die ersten Messer, die ich in seiner Schultasche gefunden habe. Ob er sich damit verteidigen wollte? Auf jeden Fall mußte ich sie zurückgeben. Sie gehörten mir ja nicht.

Gestern abend bin ich hingefahren. Ich weiß nicht mehr so recht, warum. Natürlich wollte ich die Messer zurückgeben. Vielleicht war es auch nur ein Vorwand, um das Heim noch einmal zu sehen. Dieses entsetzliche Heim. Jetzt, vierundzwanzig Stunden später, wo soviel passiert ist, geht mir auf, daß ich auf irgendeine Weise begriffen haben muß, daß er dorthin wollte. Daß er sich von dem Heim angezogen fühlte.

Als ich auf das Haus zuging, widersetzte sich irgend etwas in mir. Ich blieb bei einem Spielplatz stehen, von dort sah ich die Umrisse des Gebäudes vor dem dunklen Himmel.

Die Heimleiterin war mit einem Messer ermordet worden. Mit einem Küchenmesser. Ich hatte vier Küchenmesser in der Tasche. Und die stammten aus Olavs Schultasche. Aus der Schultasche meines Jungen. Ich konnte sie nicht zurückgeben.

Ich mußte sie loswerden. Die Polizei entdeckt doch alles.

Es war ganz dunkel auf dem Spielplatz, und eine alte, kniehohe Steinmauer trennte ihn vom Nachbargrundstück. Ich konnte die Messer zwischen die Steine schieben. Tief hinein. Zuerst habe ich sie noch gründlich abgewischt. Wahrscheinlich werden sie nie gefunden. Aber ich mußte ihn beschützen. So wie ich immer versucht habe, ihn zu beschützen.

Er ist mir so oft weggenommen worden. Stück für Stück. Im Kindergarten, in der Schule, vom Jugendamt. Ich habe ihn nie behalten können.

Aber ich habe es wirklich versucht, bei Gott. Ich habe ihn mehr geliebt als mein Leben.

Und jetzt, wo ich hier sitze, auf seinem Bett, und den Geruch seines Schlafanzuges wahrnehme, süß und ziemlich stark, und weiß, daß er für immer fort ist und daß es Nacht und dunkel und sehr still ist, bleibt mir nichts mehr. Nichts.

Nicht einmal ich selbst.

11

Maren Kalsvik stand im Zeugenstand in Oslos neuem Gerichtsgebäude und fror ein wenig. Der Richter unterschrieb gerade irgendein Dokument, das ihm ein Anwalt, zivil gekleidet, ungeduldig hingelegt hatte. Hanne Wilhelmsen sah müde aus und versuchte vergeblich, mit ihrer schmalen Hand ein Gähnen zu verbergen. Sie war förmlicher gekleidet, als Maren Kalsvik es je an ihr gesehen hatte, schwarzer Rock, schwarze Bluse, grauschwarzes Jackett und ein Seidenschal in gedämpften Erdfarben.

Die Hauptkommissarin hatte sie mit Respekt behandelt. Sie hatte ihr Mitgefühl gezeigt. Sie war nicht ungeduldig geworden, obwohl sie während des gesamten Wochenendes immer wieder ihre Theorien vorgetragen hatte, ohne daß Maren auch nur eine Miene verzogen hätte, um zu bestätigen oder abzustreiten, was vor etwas mehr als vierzehn Tagen an jenem fatalen Abend in Agnes Vestaviks Büro passiert war. Sie hatte sich geweigert, mit einem Anwalt zu sprechen.

Ja, sie war dort gewesen. Eirik hatte geschlafen, was ihren keimenden Verdacht, daß er irgend etwas nahm, was er nicht hätte nehmen dürfen – jedenfalls nicht, solange er auf acht schlafende Kinder aufpassen mußte –, noch verstärkt hatte.

Ihre Begegnung mit Agnes Vestavik dagegen war kürzer ausgefallen, als Hanne Wilhelmsen annahm. Sie hatte zehn Minuten gedauert. Eigentlich hatte sie um Gnade flehen wollen. Ihr ganzer Stolz war verschwunden, als ihr aufging, daß sie ihre Arbeit und damit ihre gesamte Existenz verlieren würde.

Agnes hatte ihr von Terje erzählt. Und daß sie wußte, daß Maren es wußte. Ihre leise Stimme hatte fremd und verzerrt geklungen, voller Zorn, den sie aus Rücksicht auf acht schlafende Kinder beherrschen mußte. Sie könne das mit dem Zeugnis verstehen, hatte Agnes gesagt. Sie könne es verstehen. Für einen Moment hatte sie so etwas wie Mitleid gezeigt, und ihre Stimme hatte fast normal geklungen. Aber nicht lange. Sie konnte den eigentlichen Betrug nicht verzeihen. Daß Maren sie hintergangen hatte, um eine Unterschlagung zu vertuschen. Agnes hatte wütend ihre Papiere geschwenkt, mit der einen Hand das gefälschte Zeugnis, mit der anderen die Übersicht über Terjes Vergehen.

Maren Kalsvik hatte um Gnade flehen wollen. Doch dann hatte sie Agnes in die Augen geschaut und begriffen, daß das keinen Sinn hätte.

Agnes hatte ihr eine Woche gegeben, um ihr Kündigungsschreiben einzureichen. Und sie hatte nichts mehr tun können. Sie hatte sich umgedreht und leise das Büro verlassen.

Auf der Treppe war sie einen Moment stehengeblieben, weil ihr die Tränen kamen. Sie versuchte, ihr Schluchzen zu unterdrücken, und als sie glaubte, aus einem der Kinderzimmer ein Geräusch zu hören, schlich sie die Treppe hinunter. Eirik schlief noch immer. Draußen war sie dann losgerannt. Sie mußte weg. Sie lief um das Haus herum, stürmte durch den Garten, stolperte über den Zaun und schaffte es irgendwie bis nach Hause.

Als Eirik zwei Stunden später anrief, kämpfte sie mit einer Erleichterung, die sie zusammen mit den Schuldgefühlen überkommen hatte. Nur wenige Minuten später stand sie allein in Agnes' Büro, und da lag es. Das Zeugnis. Auf dem Schreibtisch, zusammen mit anderen Papieren. Eirik hatte es nicht gesehen. Sie faltete es zusammen und steckte es in die Tasche. Ohne weiter nachzudenken.

Sie hatte gedacht, es sei Terje gewesen. Bis sie seinen Abschiedsbrief erhalten hatte. Dann hatte sie das Schlimmste befürchtet. Und es hatte sich bestätigt. Olav hatte sie laufen sehen. Er hatte sie weinen sehen. Er hatte ihr vor seinem Tod die ganze Wahrheit erzählt.

Es war alles ihre Schuld.

»Wollen Sie jetzt eine Aussage machen?«

Der weitsichtige Richter starrte sie an, über seine Brille hinweg, die so weit unten auf seiner Nase hing, daß sie jeden Moment herunterfallen konnte.

»Nein«, sagte sie laut und deutlich.

Der Richter seufzte, tuschelte dem Gerichtsschreiber etwas zu, hustete heftig und fragte dann: »Und bekennen Sie sich im Sinne der Anklage als schuldig oder als nicht schuldig?«

Wieder starrte Maren Kalsvik zu Hanne Wilhelmsen hinüber. Die Hauptkommissarin beugte sich über den Tisch, machte sich an ihrem Seidenschal zu schaffen und starrte angespannt zurück. Als Maren Kalsvik ihr Gewicht vom linken auf den rechten Fuß verlagerte, blickte sie nicht den Richter an. Sie lächelte schwach und schaute der Hauptkommissarin in die Augen.

»Ich bin schuldig«, flüsterte sie.

Dann richtete sie sich auf und ließ Hanne Wilhelmsens Blick los. Sie räusperte sich, dann wiederholte sie, diesmal lauter: »Ich bin schuldig.«

Daniel Silva

Double Cross – Falsches Spiel

Roman. Aus dem Amerikanischen von Reiner Pfleiderer. 568 Seiten. SP 2816

Operation Mulberry: so lautete das Kodewort für die alliierte Invasion in der Normandie und war das bestgehütete Geheimnis des Zweiten Weltkriegs. Als der englische Geheimdienst meint, alle deutschen Spione enttarnt und umgedreht zu haben, setzt die deutsche Abwehr ihre attraktivste Geheimwaffe ein: Catherine Blake, Top-Agentin, eiskalt und brillant. Mit atemberaubender Präzision geht sie auf die Jagd nach den alliierten Plänen. Auf der Gegenseite wurde, von Churchill persönlich, der Geschichtsprofessor und geniale Analytiker Alfred Vicary eingesetzt – ihr absolut ebenbürtiger Gegenspieler, der in letzter Minute entdeckt, daß es ein zweites deutsches Spionagenetz gibt. Catherine Blake ist in seiner nächsten Nähe … Daniel Silva verdichtet den teuflischen Wettlauf mit der Zeit, als das Schicksal Europas auf des Messers Schneide steht, zu einem rasanten Thriller.

Dean Fuller

Tod in Paris

Roman. Aus dem Amerikanischen von Inge Leipold. 435 Seiten. SP 2744

Alex Grismolet ist ein Lebenskünstler: Er wohnt mit seinem Mündel auf einem Hausboot mitten in Paris, in seiner Freizeit spielt er Tuba. Grismolet ist Chefinspektor der Sûreté, seine Methoden sind alles andere als alltäglich. In seinem kauzigen Assistenten Varnas hat er einen kenntnisreichen Helfer. Als in der Abenddämmerung eines kalten Novembertages im Parc Monceau die Leiche des betagten, angesehenen Diplomaten und Geschäftsmannes Andrew Wilson gefunden wird, weisen die Spuren zunächst auf einen Raubmord hin. Schnell wird ein junger Araber verdächtigt, aber Grismolet und Varnas bleiben skeptisch: Die geheimnisvolle Mordwaffe und der Freundeskreis des Toten führen das Duo zum Motiv der Tat. – Dean Fuller versteht sich auf präzise Charakter- und Milieubeschreibungen und verfügt über das nötige Maß an Humor, so daß die Lektüre immer ein spannendes Vergnügen bleibt.

SERIE PIPER

John Burdett

Die letzten Tage von Hongkong

Roman. Aus dem Englischen von Sonja Hauser. 487 Seiten. SP 2632

Endzeit-Atmosphäre in Hongkong – eine explosive Mischung aus Gier und Macht, Geld und Sex. Nur noch wenige Wochen, bis die boomende britische Kronkolonie an das chinesische Mutterland zurückfällt. In dieser Zeit des Machtwechsels werden drei Menschen bestialisch ermordet. Für Chefinspektor Chan, Sohn eines Iren und einer Chinesin, wird der Fall zu einer gefährlichen Gratwanderung, denn die Drahtzieher dieses Verbrechens sind offensichtlich auf höchster Ebene zu suchen. Chan stößt auf ein Geflecht aus italoamerikanischen Mafiosi, chinesischen Triaden und kommunistischen Militärs.

»Mit leichter Hand und kühnem Schwung verwebt Burdett das Fiktive und die realen Reibungen, die das Zusammenleben der Kulturen in der boomenden Metropole prägen, zu einem dichten Thriller.«
Süddeutsche Zeitung

Eine private Affäre

Roman. Aus dem Englischen von Sonja Hauser. 356 Seiten. SP 2946

Der ehrgeizige James Knight hat es geschafft: Als brillanter Jurist steht er kurz vor seiner ehrenvollen Berufung zum Kronanwalt und vertritt die vornehmsten Bürger Londons. Doch eines Abends möchte ihn die Polizei in einer delikaten Mordsache sprechen: Der Kleinkriminelle Oliver Thirst ist ermordet worden, einer der ersten Klienten des aufstrebenden Anwalts. Fasziniert von dessen Cleverness hatte Knight sich damals mit ihm eingelassen und sogar seine Freundin Daisy an ihn verloren. Kein Wunder, daß James Knight und die ebenso reizvolle wie undurchschaubare Daisy die Hauptverdächtigen sind… Nach seinem Bestseller »Die letzten Tage von Hongkong« führt John Burdett uns hier in die abgründige Welt der Londoner High Society, wo nur eins zählt: der gesellschaftliche Erfolg. Der Roman ist eine subtile Parabel auf das englische Klassensystem und zugleich die spannende Geschichte einer fatalen Dreiecksbeziehung.

SERIE PIPER

Anita Shreve

Die Frau des Piloten

Roman. Aus dem Amerikanischen von Christine Frick-Gerke. 277 Seiten. SP 3049

Für Kathryn war klar, daß sie zu niemandem auf der Welt ein so inniges, so vertrautes Verhältnis hatte wie zu ihrem Ehemann Jack. Bis zu seinem plötzlichen Unfalltod: denn nun tut sich für sie ein Abgrund an schrecklichen Vermutungen und Gewißheiten auf.
Eigentlich war ihre Ehe glücklich, ja sogar leidenschaftlich gewesen. Ihre Geschichte hatte begonnen in jenem Haus am Meer, mit seinen hohen Fenstern, durch die man den blaugrünen Atlantik sehen kann. Eines Tages hatte Jack ihr dieses Haus tatsächlich geschenkt – als Besiegelung ihrer großen Liebe.
Unfaßbar ist für Kathryn daher die Nachricht seines plötzlichen Todes – Jack, Pilot bei einer großen amerikanischen Fluggesellschaft, ist mit einer vollbesetzten Passagiermaschine vor der irischen Küste abgestürzt. Die Medien munkeln von Selbstmord – aber Kathryn will es einfach nicht glauben. Was könnte ihr Mann vor ihr verborgen haben? Eine rätselhafte Londoner Telefonnummer, die sie in einem seiner Kleidungsstücke findet, weckt einen furchtbaren Verdacht in ihr …

Verschlossenes Paradies

Roman. Aus dem Amerikanischen von Heinz Nagel. 348 Seiten. SP 2897

Die Nachbarskinder Andrew und das Adoptivkind Eden verband zuerst eine tiefe Freundschaft und dann innige, fast mystische Liebe. Doch ein entsetzliches Verbrechen, das Eden für immer zeichnete, setzte ihrer unbeschwerten Jugendzeit ein jähes Ende. Siebzehn Jahre später, die beiden haben sich inzwischen aus den Augen verloren, kehrt Andrew an den Ort des Geschehens zurück, eine ländliche Kleinstadt unweit von New York. Und erst jetzt beginnt er, diese unheilvolle, seltsam magische Liebesbeziehung zu entschlüsseln. Als die gespenstische Wahrheit über Edens Vergangenheit zur Gewißheit wird, erkennt Andrew die Gründe seiner Beziehung zu diesem Mädchen aus verlorener Zeit. Ein meisterhaft komponierter, poetischer Roman voll tiefgründiger Spannung.